novum pro

AF063096

DANIEL WEBER

novum pro

www.novumverlag.com

Bibliografische Information
der Deutschen Nationalbibliothek:

Die Deutsche Nationalbibliothek
verzeichnet diese Publikation in der
Deutschen Nationalbibliografie.
Detaillierte bibliografische Daten sind
im Internet über
http://www.d-nb.de abrufbar.

Alle Rechte der Verbreitung,
auch durch Film, Funk und Fernsehen, fotomechanische Wiedergabe, Tonträger, elektronische
Datenträger und auszugsweisen
Nachdruck, sind vorbehalten.

© 2012 novum publishing gmbh

ISBN 978-3-99026-269-6
Lektorat: Sarah Schroepf
Umschlagfoto:
Frenta | Dreamstime.com
Umschlaggestaltung, Layout & Satz:
novum publishing gmbh
Autorenfoto: Daniel Weber

Die vom Autor zur Verfügung gestellte
Abbildung wurde in der bestmöglichen Qualität gedruckt.

Gedruckt in der Europäischen Union
auf umweltfreundlichem, chlor- und
säurefrei gebleichtem Papier.

www.novumverlag.com

AUSTRIA · GERMANY · HUNGARY · SPAIN · SWITZERLAND

1

„Booobbyyy!!! Komm sofort runter ins Badezimmer!", schrie Tabitha Garner. Es war Samstagnachmittag, ihr Sohn Bobby saß in seinem kleinen Zimmer im ersten Stock, war gerade in ein Buch mit dem Titel *The Ghost City* vertieft und aß nebenbei Erdnussflips, die in einer Schale vor ihm auf dem Schreibtisch standen. Es handelte sich um einen Gruselroman für Teenager mit 183 Seiten. Bobby war vor einem Monat dreizehn geworden. Das Buch war ein Geschenk von seiner Großmutter Christine aus Massachusetts gewesen, die genau wusste, dass ihr Enkel für sein Leben gern Gruselgeschichten las. Er mochte diese noch mehr als die Filme, obwohl er auch davon einige in dem kleinen Schränkchen neben seinem Fernseher stehen hatte.

Bobby freute sich immer riesig, wenn seine Großmutter zu Besuch kam, weil sie ihm jedes Mal ein anderes Schauermärchen erzählte, von dem sie immer behauptete, es selbst erlebt zu haben, obwohl er natürlich wusste, dass das geflunkert war. Seine Mutter war immer dagegen und sagte, Christine solle dem Jungen keine Angst machen, worauf Bobby jedes Mal beteuerte, er *habe* keine Angst.

„Ach Tabbie, lass doch den Jungen in Ruhe! Du weißt doch, dass er auf solche Geschichten abfährt. Außerdem ist er kein kleines Kind mehr", hatte Joe Garner bei Christines letztem Besuch zu seiner Frau gesagt.

„Genau!", hatte Bobby seinem Vater zugestimmt.

Im Bücherregal hinter seinem Bett hatte er *einige* Schauergeschichten stehen: *The Creature*, einige Bände von *R. L. Stine's Goosebumps, The Ghost Castle,* einen Band voller Kurzgeschichten mit dem Titel *Uncle Ray's Shock Stories*, welchen er im Jahr zuvor im Zeltlager in Augusta dabeihatte, um mal nur ein paar aufzuzählen. Es war eine Klassenfahrt gewesen, und ohne *Uncle*

Ray's Shock Stories hätte sich der Junge wahrscheinlich zu Tode gelangweilt. Bei dem Buch *The Ghost City*, welches er gerade las, war er soeben beim letzten Kapitel angekommen und hatte nur noch neun Seiten vor sich. Die Geschichte neigte sich langsam dem Ende zu, und Bobby konnte nicht aufhören zu lesen – es war einfach zu spannend. Die fünfzehnjährige Lisa Burton – die Hauptfigur – rannte gerade eine kleine, verlassene Straße entlang, auf der Flucht vor den Geistern, welche schon eine geraume Weile hinter ihr her waren.

„Booooobbyyyyyy!!!", hörte er seine Mutter abermals rufen, diesmal lauter als zuvor.

„Ich komm ja schon, Mom!" Bobby legte das Buch widerwillig zur Seite, eilte in den Flur hinaus und die Treppe hinunter.

Im Badezimmer angekommen, sah er, wie sich seine Mutter über das Waschbecken beugte und dieses mit einem Lappen abwischte. Seine zehnjährige Schwester Meg stand daneben und grinste hämisch.

„Wie oft soll ich dir eigentlich noch sagen, dass du nach dem Zähneputzen das Waschbecken wieder sauber machen sollst? Überall sind noch Reste von deiner Zahnpasta. Das ist *eklig*, Bobby!"

„Ja, tut mir leid, Mom", murmelte er, obwohl er beim besten Willen keinen Fleck erkennen konnte.

„Ein *Tut mir leid* macht die Sache auch nicht besser", entgegnete sie, ohne sich dabei vom Waschbecken abzuwenden. „Beim nächsten Mal machst du es selber weg, hast du verstanden, junger Mann?"

„Ja", erwiderte Bobby kleinlaut.

„Außerdem hast du deinen Pyjama wieder mal liegen lassen. Denkst du, ich hab nichts Besseres zu tun, als dir hinterherzuräumen?"

„Genau, Bobby, denkst du, sie hat nichts Besseres zu tun?", fügte Meg vorlaut hinzu. Sie war rotzfrech für ihr Alter.

Kleine Göre, dachte sich Bobby. „Tut mir leid, Mom", wiederholte er. „Ich verspreche dir, beim nächsten Mal denke ich daran." Er ging zur Toilette hinüber, hob seinen Pyjama auf, welcher auf dem geschlossenen Deckel lag, schnitt eine Grimasse in Richtung seiner Schwester und verließ anschließend das Zimmer. Als er wieder die Treppen hochging, konnte er seine Mutter noch immer leise fluchen hören. Meg murmelte dabei irgendetwas Unverständliches und kicherte im Anschluss.

Tabitha war eigentlich keine strenge Mutter. Sie meinte es nicht böse mit ihm, und das wusste Bobby auch. Nur hatte sie diesen, gelinde ausgedrückt, etwas nervigen Putzfimmel. Wenn es um Ordnung ging, konnte sie schnell die Fassung verlieren. Das bekam sein Vater noch viel häufiger zu spüren als er selbst. Da war zum Beispiel die Sache mit dem Kaffee, ein paar Wochen zuvor. Joe hatte die Tasse auf dem Wohnzimmertisch abstellen wollen und dabei etwas verschüttet – wirklich nicht viel. Seine Fernsehzeitschrift mit den Sudokurätseln auf den letzten fünf Seiten, welche er so gerne löste, war ihm aus der Hand gefallen und auf dem Boden gelandet. Er hatte sofort einen Lappen aus der Küche holen wollen, um den verschütteten Kaffee damit aufzuwischen, weil er genau wusste, wie es um den Ordnungssinn seiner Frau stand, doch als er zurückgekommen war, hatte diese den Tisch bereits sauber gemacht und seine Zeitschrift zum Altpapier getan, mit der Begründung, sie sei von vorletzter Woche und würde nur unnötig Platz wegnehmen.

Wie dem auch sei, Bobby ging zurück in sein Zimmer und las das Buch in einem Stück zu Ende, ohne unterbrochen zu werden.

2

„Lisa hat es tatsächlich geschafft, zu entkommen, Dad."

„Wer?" Joe sah seinen Sohn fragend an. Er saß auf dem bequemen Sessel im gemütlichen Wohnzimmer im Erdgeschoss des Hauses und war gerade dabei, die Tageszeitung zu lesen. Er hatte nicht einmal bemerkt, dass Bobby den Raum betreten hatte.

„Na ... Lisa Burton, das Mädchen aus *The Ghost City*. Sie hat es geschafft, zu entkommen und das Tor ins Jenseits zu schließen, um somit die Geister ein für alle Mal zu verbannen. Ich habe dir doch von der Geschichte erzählt, weißt du das denn nicht mehr?"

„Doch, doch", antwortete sein Vater. „Dann gab es also doch noch ein Happy End, hmm?"

„Ja."

„Was hast du denn vor, als Nächstes zu lesen?"

„Ich weiß es noch nicht. Meine eigenen Bücher habe ich schon alle durch. Ich werd gleich mal in die Stadt gehen, vielleicht haben sie im *Nancy's books and toys* ja ein gutes im Angebot ... das heißt, wenn mein Taschengeld von diesem Monat überhaupt noch ausreicht. Hab nämlich nur noch knappe fünf Dollar übrig."

Gut für Bobby, dass seine Mutter in der Küche war und nichts von ihrer Unterhaltung mitbekam, denn sie hätte ihn wahrscheinlich sofort ins Gebet genommen, er solle sein Geld nicht so schnell ausgeben.

„Wenn nicht, muss ich mir wohl eines aus der Bibliothek holen", sagte er.

„Ist doch sowieso besser ... so sparst du dir wenigstens dein Geld", entgegnete sein Vater.

„Ja, schon, aber ich habe sie lieber selbst zu Hause. Ist halt besser, wenn man die Bücher besitzt und sie nach dem Lesen nicht wieder zurückbringen muss, weißt du?"

„Ja, stimmt auch wieder. Sei aber zum Abendessen zurück, hörst du?"

„Aber klar doch, Dad", erwiderte Bobby und nahm noch eine Handvoll Käsecracker aus der Schale, die auf dem Tisch stand, bevor er in den Flur hinausging. Dort schlüpfte er in seine Schuhe und nahm seine Jacke vom Kleiderhaken, bevor er die Haustüre öffnete und hinaustrat. Der kalte Herbstwind fegte die Blätter wirbelnd durch den Garten. Meg jagte Stanley, der einen Tennisball im Maul hatte, quer über den Rasen. Der Jack-Russell-Terrier wich ihr dabei immer wieder geschickt aus.

Bobby beachtete die beiden nicht weiter. Er warf einen Blick auf seinen Kürbis, welcher sich neben der Haustür befand. Die grimmige Fratze hatte er vor ein paar Tagen selbst hineingeschnitzt. Er konnte es kaum erwarten, bis endlich Halloween war. Noch eine Woche Schule, dann begannen die Ferien, und in knapp zwei Wochen war es dann so weit. Meg würde wie jedes Jahr mit ihren Schulkameraden von Haus zu Haus ziehen und *Süßes, sonst gibt's Saures!* rufen. Im Jahr zuvor ging sie als Hexe verkleidet. Bobby aber saß am Halloweenabend viel lieber mit seinem Vater auf der Wohnzimmercouch und sah sich einen Horrorstreifen an (er durfte sich keine Filme alleine anschauen, die für sein Alter noch nicht geeignet waren, aber zusammen mit seinem Vater ging es in Ordnung). Sogar Tabitha, die davon nicht besonders viel hielt, setzte sich meistens für ein paar Minuten dazu – schließlich war ja Halloween. Sie meinte aber stets, sobald sie merke, dass der Junge zu viel Angst bekommen sollte oder dass die Filme ihm in irgendeiner Weise schaden könnten, würde das sofort wieder aufhören!

Wie dem auch sei, er machte sich auf den Weg.

3

Heute geschlossen

Das kleine Kärtchen war von innen an die Glastür von *Nancy's books and toys* geklebt. Es war nun genau vier Uhr. Bobby hatte fünfzehn Minuten bis hierher gebraucht. Er stand unter der roten Markise, drückte seine Nase gegen die Schaufensterscheibe und blickte ins Innere des Ladens. Er bemerkte, dass das Bücherregal neben der Kasse, welches in der Woche zuvor noch ein paar Lücken aufgewiesen hatte, nun wieder bis oben hin aufgefüllt war.

Sie müssen wohl eine neue Lieferung bekommen haben, dachte sich Bobby. Unter der Reihe mit den Liebesromanen befanden sich die Gruselbücher, und Bobby konnte auch ein paar neue entdecken.

„Warum müssen die denn ausgerechnet *heute* geschlossen haben?", murmelte er ein wenig verärgert. Nun blieb ihm wohl nichts anderes übrig, als doch noch in die *Haddonfield Library* zu gehen und sich dort eines auszuleihen. Diese befand sich an der anderen Seite der Stadt, und für Leseratten wie Bobby gab es, soweit er wusste, nur diese zwei Möglichkeiten in Haddonfield, an Bücher zu kommen. Die Stadt war zwar nicht besonders groß, und doch war es ein ganz schönes Stück zu gehen, denn die Lower Main Street war wegen Straßenerneuerungsarbeiten gesperrt, und somit musste er den Umweg durch den *Midtown Park* nehmen, der, wie der Name schon sagt, in der Mitte der Stadt lag.

Er machte sich auf den Weg und ging schnellen Schrittes, da er noch vor dem Abendessen wieder zu Hause sein wollte. Tabitha konnte es nicht leiden, wenn ihr Sohn zu spät kam.

4

Mrs Sheldon stand am Brunnen im Park und sprach mit einer etwa gleichaltrigen Frau. Ihre Tochter Kelly fütterte ein paar Meter entfernt Tauben. Sie ging mit Meg in dieselbe Klasse. Bobby beschleunigte das Tempo, denn er wollte nicht, dass Kelly ihn sah. Diese war noch frecher als Meg (kaum vorstellbar, aber wahr!) und würde ihm wahrscheinlich nur nachrennen und auf die Nerven gehen, sollte sie ihn bemerken. Er ging rasch an den Bänken vorbei, auf denen einige ältere Herrschaften saßen und darüber diskutierten, wie man denn am besten Bohneneintopf zubereitete. Unter ihnen befand sich ein Mann um die siebzig mit einem riesigen, an den Backen gekräuselten, weißen Bart und einem schwarzen Krückstock in der Hand. Bobby konnte sich ein Kichern nicht verkneifen. Der Mann sah einfach zu albern aus. Zwei Bänke weiter saßen zwei alte Damen, die ihre Erfahrungen im Socken- und Pulloverstricken austauschten.

„Was für interessante Unterhaltungen", murmelte Bobby. Als sein Blick auf einen der Ahornbäume am Wegesrand fiel, bemerkte er, dass an dessen Baumstamm ein Flyer angebracht war. Bobby war von Natur aus ziemlich neugierig und machte ein paar schnelle Schritte darauf zu, um ihn sich anzusehen. Er nahm ihn vom Baum und blickte auf das Papier, welches zerknittert und auch ein wenig vergilbt war. Ein schlecht leserlicher Text war aufgedruckt:

Neueröffnung!!
„Old Gary's"

Ein kleiner, gemütlicher Bücherladen für waschechte Leseratten. Von A–Z, für jedermann ist etwas dabei!!!

Auf der anderen Seite des Haddonfield River, etwa zweihundert Meter am Waldesrand entlang.

Ich freue mich auf Ihr Kommen.

Der Flyer kam Bobby etwas seltsam vor. Es war kein Datum für die Eröffnung aufgedruckt und außerdem nirgends eine Adresse zu sehen (andererseits war er sich nicht einmal sicher, ob es dort überhaupt eine Anschrift *gab*). Es handelte sich um eine ziemlich einsame, düstere Gegend am äußersten Stadtrand. Sie war selbst Bobby – dem abgebrühten Gruselfreak – nicht ganz geheuer. Er war einmal mit seinem Fahrrad dort gewesen. Auf der einen Seite des Flusses befand sich nur eine große Wiese, abgesehen von dem kleinen Schuppen am hinteren Feldrand, der den Förstern zur Unterbringung ihrer Ausrüstung diente. Auf der anderen Seite führte lediglich ein kleiner Weg am Waldrand entlang, und dieser war, soweit Bobby wusste, nicht einmal beschildert.

Er konnte sich beim besten Willen nicht vorstellen, dass irgendjemand in dieser Gegend einen Laden eröffnen wollte. Woher sollte man *dort* schon Kundschaft bekommen? Hin und wieder sah man lediglich einen Fahrradfahrer den Weg entlanghuschen, ein paar Jogger oder jemanden mit seinem Hund Gassi gehen.

Seltsam, dachte sich Bobby. Er betrachtete den Flyer in seiner Hand und grübelte. *Wer ist dieser Old Gary? Gibt es diesen Laden wirklich oder ist das nur irgendein alberner Scherz?*

Aber der Junge war einfach zu erpicht darauf, die Wahrheit zu erfahren, als es einfach dabei zu belassen, und somit steckte er den Flyer in seine Jackentasche, verließ den *Midtown Park* und machte sich auf den Weg in Richtung Haddonfield River.

5

Etwa zwanzig Minuten später marschierte er die Hempton Street entlang. Bobby konnte schon die kleine Brücke über dem Fluss erkennen. Der Wind hatte etwas aufgefrischt, es begann zu regnen und der Himmel war mit dunklen Wolken überzogen. Bobby fror und zog den Reißverschluss seiner Jacke bis oben hin zu.

„Sauwetter", murmelte er, während er auf dem brüchigen Asphalt auf die Brücke zuging.

Die Hempton Street führte aus der Stadt heraus und ging direkt in eine Landstraße über. Er hatte die letzten Geschäfte und Wohnhäuser längst hinter sich gelassen. Hier befanden sich lediglich ein alter, mit Unkraut überwucherter Kinderspielplatz, welcher schon lange nicht mehr benutzt wurde, seit in der Nähe der *Haddonfield Library* der *Fun Park* gebaut wurde, und die ehemalige *Walton technologies* – eine seit sieben Jahren leer stehende Fabrikhalle, in der sein Vater etliche Jahre gearbeitet hatte, als Bobby noch in die Windeln schiss, bevor er zu einer Chemiefabrik im Zentrum der Stadt wechselte.

Der Junge sah auf die Uhr. Es war bereits Viertel vor fünf. Irgendwo in der Nähe hörte er eine Krähe krächzen. Ihm war etwas mulmig zumute. Warum, wusste er selbst nicht genau. Lag es vielleicht an diesem merkwürdigen Flyer? Oder an dieser einsamen Gegend? Würde er diesen Laden wirklich vorfinden? Obwohl er ein flaues Gefühl im Magen hatte, hoffte Bobby es natürlich, doch in seinem tiefen Inneren hegte er Zweifel.

„Wahrscheinlich hat sich nur irgendein Witzbold einen albernen Streich ausgedacht", murmelte er.

„Hast wohl heute 'nen Clown gefrühstückt, hmm?", fiel ihm der Spruch seines Onkels Bill ein, welcher ihm immer Geschichten vorgelesen hatte, als er noch kleiner war. Bobby hatte seine Ferien immer wahnsinnig gerne bei ihm und Tante Ardelia

in ihrem Strandhäuschen in New Haven verbracht. Bill war vor drei Jahren, im Alter von nur sechsundvierzig, an einem Herzinfarkt gestorben. Die Ärzte hatten es auf seine Tablettensucht zurückgeführt. Den Jungen hatte der Tod seines Onkels ziemlich mitgenommen. Auch Ardelia war damals mit den Nerven am Ende. Sie lebte seitdem ziemlich zurückgezogen und isoliert und hat das Ableben ihres Mannes bis heute nicht verkraftet. Ein wirklich schwerer Schicksalsschlag.

Bobby lenkte seine Gedanken wieder auf den Bücherladen, den er hoffte vorzufinden.

Er hatte nun die Brücke erreicht. Sie war schon sehr alt. Bobby setzte zaghaft einen Fuß darauf und begann sie langsam zu überqueren, wobei die Holzdielen bei jedem Schritt unter seinen Füßen knarrten. Einen Augenblick lang dachte er schon, sie würden brechen und ihn in den Fluss befördern (das Wasser musste zu dieser Jahreszeit eiskalt sein!), doch zu seiner Erleichterung kam er heil am anderen Ufer an.

Er warf noch einmal einen kurzen Blick zurück und ging dann schnellen Schrittes weiter den schmalen Weg entlang, wobei er den Flyer aus seiner Jackentasche kramte. Etwa zweihundert Meter am Waldesrand entlang, so hieß es. Bobby ging weiter und lauschte dem Rauschen des Flusses. Im Wald vernahm er wieder das lang gezogene Krächzen einer Krähe.

Warum tust du das nur?, hörte er eine Stimme in seinem Kopf fragen. *Du wirst doch sowieso nichts vorfinden! Bist du denn wirklich so dämlich, Bobby Garner?*

Aber er konnte seine Neugier einfach nicht zügeln und hatte irgendwie das Gefühl, er würde diesen Laden tatsächlich vorfinden, wobei er es andererseits auch wieder bezweifelte. Das widerspricht sich eigentlich, aber so empfand er nun mal.

Nur noch ein paar Augenblicke, dann würde er es herausfinden. Nun verstärkte sich auch das flaue Gefühl in seinem Magen.

Er hatte bereits ein gutes Stück des Weges zurückgelegt und konnte die Brücke hinter sich schon nicht mehr sehen, da der Weg eine Biegung nach links machte und die dichten Bäume sei-

ne Sicht versperrten. Nicht weit vor sich konnte Bobby erkennen, wie diese sich teilten und
eine Lichtung am Wegesrand freigaben. „Hier muss es sein", murmelte er gespannter denn je.

Falls dieser Laden überhaupt existiert, hörte er wieder jene Stimme in seinem Kopf. Nun durchzuckte auch ein Anflug von Angst seine Gefühlswelt. Bobby war eigentlich keineswegs ein ängstlicher Mensch (verständlich, bei seiner Vorliebe für Schauermärchen), aber im Moment war er angespannter, als man sich vorstellen konnte.

Woher zum Teufel kommt bloß diese übertriebene Aufregung? Das ist doch irrsinnig! Nur ein stinknormaler Flyer, mit einer Wegbeschreibung zu einem stinknormalen Bücherladen. Stinknormal! Stinknormal!!! Oder etwa nicht?

Er ging zögerlich auf die Lichtung zu.

Gleich würde er erfahren, ob es diesen Laden tatsächlich gab oder ob es sich nur um einen dummen Scherz handelte.

Er blieb noch einmal kurz stehen, atmete ein letztes Mal tief durch, nahm sich zusammen und trat schließlich auf die Lichtung hinaus.

6

Bobby stand mit offen stehendem Mund und stechendem Blick einen Meter vom Weg entfernt auf der Waldlichtung, in deren Mitte sich ein Holzhäuschen mit einer dunkelgrünen Markise entlang der Vorderseite befand. Es hatte zwei Fenster, welche mit dicken schwarzen Holzrahmen eingefasst waren. Dazwischen – eine massive, ebenfalls schwarze Holztür, über der in einem stilvollen Schriftzug mit dunkelgrünen Lettern (der gleiche Farbton, den die Markise hatte) die Worte *Old Gary's* standen.

Es war also doch kein Scherz! Der Laden existiert!

Bobbys Unbehaglichkeit war urplötzlich wie weggeblasen und stattdessen machte sich auf seinem Gesicht eine unbeschreibliche Faszination breit. Durch die Fenster konnte er ein fahles Licht in der Hütte schimmern sehen. Der Junge war vor Bewunderung wie gelähmt. Er stand mindestens zwei Minuten lang reglos da und vergaß dabei fast zu atmen. Dieser Laden zog ihn voll und ganz in seinen Bann. Ein weiteres Krähengekrächze riss ihn schließlich aus seiner Starre und er ging langsam auf die Hütte zu. Dort angekommen, hielt er kurz inne und legte dann vorsichtig seine Stirn an die rechte Fensterscheibe. Er positionierte seine Hände seitlich am Gesicht, um besser hineinsehen zu können.

Das Innere des Ladens war einfach atemberaubend! Bobby sah auf einer Ablage, gleich hinter dem Fenster, ordentlich aneinandergeschlichtete Bücherreihen. Dahinter, in der Mitte des Ladens, befanden sich zwei parallel zueinander positionierte riesige Regale, welche bis oben hin mit Büchern vollgestopft waren.

„*Wow*", flüsterte der Junge fasziniert. Ein Außenstehender hätte diese Faszination vielleicht nicht nachvollziehen können, aber für Bobby bedeuteten Bücher *alles*.

Das fahle Licht drang aus der rechten hinteren Ecke des Ladens hervor. Einen Verkäufer oder sonst jemanden konnte er jedoch nicht sehen. Bobby war immer noch gespannter denn je. Er bewegte sich langsam auf die Tür links neben sich zu und legte dann zögerlich eine Hand auf den schwarzen eisernen Knauf. Er drehte diesen behutsam, worauf sie sich mit einem leisen *Klack* öffnete. Bobby schob die Tür vorsichtig auf. Schweißperlen standen ihm mittlerweile auf der Stirn.

„Hallo?", sagte er leise mit vor Aufregung zittriger Stimme. „Ist jemand da?" – Keine Antwort. Nach kurzem Zögern betrat er den Laden, schloss behutsam die Tür hinter sich und lauschte einen Augenblick lang mit angehaltenem Atem. Bobby konnte jedoch niemanden hören, geschweige denn sehen. Er stand vor den zwei Regalen, an deren Seiten kleine Kärtchen mit der Aufschrift *Romane* angebracht waren, und trat etwas näher heran. Die Bücher waren alphabetisch geordnet. An jeder Reihe befand sich seitlich ein kleines Etikett mit dem jeweiligen Anfangsbuchstaben der darauf befindlichen Autoren. Hier gab es wirklich alles von A bis Z – wie auf dem Flyer beschrieben – und Bobby entdeckte in dem Regal auch einige Romane, welche über fünfhundert Seiten haben mussten, wie er vermutete. Er überflog kurz die ordentlich aneinandergeschlichteten Bücher und stieß dabei auf Namen wie Charles Dickens, Ken Follett, Ernest Hemingway und Karl May. Unter dem Buchstaben K entdeckte Bobby ein paar Werke von Stephen King. Ja ... *den* kannte er. Er hatte sich einmal zusammen mit seinem Freund Jim Sullivan, den er schon seit dem Kindergarten kannte, den Film *es* angesehen, als Jims Eltern nicht zu Hause waren. Eine wirklich gelungene Schauergeschichte, wie Bobby fand. Wie nannte man King doch gleich? *Den Meister des Horrors.*

Der Junge bemerkte, dass das schimmernde Licht von einem eisernen Kerzenleuchter ausgestrahlt wurde, welcher eine stilvolle Drachenskulptur darstellte. Dieser stand in der hinteren Ecke des Raumes auf einem großen Schreibtisch, der wohl als Ladentheke dienen sollte.

„Hallo?", sagte Bobby erneut, als plötzlich ein leises Fauchen ertönte, worauf ein Schatten an der Wand rechts vom Schreibtisch entlangtanzte. Im Schein des Kerzenleuchters sah er gespenstisch aus. Bobby fuhr erschrocken zusammen und torkelte einige Schritte rückwärts, während sein Herz wieder schneller zu schlagen begann. Er blieb stehen und versuchte, ruhig zu atmen, schaffte es jedoch nicht. Er vernahm ein leises Tapsen auf dem Boden und blickte zwischen den Büchern auf dem Regal hindurch. Bobby konnte den leichten Umriss von einem kleinen, dunklen Etwas erkennen, das die Fensterwand entlanghuschte. Er verharrte regungslos und versuchte, seinen rasenden Pulsschlag zu beruhigen, was ihm aber ebenfalls nicht gelang.

„*In solchen Momenten hilft es, rückwärts zu zählen!*", fiel ihm der Rat von Sarah Weathers, seiner Englischlehrerin, ein.

„Fünfzig, neunundvierzig, achtundvierzig, siebenund…"

„Hat dich Hektor erschreckt?", ertönte plötzlich, wie aus dem Nichts, eine tiefe kratzige Stimme hinter ihm, und eine knochige Hand legte sich auf seine linke Schulter. Bobby fuhr ein immenser Schreck durch die Glieder, und er konnte einen kurzen unterdrückten Aufschrei nicht zurückhalten. Er wirbelte herum und blickte in ein knochiges Gesicht – unrasiert und vom Alter gekennzeichnet, mit weißen schulterlangen Haaren auf dem Kopf, welche der Gestalt ein unheimliches Aussehen verliehen. Für einen Moment war Bobby völlig perplex. „Wa… was, wer …?!", stammelte er verängstigt. „… es tut mi… mir leid, ich …"

„Ganz ruhig, mein Kleiner", versuchte der alte Mann ihn zu besänftigen und sagte dann in schrofferem Tonfall: „*Hektor*, komm her! Du hast den armen Jungen ganz verschreckt!"

Bobby verstand zuerst nicht, wem diese Aufforderung galt, bis er schließlich links neben sich eine schwarze Katze hinter dem Bücherregal hervortapsen sah. Ihre Augen strahlten ein leichtes Funkeln im fahlen Schein des Kerzenleuchters aus. Sie kam leise schnurrend auf den Jungen zu und schmiegte sich sanft an dessen Beine.

Hektor, komm her! Du hast den armen Jungen ganz verschreckt! Als ob er ihn nicht um das Hundertfache mehr erschreckt hätte!

„Ent… Entschuldigung, dass ich hier einfach so reinko…komme, aber die Tür war nicht abgeschlossen und ich …"

„*Natürlich* ist sie nicht abgeschlossen, junger Mann. Wie sollte ich denn sonst auch nur ein einziges Buch verkaufen, wenn mein Laden verschlossen ist, hmm?" Der alte Mann lachte, wobei es sich eher um ein gequältes Krächzen handelte, bei dessen Klang Bobby ein kalter Schauder den Rücken hinunterkroch, und fuhr dann mit seiner kratzigen Stimme fort: „Du bist übrigens mein erster Kunde."

Bobbys Herzschlag begann sich allmählich wieder zu beruhigen. Er erblickte eine halb offen stehende Tür, durch die der Mann vermutlich gekommen sein musste. Sie führte in ein kleines Nebenzimmer und war dem Jungen zuvor überhaupt nicht aufgefallen.

„Mr …"

„Gary, du kannst mich Gary nennen. Und Hektor kennst du ja nun auch. Ich habe mein Geschäft schon in einigen Städten betrieben, hatte aber nie richtig Glück, weißt du."

Wenn er sich überall so eine Gegend wie diese ausgesucht hat, dann ist das auch kein Wunder, dachte sich Bobby.

„Jetzt versuche ich es hier in Haddonfield … ein ruhiges, nettes Plätzchen, wie es scheint."

Der Kater schnurrte wieder.

„Sieh dich ruhig genau um, Bobby! Ich wette, du findest ein paar Bücher, die dich interessieren könnten. Deswegen bist du doch hier, oder?"

Hat er mich soeben mit meinem Vornamen angesprochen? Das kann nicht sein, ich habe ihn doch gar nicht erwähnt! Habe ich mich vielleicht verhört? Aber Bobby hatte sich nicht verhört.

„Mr … ich meine, Gary! Woher kennen Sie denn meinen Namen?"

Der Alte starrte einen Moment lang ins Leere und kniff die Augen leicht zusammen. „Nun … ich denke mal, du wirst ihn eben schon erwähnt haben."

„Nein, ich glaube nicht", erwiderte Bobby rasch.

„Aber so muss es sein. Ich bin doch schließlich kein Hellseher, junger Mann." Er ließ wieder sein krächzendes Lachen ertönen. Einerseits mochte Bobby diesen alten Kauz, denn er hatte etwas Interessantes an sich. Er zog ihn irgendwie in seinen Bann, genau wie dieser Laden es tat. Andererseits jedoch kam er ihm nicht ganz geheuer vor, denn in seinen Augen vernahm Bobby die Spur von etwas Trügerischem (und dann war da natürlich noch die Sache mit seinem Vornamen!).

„Wie dem auch sei, wenn du dich etwas beruhigt hast, kannst du dich gerne umsehen. Ich habe hier alles an Büchern, was das Herz begehrt! Von den großen Erzählern aus vergangenen Generationen bis hin zu ziemlich neuen Exemplaren. Und hier …" Er ging zu der Fensterwand hinüber, vor der sich die Ablage mit den Büchern befand, welche Bobby schon von draußen gesehen hatte, und deutete mit dem Finger auf diese. „… habe ich Bücher für Kinder und Jugendliche. Mein Gefühl sagt mir, dass du ein richtiger Bücherwurm bist, nicht wahr?"

„Oh ja, das bin ich wirklich. Ich lese für mein Leben gerne Gruselgeschichten, wissen Sie! Ich war gerade auf dem Weg zur Bibliothek, als mir im *Midtown Park* Ihr Flyer auffiel."

„Nun … irgendwie muss man ja auf sich aufmerksam machen, nicht wahr?"

Bobby folgte ihm und betrachtete fasziniert die große Auswahl an Büchern, welche auf der Ablage aneinandergeschlichtet waren. Über den zwei Reihen auf der rechten Seite befand sich wiederum ein kleines Kärtchen mit der Aufschrift *Grusel*. Er entdeckte einige ihm vertraute Bände, unter anderem eine ganze Anzahl von *R. L. Stine's Goosebumps* und ein paar Bände von Erin Fisher (derselben Autorin, die auch *The Ghost Castle* und *The Ghost City* geschrieben hatte).

„Wie schon erwähnt, habe ich hier Bücher für Kinder und Jugendliche." Er beobachtete Bobby, wie dieser gebannt auf die Schauermärchen starrte. „Ich glaube, das ist genau deine Ecke, nicht wahr?"

„Oh ja, ganz gewiss, Mr … äh, ich meine, Gary."

Der Alte beäugte ihn noch eine Weile, bevor er schließlich sagte: „Ah … mir fällt gerade etwas ein. Warte einen Augenblick hier, ich glaube, ich habe da etwas für dich, mein Junge!"

Er ging zu der Tür des Nebenzimmers, aus dem ebenfalls ein schimmerndes Licht drang, und verschwand anschließend darin. Bobby war sehr gespannt darauf, was der alte Kauz ihm zeigen wollte. Er warf einen kurzen Blick auf seine Armbanduhr und bemerkte etwas erschrocken, dass es gleich zwanzig Minuten vor sechs war. *War er wirklich so lange in dem Laden gewesen?* Die Zeit war wie im Flug vergangen.

Hinter ihm kam der Kater angetapst. Er schmiegte sich wieder an Bobbys Beine und sprang dann mit einem gezielten Satz auf die Ablage, wo er sich neben den Büchern zusammenkauerte. Sein schwarzes Fell glänzte regelrecht und hatte etwas Eindrucksvolles an sich. Bobby fühlte sich wie in eine Art Trance versetzt, so schön war der Anblick Hektors. Er streichelte behutsam über dessen glattes, geschmeidiges Haar, welches sich wie Samt anfühlte. Der Kater gab wieder sein stetiges Schnurren von sich.

Bobby fühlte sich in der besänftigenden Atmosphäre des Ladens immer wohler. Im Nebenzimmer vernahm er Geräusche und ein paar Augenblicke später kam der Alte, irgendetwas Unverständliches murmelnd, durch die Tür. Er hatte ein rotes Buch in der Hand.

„Nun, Bobby, sieh dir das hier mal an!" Er kam auf den Jungen zu und reichte ihm das Buch. Bobby nahm es und betrachtete die Vorderseite. Es trug den Titel *Der Munk*. Auf dem schon etwas abgenutzten roten Umschlag war eine Abbildung von einem kleinen Kobold zu sehen, der auf einem Briefkasten saß. Er trug eine braune Hose über seinen Beinen und hatte ein bösartiges Grinsen im Gesicht. Man sah eine Reihe spitzer Zähne daraus hervorblitzen. Der Kobold hatte etwas ziemlich Groteskes an sich. Sein grauer Körper war spindeldürr, und Bobby musste bei dessen Anblick an Gollum aus *Der Herr der Ringe* denken.

„Ich bin vor ein paar Tagen beim Durchwühlen meiner Kisten auf dieses Buch gestoßen. Ganz zufällig. Um ehrlich zu sein … ich wusste gar nicht mehr, dass ich überhaupt so eines besitze. Bin halt schon ziemlich alt, weißt du! Da vergisst man nun mal so manches." Er ließ abermals sein krächzendes Lachen hören, schlenderte zum Schreibtisch hinüber und setzte sich. Hektor sprang von der Ablage herunter und verschwand mit geschmeidigen Bewegungen in dem Nebenzimmer. Während Bobby noch immer das Buch in seiner Hand beäugte, fiel ihm etwas Merkwürdiges daran auf: Es war nirgends ein Name des Autors zu sehen.

„Ich habe auch schon ein wenig darin herumgeblättert. Es scheint ganz gut zu sein. Vielleicht gefällt es dir ja … möchtest du es denn lesen, junger Mann?"

Oh ja, das *wollte* er. Schon beim ersten Blick, den er auf den Kobold mit dem unheimlichen Grinsen im Gesicht geworfen hatte, war er von dem Buch völlig fasziniert gewesen. „Was soll es denn kosten?", fragte er in einem etwas gedämpften Tonfall.

Der Alte überlegte kurz, wobei er seine Stirn runzelte, und erwiderte dann: „Nun ja, weil du mein erster Kunde hier in Haddonfield bist und ich sowieso nicht mehr wusste, dass ich dieses Buch überhaupt noch habe, sollst du es umsonst bekommen. Na, wie hört sich das an?"

Es hörte sich *großartig* an und Bobby konnte seine Freude nicht verbergen. Er fragte ihn mit einem breiten Grinsen: „Meinen Sie das wirklich ernst?"

„Aber selbstverständlich", entgegnete der Alte lächelnd.

Bobby sah ihn freudestrahlend an, bedankte sich eifrig und warf dann einen weiteren Blick auf seine Armbanduhr. „Entschuldigen Sie, aber ich muss mich jetzt langsam mal auf den Weg nach Hause machen. Sonst komme ich noch zu spät zum Abendessen." Er betrachtete ein weiteres Mal das Buch in seinen Händen. „Außerdem will ich noch heute mit dem Lesen anfangen!"

„Na, dann will ich dich nicht länger aufhalten. Ich hoffe, du hast viel Spaß mit dem Buch!"

„Den werde ich *ganz sicher* haben!"

Der Alte lächelte, stand auf und begleitete Bobby zur Tür.

„Vielen, vielen Dank noch mal! Und ich verspreche Ihnen, dass ich Sie bald wieder besuchen komme!"

„Darüber würde ich mich sehr freuen, mein Junge! Also, mach's gut."

Er hielt Bobby die Tür auf und dieser verstaute das Buch in seiner Jackentasche, zog den Reißverschluss wieder bis oben hin zu und trat anschließend ins Freie. Der Himmel war bereits von schwarzen Gewitterwolken überzogen, der Wind blies viel stärker als zuvor und der Regen prasselte auf den Boden. Bobby blickte sich noch einmal um und winkte dem alten Mann ein letztes Mal zu, bevor er sich schnellen Schrittes auf den Weg nach Hause machte. „Einen schönen Tag noch, Mr ... Entschuldigung, Gary!"

Der alte Kauz lächelte und machte ebenfalls eine grüßende Geste. Hektor kam herangetapst. Er nahm ihn auf seine Arme und kraulte ihm mit bedächtigen Handbewegungen das Fell, wobei der Kater wieder sein angenehmes, sanftes Schnurren von sich gab. Der Alte blickte Bobby noch einige Augenblicke nach, bis dieser aus seinem Sichtfeld verschwunden war.

„Den wünsche ich dir auch, ...", flüsterte er. *„... den wünsche ich dir auch."* In seinem Blick lag noch immer die Spur von etwas Trügerischem.

7

Es gab Pfannkuchen mit Vanillesoße und als Dessert für jeden ein Glas *Mousse au Chocolat*. Tabitha Garner war eine begnadete Köchin. Sie saßen alle beisammen in der geräumigen Küche im Erdgeschoss. Bobby schlang sein Essen jedes Mal regelrecht herunter, aber dieses Mal in *noch* schnellerem Tempo, da er sich gleich danach in sein Zimmer verziehen wollte, um sich seiner neuen Errungenschaft zu widmen. Er konnte es kaum erwarten, die Tür hinter sich abzuschließen, die Vorhänge zuzuziehen und endlich die erste Seite von *Der Munk* aufzuschlagen. Bobby war schon sehr gespannt darauf, was ihn in dieser Geschichte erwartete.

„Musst du denn immer so schlingen, hmm?", rügte Tabitha ihren Sohn.

„Entschuldige, Mom, aber ich habe riesigen Kohldampf!"

„Sei doch froh, wenn es dem Jungen so schmeckt!", warf Joe ein. „Und … hast du ein interessantes Buch gefunden?"

„Ja, Dad … hier." Bobby stand auf und ging rasch zu der Küchenplatte neben dem Elektroherd hinüber, wo er zuvor das Buch abgelegt hatte.

„Junger Mann! Steh nicht einfach unter dem Essen a…"

„Es heißt *Der Munk*", verkündete Bobby und drückte seinem Vater das Buch in die Hand, noch bevor seine Mutter zu Ende sprechen konnte. Joe beäugte es einen Moment lang, zog die Augenbrauen hoch und entgegnete dann: „Sieht ja richtig fies aus, dieser kleine Kerl! Erinnert mich irgendwie an diese hässliche Figur aus *Der Herr der Ringe*. Wie heißt sie doch gleich?" Er legte die Stirn in Falten und schnippte mit den Fingern. „Go… Gollum!"

„Ja, genau dasselbe dachte ich auch, als ich in dem Laden stand und es in der Hand hielt!"

„Wo hast du es denn her? Aus *Nancy's books and toys?*"

Bobby musste wieder an den Flyer denken.

„Nein, aus einem neuen Laden namens *Old Gary's*. So ein alter Kauz hat ihn unten am Haddonfield River eröffnet." Seine Eltern sahen ihn skeptisch an.

„Ja, mir kam es anfangs auch komisch vor, aber ich habe im *Midtown Park* diesen Flyer entdeckt. Moment, ich …" Er stand ein zweites Mal auf und eilte zu dem Kleiderhaken im Flur hinaus, wo seine Jacke hing. Dort angekommen, kramte er zuerst in der linken Tasche herum – leer, dann in der rechten – ebenfalls leer. „Häh?", stieß Bobby verblüfft aus. Er warf auch einen Blick in die Innentasche, obwohl er wusste, dass er ihn da nicht reingetan hatte. „Komisch", murmelte er, und während er wieder zurück in die Küche ging, sah er auch noch in seinen Hosentaschen nach, doch auch hier war der Flyer nicht. „Das ist wirklich seltsam. Ich finde ihn nicht, weiß aber genau, dass ich ihn in meine Jackentasche gesteckt habe!"

Seine Eltern beäugten ihn noch immer mit ihren skeptischen Blicken.

„Bist du sicher, dass es diesen Laden am Haddonfield River überhaupt gibt, Bobby? Ich meine … in so einer Gegend eröffnet man doch normalerweise kein Geschäft, oder? Ich glaube, du willst uns einen Bären aufbinden, junger Mann", sagte Tabitha und begann zu kichern.

„Aber Mom, wenn ich's doch sage! Ich war doch selbst dort und habe dieses Buch gekau… nein, er hat es mir sogar *geschenkt!* Weil ich sein erster Kunde war und er gar nicht mehr wusste, dass er es überhaupt noch hat!"

„Bobby wird vermutlich schon verrückt von all dem Unsinn, den er liest", warf Meg mit einem frechen Grinsen auf dem Gesicht ein.

„Junges Fräulein!" Tabitha sah ihre Tochter mit einem strengen Blick an.

„Ach, halt die Klappe, Meg. Du bist nur neidisch, weil du überhaupt nicht lesen *kannst!*"

„Bobby!"

Joe begann zu lachen und fragte dann: „Und wo genau soll dieser Laden sein, dieser *Old Jerry's*, hmm?"

„Old *Gary's!* Man muss über die kleine Brücke und anschließend etwa zweihundert Meter am Waldesrand entlanggehen, bis man zu einer Lichtung kommt, wisst ihr!" Nun kicherten sie alle.

„Ach, denkt doch, was ihr wollt!", schnaubte Bobby verärgert und aß wortlos seinen Teller leer.

8

Er betrat sein Zimmer im ersten Stock und schloss die dunkelbraune Holztür hinter sich ab, da er an diesem Abend ungestört sein wollte und ein Schild mit der Aufschrift *Bitte nicht stören!* oder Ähnlichem nichts nützen würde, weil sich daran sowieso niemand hielt, wie Bobby schon oft genug feststellen musste. Er blieb noch einen Moment lang an das *Nightmare on Elm Street*-Poster angelehnt stehen, welches an seiner Tür hing, bevor er schließlich zum Fenster ging, um die Vorhänge zuzuziehen. Freddy blickte ihm mit seinem bösen Grinsen hinterher – ähnlich dem des Kobolds auf dem Buch. Bobby ging zu seinem Schreibtisch und setzte sich, gespannt darauf, was ihn in dieser Geschichte erwarten würde. Er legte das Buch vor sich nieder und blickte wie gebannt auf den Umschlag.

Na los, Bobby! Öffne endlich das Buch und fang an zu lesen! Na mach schon, Bobby!, schien ihn der Kobold förmlich aufzufordern.

Er ließ seine Finger noch einmal über den leicht verblassten Umschlag gleiten, bevor er schließlich die erste Seite aufschlug, welche leer war. Auch die zweite war nicht bedruckt – weder Verlag noch Autor waren zu finden. Auch kein Erscheinungsjahr. Nichts dergleichen. Auf der dritten Seite waren lediglich in roten geschwungenen Buchstaben die Worte *Der Munk* aufgedruckt. Das Papier war sehr vergilbt. Bobby blätterte ein weiteres Mal um, und der Text begann. Gespannt und voller Erwartung fing er an zu lesen.

9

Der Alte saß derweil im Kerzenschein in seinem kleinen Hinterzimmer und hielt Hektor auf dem Arm. Während er dem schnurrenden Kater mit gemächlichen Handbewegungen über das schwarze glänzende Fell strich, musste er fortwährend an den Jungen denken – den Jungen, der seine Freude nicht hatte verbergen können, als er das Buch in den Händen hielt. Er sah Bobbys faszinierte Miene klar und deutlich vor seinem geistigen Auge, und auf das Gesicht des Alten legte sich langsam ein finsteres Lächeln.

10

Der Munk sprang aus seinem kleinen Floß heraus, welches aus kurzen zusammengebundenen Ästen bestand, band es mit der Schnur, die er bei sich hatte, an einem Strauch am Ufer des kleinen Baches fest und setzte sich anschließend ins weiche Gras. Er richtete seinen Blick gen Himmel. Es war ein sehr kalter Tag, und die Sonne, welche allmählich unterging, bewirkte da auch nicht viel.

Aber das machte ihm nichts aus, denn ein Munk fror nun mal nicht. Er war ein Geschöpf der Unterwelt. Der Finsternis. Der Kälte.

Die Grashalme kitzelten seinen kleinen schlaksigen Körper, während er dem Krächzen der Krähen hoch über den Baumkronen lauschte, welches ihm ziemlich schnell auf die Nerven ging.

Er musste weiter, denn er hatte eine Mission zu erfüllen.

Diese Menschen, diese abscheulichen Kreaturen! Sie waren widerliche, hässliche Geschöpfe, und dafür musste man sie bestrafen!

Der Munk verzog das Gesicht zu einer bösartig grinsenden Fratze, wobei seine messerscharfen Zähne zum Vorschein kamen, stand auf und klopfte sich die Erde von seiner Hose. Er blickte noch einmal auf sein Floß zurück, welches im Wasser leicht hin und her schaukelte. Da er es nun nicht mehr benötigte, ging er noch einmal zum Ufer zurück und zerbiss die Schnur, worauf das Floß langsam in der sanften Strömung des Baches davontrieb. Er beobachtete es noch ein paar Augenblicke lang, bevor er sich schließlich wieder umdrehte und sich weiter seinen Weg durch das Gestrüpp bahnte …

11

Der Nachthimmel war sternenklar. Bobby warf einen Blick auf die Uhr, welche an der Wand neben seinem Bett hing. Er hatte gar nicht mitbekommen, dass es bereits halb elf war, so sehr war er in das Buch vertieft. Wenn er las, ging sein Zeitgefühl des Öfteren flöten. „Oh Mann", murmelte er gähnend, während er sein *Fantasymagazine*-Lesezeichen mit der kleinen Abbildung eines Werwolfkopfes darauf nahm und es zwischen die Seiten legte. *Egal*, dachte sich Bobby. *Ist sowieso Wochenende. Morgen werde ich sofort weiterlesen.*

Die Geschichte gefiel ihm sehr gut. Wie der kleine Munk seines Weges ging, durch die Wälder streifte und darüber nachdachte, wie er den Menschen Böses antun konnte, fesselte den Jungen.

Wie dem auch sei, er klappte das Buch zu, stand auf und ging noch einmal zur Toilette, bevor er sich wieder in sein Bett legte, die kleine Nachttischlampe ausknipste und kurze Zeit später einschlief.

12

„Bobby!", zischte eine unheimliche Stimme. *In der Dunkelheit tauchten die vagen Umrisse eines kleinen, bösartig grinsenden Gesichts vor ihm auf, dessen finster dreinblickende Augen ihn anstarrten – ihn wie besessen anstarrten. Er hatte Angst und versuchte davonzulaufen, war aber nicht in der Lage, sich auch nur ansatzweise zu bewegen, während die groteske Fratze immer näher kam. Er hielt schützend die Arme vor sich. Angstschweiß stand ihm auf der Stirn und sein Herz hämmerte wie wild in seiner Brust. Aus dem Furcht einflößenden Mund, aus welchem rasiermesserscharfe Zähne hervorblitzten, drangen abermals dieselben Worte:* „Bobby! Bobby!!"

„Bobby!"

Er schreckte ruckartig hoch und gab einen leisen Schrei von sich. Bobby blickte völlig perplex in das Gesicht seiner Mutter, die vor seinem Bett stand. „Wa... wa... was?!", stammelte er verwirrt.

„Ganz ruhig, Bobby. Du hast nur schlecht geträumt. Steh auf, es ist gleich zehn Uhr! Und geh duschen, hörst du?"

Er sah an sich herab und bemerkte, dass er schweißgebadet war. Die Bettdecke klebte an seinen Beinen. „Ich ... ich habe was?"

„Schlecht geträumt!", wiederholte Tabitha. „Das kommt von dem ganzen Schund, den du liest. Bist selber schuld, junger Mann! Wie dem auch sei, geh duschen, zieh dich an und komm dann runter! Ich mach dir dein Frühstück, okay?"

„Ja, ist gut", murmelte er und entspannte sich langsam wieder. „Danke, Mom."

Tabitha zog die Vorhänge zur Seite, öffnete das Fenster und verließ danach den Raum wieder. Bobby sank zurück in sein Kissen und starrte die Zimmerdecke an. Der Traum mit der unheimlichen Fratze, welche immer wieder seinen Namen gezischt hatte, fing langsam an zu verblassen, und nur wenige Augenblicke später war er vollständig aus Bobbys Erinnerungen verschwunden. Einen Moment lang blieb dieser noch mit geschlossenen Augen liegen, bevor er schließlich aufstand, seine Klamotten von der Stuhllehne nahm, ein Handtuch aus dem Schrank fischte und sich dann auf den Weg zur Dusche machte.

13

„Wo ist denn Dad? Ist er gar nicht zu Hause?", fragte Bobby, als er sich an den Küchentisch setzte, auf dem schon ein Teller mit leckeren dampfenden Eiern mit Speck auf ihn wartete.

„Nein, er ist mit Meg zu den Elligmans gefahren. Pete hat ihn um Hilfe gebeten, ihren neuen Flachbildfernseher abzuholen. Ein *Riiieeesenteil*, wie dein Vater ihn nannte."

„So einen brauchten wir auch, Mom."

„Ach, *brauchten* wir?", fragte Tabitha sarkastisch, ohne ihrem Sohn die Gelegenheit zu lassen, eine Antwort zu geben. „Meg spielt derweil mit Linda und deren neuem Puppenhaus."

„Ach … etwa diese kleine verzogene Göre mit den vielen Sommersprossen im Gesi…"

„*Bobby!!*", unterbrach ihn seine Mutter mit erhobener Stimme. Er verstummte kurz und musste dann leise kichern, bevor er zu essen begann. Tabitha schüttelte den Kopf und machte sich anschließend an das bisschen Geschirr, welches in der Spüle stand. „Sei so gut und geh nachher eine Runde mit Stanley, hörst du?"

„Aber Mom!", protestierte der Junge. „Ich wollte eigentlich gleich nach dem Frühstück mein Buch weiterle…"

„Das kannst du doch auch später machen! Stanley braucht nun mal jemanden, der mit ihm Gassi geht, das weißt du ganz genau. Ich habe so viel Hausarbeit zu erledigen, und wie schon erwähnt ... ist sonst niemand da."

„Ja, ist ja schon gut", gab Bobby kleinlaut bei.

„Außerdem sollst du nicht so viel von diesem Schund lesen. Hast vorhin in deinem Bett gezappelt, als hätte dir jemand Stromschläge verpasst."

Bobby erwiderte nichts, sondern aß seinen Teller wortlos leer und stellte diesen dann neben der Spüle ab. Als er die Küche verließ, pfiff er nach Stanley. „Komm, alter Junge!"

Der Hund kam aus dem Wohnzimmer angerannt und folgte ihm zur Haustür. Seine hin und her baumelnde Zunge verlieh ihm dabei ein ziemlich witziges Aussehen, worauf Bobby lachen musste.

14

Es war recht ruhig in der Nachbarschaft, wie üblich an Sonntagen, und auf der ganzen Straße war niemand zu sehen. Bobby hatte die Hundeleine in seine Jackentasche gesteckt und schlenderte gemütlich den Gehweg entlang, während Stanley ein Bein hob und an den Gartenzaun der Hallorans pinkelte, einem sehr netten alten Ehepaar, mit dem die Garners befreundet waren.

In der Westmark Avenue lebten sehr viele alte Leute, und manch einem würde es hier vermutlich schnell langweilig werden, aber Bobby gefiel es sehr gut in ihrer Siedlung. Er mochte die Ruhe. Er zählte nicht zu den lebhaften Teenagern, die sich ständig mit ihren Cliquen trafen, um die Häuser zogen und immerzu darauf erpicht waren, die Straßen unsicher zu machen, wie es so schön heißt. Von dieser Sorte gab es genügend auf der Haddonfielder Highschool. So kam es auch hin und wieder vor, dass Bobby von ein paar größeren Jungs wie zum Beispiel Richie Perlman und seiner Gang gehänselt wurde. Aber er verstand es immer sehr gut, ihnen einfach aus dem Weg zu gehen, da er mit niemandem Ärger haben wollte.

„Ein Teenie von der ruhigen Sorte eben", wie ihn Sarah Weathers im Englischunterricht des Öfteren bezeichnete, was aber keineswegs heißen sollte, dass Bobby ein Einzelgänger war!

„Na, Bobby … alles klar?"

„Oh … hallo, Mr Halloran. Ich habe Sie gar nicht gesehen. Wie geht es Ihnen?"

„Ach, ganz gut. Aber wie zum Teufel kann man denn einen alten schwarzen Mann am helllichten Tag übersehen?" George Halloran schnitt eine Grimasse, bei deren Anblick Bobby grinsen musste. Der Junge mochte den alten Mann wirklich sehr, denn dieser war jederzeit zu Späßen aufgelegt. Noch bevor Bobby geboren war, hatten die Hallorans schon in der Westmark Avenue gewohnt. Als er noch klein war, hatte er oft in ihrem Garten gesessen und George beim Holzhacken zugesehen.

„Kommt uns doch mal wieder besuchen! Ruth freut sich immer riesig, wie du weißt, wenn Gäste kommen und ihren Apfelkuchen kosten."

Ruth Halloran backte den besten Apfelkuchen, den man sich nur vorstellen konnte. Die Garners waren des Öfteren bei ihnen zu Besuch.

„Ja klar, das werden wir … aber jetzt muss ich weiter. Der Hund braucht seinen Spaziergang, wissen Sie!" Bobby wollte gerade weitergehen, doch dann drehte er sich noch einmal um und meinte: „Ach übrigens: Ich muss mich bei Ihnen noch für etwas entschuldigen. Er hat vorhin an Ihren Zaun gepinkelt."

George sah ihn finster an. „Solange er mir einen neuen besorgt, ist das überhaupt kein Problem."

Bobby konnte eine kurze Lachsalve nicht unterbinden, bevor er sich schließlich verabschiedete. „Bye, Mr Halloran!"
„Mach's gut, mein Junge!"
Er ging weiter den Gehweg entlang. Der Wind hatte etwas aufgefrischt und fegte das Laub über die Straße. Bobby bemerkte, dass Stanley nirgends mehr zu sehen war. Er ging etwas schneller und pfiff nach diesem. Der Junge blickte sich um, und als er den Hund noch immer nicht entdeckte, pfiff er ein zweites Mal. „Wo zum Teufel *steckt* er nur?", murmelte Bobby. Als er gerade im Begriff war, ein weiteres Mal zu pfeifen, hörte er just im selben Moment ein leises Knurren, das hinter der hochwuchernden Hecke der Prestons hervordrang, welche die Einfahrt der Arlington Street säumte. Er legte den Laufschritt ein, und als er um die Ecke bog, blieb er erschrocken stehen, als er seinen Hund erblickte, wie dieser ein paar Meter vor ihm eine etwas ältere Frau anknurrte, bei deren Anblick dem Jungen ein wenig mulmig zumute wurde.

Sie trug eine zerlöcherte, braune Hose und einen dreckigen, ebenfalls braunen Strickpullover. Hinter ihr stand ein mit prall gefüllten Tüten, aus denen Pfandflaschen und weitere abgenutzte Kleidungsstücke herausragten, vollgestopfter Einkaufswagen des Supermarktes, welcher sich zwei Straßen weiter befand. Der Wind wehte der Frau das zum Teil ergraute Haar in ihr von Falten gekennzeichnetes Gesicht, welches schmutzige Stellen an Wangen und Stirn aufwies. Sie machte auf den Jungen nicht gerade einen vertrauenerweckenden Eindruck. Die Frau starrte Bobby mit einem durchdringenden Blick an.

„*Stanley*, komm her!", forderte er den Hund auf, welcher aber keinerlei Anstalten machte, seinen Worten Folge zu leisten.

„Oh mein Junge, *armer* Junge! Unheil wird herabfallen!", rief die Frau plötzlich mit einer kräftigen Stimme und hob dabei theatralisch die Hände in die Luft, worauf Bobby erschrocken zusammenfuhr und sie völlig perplex anstarrte. *Was zum Teufel meint sie damit?*, fragte er sich. „Sta… Stanley!"

Ohne die Frau dabei aus den Augen zu lassen, sprang der Jack-Russell-Terrier zu Bobby herüber, welcher dem immer noch knurrenden Hund schleunigst die Leine anlegte.

„Großes Unheil, mein Kind!"

„Wa... was?! Sie ... Sie müssen mich mit jemandem verwechseln!" Seine Stimme brach. Er bekam es langsam mit der Angst zu tun, und sein Herz fing an, schneller zu schlagen.

„Er darf dich nicht in seinen Bann ziehen! Oh Gott, so lass mich dir doch *helfen!!*"

Er kam zu der Erkenntnis, dass die Frau eindeutig verrückt sein musste, da diese ihre Hände erneut hob, diesmal *noch* theatralischer als zuvor. Sie blickte kurz mit gequält wirkendem Gesichtsausdruck gen Himmel und schritt dann langsam auf Bobby zu. Die unheimliche Alte flößte dem Jungen zunehmend Angst ein, und er machte ein paar Schritte rückwärts, wobei er Stanleys Leine mit leicht zitternden Händen umklammerte und das Tier mit sich zog. Der Hund stemmte sich mit aller Kraft in Richtung der Frau und fletschte wie wild die Zähne. Sein stetiges Knurren wurde immer lauter.

„Bi... bi... bitte lassen Sie mich in Ruhe!", stammelte Bobby.

Die Unbekannte stieß einen gurgelnden Schrei aus, während sie auf ihn zukam. „Unheil! Unheil!!", rief sie, wobei sich ihr Gesicht zu einer wie von Schmerz erfüllten Grimasse verzog. Als sie gerade im Begriff war, etwas aus der Seitentasche ihres Strickpullovers herauszunehmen, nutzte Bobby die Gelegenheit, drehte sich um, zog mit einem kräftigen Ruck an Stanleys Leine und rannte anschließend los.

„Großes Unheil wird herabfallen!! Lass mich dir doch helfen!! Er ist ein Diener des *Bööösen!!!*", hörte er ihre laute Stimme hinter sich, während er so schnell rannte, wie er konnte, und penibel darauf achtete, nicht über seinen lauthals kläffenden Hund zu stolpern geschweige denn die Leine fallen zu lassen. Er hetzte die Straße entlang, ohne dabei auch nur ein einziges Mal langsamer zu werden, bis er schließlich vor dem Gartentor seines Hauses keuchend zum Stehen kam, wo er sich hektisch umblickte. Er konnte die Frau jedoch nirgends mehr sehen. Auch deren irres Geschrei war mittlerweile verstummt. Sein Herz hämmerte nach wie vor in rasantem Tempo gegen seine Brust. Er öffnete das Gartentor, eilte hinein und schloss es anschließend schnell wieder.

Bobby nahm seinem Hund, welcher sich allmählich wieder beruhigte und zu bellen aufhörte, die Leine ab und ließ sich danach, immer noch keuchend, auf dem Rasen nieder. „Oh, verdammt! *Was zum Teufel* war denn mit der los?!"

Wie verrückt muss jemand sein?, fragte er sich in Gedanken, während er, von dem Sprint noch immer völlig erschöpft, im kalten Gras hockte und nur langsam wieder zu Atem kam.

Etwa fünf Minuten verstrichen.

Er betrachtete Stanley, wie dieser mit heraushängender Zunge und seinem dümmlich wirkenden Gesichtsausdruck neben ihm Platz nahm, und auf Bobbys gerötete Wangen legte sich ein leichtes Schmunzeln.

15

Am Abend saß Bobby wieder in seinem Zimmer und war in sein Buch vertieft. Auf dem Schreibtisch vor ihm standen eine Schüssel voller Nachos und eine Flasche Cola. Joe und Tabitha Garner waren zum Salsatanzen gefahren.

„Wir werden wahrscheinlich erst spät in der Nacht wieder zurückkommen. Bleib nicht länger als bis halb zehn auf, hörst du?", hatte seine Mutter noch gesagt, bevor sie um kurz nach sieben Uhr das Haus verließen. Seine Schwester Meg war schon vor einiger Zeit schlafen gegangen. Bobby war sich durchaus bewusst darüber, dass auch er am nächsten Tag in der Schule ausgeschlafen sein musste, doch er hatte keineswegs vor, noch vor halb zehn ins Bett zu gehen.

Draußen herrschte ein ziemliches Unwetter. Der Wind heulte und peitschte den Regen gegen das Fenster.

Genau das richtige Wetter zum Schmökern, dachte sich Bobby, während er zur nächsten Seite blätterte. Der Munk befand sich gerade auf dem Weg in die Stadt, fernab der Wildnis, und mit jeder Seite, die der Junge las, kamen die bösartigen Züge des Kobolds deutlicher zum Vorschein. Dieser hatte es wahrlich auf die Menschen abgesehen! Bobby war schon sehr gespannt darauf, was er mit ihnen anstellen würde.

Die Minuten verstrichen, und die Nachos in der Schale wurden weniger.

16

... Der Munk saß im hohen Gras neben dem Briefkasten und beobachtete die schneeweiße Katze, wie diese auf dem Rasen saß und sich die Pfoten leckte. Welch süßes Kätzchen du doch bist! Wirklich jammerschade um dich!

In seinem Gesicht erschien wieder dieses bösartige Grinsen. Er machte vorsichtig ein paar Schritte vorwärts. Etwa fünf Meter vor dem Tier blieb er stehen und begann mit seinen Händen leicht im Gras zu rascheln, worauf die Katze augenblicklich den Kopf in seine Richtung drehte. Sie starrte einen Augenblick lang auf die Stelle, an der sich die Grashalme stetig hin und her bewegten, und pirschte sich dann in geduckter Haltung langsam auf den Munk zu, den sie für eine Maus hielt. Dieser lauerte seinerseits auf sein Opfer wie ein Raubtier auf dessen Beute.

Welch eine Ironie des Schicksals!

Nur noch ein kleines Stück.

Komm schon, liebes Kätzchen! Komm in meine Arme!

Als die Katze etwa einen halben Meter vor ihm zum Sprung ansetzte, stürmte er auf sie zu. Er war verdammt flink, und noch bevor sie reagieren konnte, schlug er seine messerscharfen Zähne in ihr linkes Vorderbein, woraus augenblicklich Blut hervorquoll. Die Katze gab ein gequältes Fauchen von sich und versuchte reflexartig, den kleinen Angreifer abzuschütteln, was aber zwecklos war. Die immens kräftigen Kiefer des Munks pressten sich noch weiter zusammen, und seine Zähne bohrten sich immer tiefer in das Fleisch hinein. Ein deutlich vernehmbares Knacken ertönte, als der Knochen brach. Die Katze zuckte wie wild umher, während ihr Fauchen immer lauter und schmerzerfüllter wurde. Sie ließ mit ausgefahrenen Krallen ihre Pfote auf die Kreatur herabsausen, welche ihr so zugesetzt hatte – ein Mal ... ein zweites Mal ... dann ein drittes Mal. Doch die Krallen prallten einfach an der hornartigen Haut des Munks ab. Als sie mit letzter Kraft versuchte, diesen zu beißen, ließ er kurz von ihr ab und sprang ein Stück zur Seite – bereit für den nächsten Angriff. Mit eingeknicktem linken Vorderbein versuchte das Tier verzweifelt, vor seinem Angreifer zu fliehen, und hinkte in Richtung der Terrasse.

Der Munk zögerte nicht lange und hetzte seinem Opfer hinterher. Mit einem gezielten Satz sprang er auf dessen Rücken und biss erneut zu. Er vergrub seine Kiefer regelrecht im Leib des Tieres und war nun völlig dem Blutrausch verfallen. Ein letztes qualerfülltes Fauchen ertönte, bevor der Bauch der Katze bis zur Seite hin aufriss und sie auf dem Rasen zusammenklappte, worauf die Gedärme aus der riesigen, klaffenden Wunde quollen.

Es dauerte noch eine Weile, bis der Munk von dem nun völlig zerfetzten Tier abließ. Das Quietschen der Terrassentür ließ ihn aufhorchen, und er verschwand völlig blutüberströmt in Richtung der Hecke. Eine braunhaarige Frau kam aus dem Haus herausgestürmt und schlug kreischend die Hände vors Gesicht, als sie auf dem inzwischen rotgetränkten Rasen das kleine Kätzchen sah, wie dieses mit aufgerissenem Bauch in einer Lache aus Blut und Gedärmen lag.

Ein Szenario wie aus einem Horrorfilm.

Die Frau sackte in die Knie, während der Munk wieder böse grinsend in der Hecke saß und sich das Blut vom Kiefer wischte …

17

Es war bereits Viertel nach zehn, wie Bobby feststellte, als er einen Blick auf die Uhr warf. Er rieb sich gähnend die Augen und legte das Buch beiseite. „Ziemlich heftig", murmelte er, während er von seinem Schreibtisch aufstand und zum Bett hinüberging, wo er sich entkleidete und anschließend in seinen Pyjama schlüpfte. Müde schlug er die Decke zurück, ließ sich in die weiche Matratze fallen und gähnte ein weiteres Mal.

Es dauerte nicht lange, bis er eingeschlafen war.

18

„Na, wie war's heute?", fragte Joe, der mit seinem rostigen Rechen in der Hand vor einem großen Haufen Laub stand, als Bobby am nächsten Tag von der Schule nach Hause kam und durch das Gartentor schlenderte.

„Wie immer, Dad", antwortete dieser und stellte seinen Rucksack am Boden ab. „Wie immer."

„Was für eine *Begeisterung!*", meinte sein Vater in sarkastischem Tonfall.

„Ich habe dir doch schon mal erzählt, wie langweilig Mr Grant den Religionsunterricht gestaltet. Sein ödes Gefasel ist kaum auszuhalten, Dad! Der Kerl muss mindestens … *zweihundert* Jahre alt sein und erweckt ständig den Eindruck, als würde er jeden Moment einschlafen." Bobby zog erst eine Grimasse, schloss dann die Augen und ließ anschließend den Kopf nach vorne sinken. „Außerdem hört ihm sowieso niemand zu."

Joe sah seinen Sohn an und ein kurzes Schmunzeln legte sich auf seine Lippen, bevor er entgegnete: „Aber du bist dir doch hoffentlich im Klaren darüber, dass *jedes* Fach wichtig für deine Zukunft ist, oder etwa nicht?"

„Ja, sicher, Dad", erwiderte Bobby seufzend, obwohl er eigentlich anderer Ansicht war. „Ich streng mich ja auch an. Soll ich dir vielleicht noch ein bisschen bei der Gartenarbeit helfen?"

„Nee, lass mal! Ich habe es sowieso gleich geschafft. Geh du schon mal rein, Sportsfreund! Deine Mutter wird bald mit dem Essen fertig sein und Meg müsste auch gleich nach Hause kommen."

„Hatte sie denn nicht schon früher Unterrichtsschluss?"

„Doch, doch ...", erwiderte sein Vater. „... aber sie ist nach der Schule noch zu Kelly gegangen."

Bobby bückte sich, hob seinen Rucksack wieder auf und schlenderte ins Haus. Schon im Flur stieg ihm der herrliche Duft von Hackbraten – eine seiner Lieblingsspeisen – in die Nase. „Hallo Mom!", sagte er, als er die Küche betrat.

„Hallo, junger Mann! Na ... wie war's in der Schule?" Gleiche Frage – gleiche Antwort. Er berichtete seiner Mutter, wie „spannend" der Religionsunterricht gewesen war, während er sich an den bereits gedeckten Küchentisch setzte. Die Uhr an der Wand neben dem Kühlschrank zeigte zwanzig nach eins an, als von draußen Megs Stimme zu ihnen hereindrang. Obwohl das Gartentor auf der anderen Seite des Hauses lag, war sie deutlich zu hören.

„Warum muss die denn bloß so schreien? Das Mädchen trommelt noch die ganze Nachbarschaft zusammen!"

„Keine Ahnung, Mom. Vielleicht hat ja eine Biene sie in den Hintern gesto...", wollte Bobby gerade sagen, als er just in dem Moment hörte, wie die Haustür geöffnet wurde. Keine drei Sekunden später stand seine Schwester in der Küche – völlig außer

Atem. „Mom! Mom, du wirst nicht glauben, was pa... passiert ist! Ruby ... oh Gott ... sie ist ..."

„Jetzt beruhig dich erst mal und setz dich hin!", unterbrach Tabitha ihre Tochter. „Musst du denn so laut schreien? Was ist überhaupt los?"

Doch Meg machte keinerlei Anstalten, sich zu setzen, geschweige denn zu beruhigen. Stattdessen senkte sie den Kopf und flüsterte: *„Ruby ist tot."*

„Was?!", fragte Tabitha entsetzt, wobei ihr beinahe der Becher mit Sahne, den sie gerade in den Kühlschrank stellen wollte, aus den Händen geglitten wäre.

„Kellys Mom hat sie heute Morgen im Garten gefunden, und sie sagte, Rubys Bauch war aufg... g... geschlitzt!", sagte Meg mit brüchiger Stimme. „Ich habe sie noch selbst auf dem Rasen liegen sehen – nur mit einem Tuch be... bedeckt!" Dann begann sie zu weinen. Tabitha ging sofort zu ihr hinüber und nahm sie tröstend in die Arme.

„Oh Gott, wer macht denn so etwas Schreckliches?", fragte Meg schluchzend und sah mit von Tränen verschleiertem Blick zu ihrer Mutter auf.

„Ich weiß es nicht, Schätzchen ... ich weiß es nicht."

Bobby saß wie versteinert auf seinem Stuhl, starrte mit offenem Mund seine Schwester an und brachte kein einziges Wort heraus. Bei Ruby handelte es sich um das kleine weiße Angorakätzchen der Sheldons.

Das ist unmöglich! Das ist einfach unmöglich!

Kleine Schweißperlen bildeten sich auf seiner Stirn.

Das muss ein Zufall sein! Ein gottverdammter Zufall!

Joe betrat mit einem bestürzten Gesichtsausdruck die Küche (er hatte die Unterhaltung von draußen mitbekommen) und meinte: „Ich kann so etwas einfach nicht verstehen. Welcher Mensch ist nur in der Lage, etwas derart Grausames zu tun?"

Mensch.

Meg hatte das Tier fast so gern gehabt wie Kelly selbst. Als sie sich langsam wieder beruhigt hatte, setzte sie sich an den Tisch und wischte sich die Tränen von den Wangen. Tabitha reichte jedem ein Stück Hackbraten mit einem Schöpflöffel Soße auf den Teller, und mit bedrückter Stimmung begannen die Garners zu essen.

Bobby war immer noch außerstande, etwas zu sagen.

Mensch?!

19

Als er später wieder in seinem Zimmer saß, starrte er mit rätselndem Blick auf das Buch in seiner Hand. Er musste fortwährend an Megs Worte denken und daran, was er am Abend zuvor gelesen hatte. Es schien verrückt, zu glauben, dass es irgendeinen Zusammenhang zwischen dem Tod Rubys und dem Text in dem Buch gäbe, aber der Gedanke ließ sich einfach nicht verdrängen. Hätte er am Küchentisch irgendetwas davon erwähnt, hätte ihm seine Mutter das Buch auf der Stelle weggenommen, dessen war sich Bobby ziemlich sicher. An Grausamkeiten übertraf es den Lesestoff, der für sein Alter geeignet war, bei Weitem.

Es muss sich um einen Zufall handeln! Um einen verdammten Zufall! So etwas kann *es einfach nicht geben! Es ist eine rein fiktive Geschichte, die schließlich nicht zur Realität werden kann!*

Unzählige solcher Gedanken schossen ihm durch den Kopf. Um sich abzulenken, legte er das Buch auf den Schreibtisch, stand auf und ging zum Fenster hinüber. Er öffnete dieses, reckte den Kopf nach draußen und sog anschließend die frische Herbstluft ein. Der Wetterbericht hatte für den Abend teils heftige Gewitter angesagt, aber noch war es relativ mild im Gegensatz zu den vergangenen Tagen. Hin und wieder bahnten sich sogar einzelne Sonnenstrahlen ihren Weg in den Garten der Garners. Es wehte eine leichte kühle Brise, die Bobbys heiße Stirn kühlte, welche von seiner ängstlichen Nervosität herrührte. Er sah Stanley ziellos über den Rasen trotten. Bei dem Anblick seines Hundes waren die Gedanken des Jungen sofort wieder bei dem toten Kätzchen.

Was, wenn ...? – Nein! Stopp!, befahl er sich selbst. *Das ist alles nur ein unheimlicher Zufall, weiter nichts!*

Er zwang sich endgültig, seine Angst zu verdrängen, und schloss das Fenster wieder. Eine Stimme in seinem Kopf mahnte ihn, wie albern er doch sei, sich einen derartigen Irrsinn einzubilden.

Kurze Zeit später saß Bobby erneut mit dem Buch in der Hand an seinem Schreibtisch, ohne sich weitere Gedanken darüber zu machen. Er schlug es auf und begann wieder zu lesen.

Zur selben Stunde streifte die unheimliche Frau vom Vortag durch die Gegend und suchte nach ihm.

20

... Er betrachtete noch einen Augenblick lang die kreischende Frau, bevor er schließlich auf den Gehweg verschwand. Der Munk wusste, es würde nicht lange dauern, bis sich die ganze Nachbarschaft hier versammelt hätte. Er blickte sich noch einmal kurz um, bevor er anschließend in raschem Tempo davoneilte.

Am frühen Abend befand er sich auf dem Parkplatz eines Maklerbüros und blickte auf einen weißen Mercedes, welcher dort stand. Der Wagen gehörte Greg Stillton, dem Chef des Büros. Doch dem Munk war völ-

lig egal, wem er gehörte. Für ihn war jeder Mensch gleich Mensch gleich Opfer. Er blickte sich um, und nachdem er sichergestellt hatte, dass weit und breit niemand zu sehen war, schlich er zum linken Hinterreifen und schob dann langsam seinen dünnen Arm durch die Felge. Seine Finger schlossen sich um die erste Radmutter und lockerten diese etwas. Dann machte er sich an die zweite. Die Kraft des kleinen „Kerls" war schier unfassbar. Jeder Mensch benötigte dazu Werkzeuge, doch er tat es mit bloßen Händen und einer Leichtigkeit, welche man sich kaum vorzustellen vermochte.

Als er fertig war, ließ er von dem Wagen ab, machte ein paar Schritte rückwärts und nickte anschließend zufrieden. Der gelockerte Reifen würde die Heimfahrt des Besitzers in einen aussichtslosen Höllentrip verwandeln, dessen war sich der Munk sicher. In seinem Gesicht erschien abermals jenes finstere, abscheuliche Grinsen. Er verweilte noch einen Augenblick lang neben dem Wagen, bevor er schließlich in Richtung Park verschwand, welcher nicht weit von dem Maklerbüro entfernt lag …

21

Der Regen wurde immer stärker. Die Blitze zuckten in zunehmend kürzeren Abständen am Himmel auf und tauchten diesen in gleißendes Licht. Die Donnerschläge, welche kurz darauf folgten, waren laut und dröhnend.

Greg Stillton, einer der erfolgreichsten Immobilienmakler der Stadt, verließ sein Büro gegen halb acht Uhr abends. Er war ein sehr angesehener Mann. Schon vor Jahren hatte er sich selbstständig gemacht, und sein Immobilienbüro lief wirklich gut. Es war ein langer, stressiger Arbeitstag für Greg gewesen, und er war schon ziemlich müde, als er die Tür hinter sich abschloss. Er war stets der Letzte, der das Büro verließ. Seine Angestellten machten allesamt einen sehr guten Job und hatten sich ihren pünktlichen Feierabend redlich verdient, wie er fand.

Er eilte auf dem von Laternen schwach beleuchteten Weg in Richtung des Parkplatzes, wo sein Wagen stand, und sein schwarzer Mantel flatterte ihm dabei im zunehmend stärker wehenden Wind um die Beine. Dort angekommen, kramte er den Autoschlüssel aus seiner Hosentasche und schloss die Fahrertür auf.

Auf dem Gehweg der Main Street, welche direkt an Gregs Büro vorbeiführte, huschten Menschen in langen Regenmänteln in hektischem Tempo aneinander vorbei – die Köpfe dabei schützend gesenkt und die Hände tief in den Taschen vergraben.

Greg setzte sich ans Steuer und legte seinen Aktenkoffer auf den Rücksitz. Von der Eingangstür seines Büros bis zu seinem Wagen war es zwar nicht weit, aber sein schwarzer Hut, den er nun abnahm und auf den Beifahrersitz legte, war trotzdem schon völlig durchnässt. Nachdem er die Tür geschlossen hatte, legte er den Gurt an, steckte den Schlüssel in die Zündung und startete den Motor.

Den weißen Mercedes S-Klasse hatte er vor drei Jahren gekauft. Es war das Wunschauto seiner Frau Carrie gewesen, die in diesem Moment wahrscheinlich gerade Danny ins Bett brachte, während sie auf ihren Mann wartete. Die Stilltons führten eine sorgenfreie, glückliche Ehe, und Danny war Gregs ganzer Stolz. Der Kleine war vor Kurzem acht Monate alt geworden.

Greg stellte die Scheibenwischer an, fuhr vom Parkplatz und reihte sich in den dichten Feierabendverkehr ein. In den Scheinwerfern der Autos um ihn herum sah er den Regen, wie dieser in Massen auf die Fahrbahn niederpreschte. Das Wasser floss in starken Strömen den Bordstein entlang und versickerte nur mühselig in den Kanalisationsdeckeln, während das stetige Grollen des Donners zeitweise das wilde Dröhnen der Hupen übertönte. Die Ampel an der Kreuzung Main Street/Durham Street schaltete auf Rot um, und Greg trat auf die Bremse. Sein Wagen kam zum Stehen, und er schaltete das Radio an, worauf der Klang von

Joe Cockers rauer Stimme daraus ertönte, welche ihn entspannte und den stressigen Arbeitstag ein wenig vergessen ließ.

„*Hot time! Summer in the city …!*"

Passt ja hervorragend zum Wetter, dachte sich Greg mit einem leichten Schmunzeln auf den Lippen, während er durch die regenverschwommene Windschutzscheibe in den von einem weiteren grellen Blitz erleuchteten Himmel blickte. Er musste gähnen. Die Scheibenwischer hatten große Mühe, den immer heftiger herabprasselnden Regen abzuhalten. Greg achtete auf die Lichter der Ampel, lauschte der Musik und freute sich auf sein Abendessen, welches zu Hause auf ihn wartete. Das Rot schaltete auf Grün um, worauf er auf das Gaspedal trat und in die Durham Street einbog. Zu beiden Straßenseiten huschten Geschäfte und Imbissbuden an ihm vorbei. Joe Cocker beendete seinen Song und die Nachrichtensprecherin Irene Smith begann von den aktuellen Ereignissen zu berichten. Greg stellte das Radio etwas lauter und bekam somit nichts von dem schleifenden Geräusch mit, welches vom linken Hinterreifen ertönte. Er saß entspannt am Steuer und lauschte Irenes Stimme. Als diese gerade von den Börsen berichtete, begann hinter ihm jemand plötzlich unaufhörlich zu hupen. Greg warf stirnrunzelnd einen Blick in den Rückspiegel und sah einen silbernen Ford, dessen Fahrer – ein dunkelhaariger Mann Mitte vierzig – mehrere Male die Fernlichter aufblitzen ließ.

„Was soll *das* denn werden, Kumpel?", murmelte Greg, während er gerade die nächste Ampel hinter sich ließ. Der Kerl in dem Ford blieb ihm dicht auf den Fersen, und die Leute, welche in ihren langen Regenmänteln die Gehwege entlang eilten, wurden auf das laute Gehupe aufmerksam, worauf sie die Köpfe in seine Richtung drehten.

Was zum Teufel will der Kerl nur?, schoss es Greg immer wieder durch den Kopf. Er wurde zusehends nervöser und trat etwas stärker auf das Gaspedal. Der in Massen auf die Fahrbahn herabschießende Regen, Gregs steigende Nervosität, sein schnelles Tempo und vor allem das schleifende Geräusch seines linken Hinterreifens, welches er noch immer nicht bemerkt hatte, stellten eine gefährliche Mischung dar. Er schoss in schnellem Tempo die Durham Street entlang, dabei immer wieder einen Blick in den Rückspiegel werfend.

In Haddonfield war eine Menge Verrückter auf den Straßen unterwegs, und Greg stufte den Kerl hinter sich zweifellos als einen solchen ein.

„Was zum Teufel *willst* du denn von mir?!", brüllte er, während seine Nervosität langsam in Panik umschlug. In gekrümmter Haltung blickte er durch die verschwommene Windschutzscheibe, als er plötzlich ein dumpfes Poltern vernahm. Greg war sich sicher, dass der Mann ihn gerammt hatte – aber dem war nicht so. Vor *Eddie's Pizza* stand eine Frau mit einem etwa acht Jahre alten Mädchen an der Hand. Die Kleine deutete mit dem Finger auf den linken Hinterreifen, welcher sich soeben von Gregs Mercedes gelöst hatte und nun auf den Gehweg schoss. Noch im selben Moment begannen die Leute um sie herum zu schreien und die Hände entsetzt über dem Kopf zusammenzuschlagen. Der Wagen kam augenblicklich ins Schleudern, als seine linke Hinterachse die Straße entlangschleifte und einen Sprühnebel aus grellen Funken hinter sich her zog, welche im Regen sofort wieder erloschen.

„Oh verdammt, was zum ...", war Greg gerade im Begriff zu schreien, als er noch fast im selben Augenblick ungebremst in den Wohnblock raste, welcher sich an der Kreuzung Durham Street/Port Street befand. Die Schnauze des Mercedes wurde in Sekundenschnelle eingedrückt, und die Wucht war dermaßen stark, dass der Gurt an einer Stelle einriss und somit Gregs Körper nicht mehr halten konnte, woraufhin dieser durch die berstende Windschutzscheibe schoss. Der Aufprall auf der Fassade ließ seinen Schädel wie eine Wassermelone platzen.

Der silberne Ford kam schlitternd zum Stehen, woraufhin hinter ihm einige Autos ineinanderkrachten. Die Frau mit dem Mädchen hatte es gerade noch geschafft, diesem die Hand vor die Augen zu halten, um so zu verhindern, dass die Kleine den Menschenkörper mit dem nun völlig unkenntlichen Kopf zu Gesicht bekam, der mittlerweile grotesk eingeknickt auf dem Asphalt lag.

Aus den umliegenden Gebäuden kamen fast zeitgleich Menschen herausgestürmt, und es dauerte nicht lange, bis eine Massenhysterie ausbrach. Die Leute rannten wild durcheinander, und aus allen Richtungen waren panische Schreie zu hören, während Gregs Wagen in Flammen aufging. Ein weiterer heftiger Donnerschlag erschütterte das Geschehen.

Es dauerte nur wenige Minuten, bis die Feuerwehrfahrzeuge mit lärmenden Sirenen angerauscht kamen, und auch die Polizei traf kurze Zeit später ein. Auf der Durham Street bot sich ihnen ein Szenario, welches einem Hollywood-Actionfilm entsprungen sein könnte. Dem heftigen Regen war es zu verdanken, dass die Männer es schafften, den brennenden Wagen noch rechtzeitig zu löschen, bevor dieser explodieren konnte oder die Flammen auf die umliegenden Autos und Gebäude übergriffen.

Für Greg Stillton jedoch kam zu diesem Zeitpunkt jegliche Hilfe zu spät.

22

Joe Garner saß auf dem Wohnzimmersessel, hielt einen Kugelschreiber in der Hand und war schon seit geraumer Zeit damit beschäftigt, Sudokus auszufüllen. An dem, mit welchem er gerade beschäftigt war, saß er nun schon seit etwa einer halben Stunde und kam auf Teufel komm raus auf keine weitere Zahl, was aber vielleicht auch an den vier Flaschen Bier lag, die er bereits geleert hatte. „Verflixt noch mal, warum müssen manche von diesen Dingern nur so verdammt *schwierig* sein? Diese verfluchten Chinesen!"

„Soweit ich weiß, stammen diese Rätsel aus Japan, Dad", meinte Bobby, der auf der Couch saß und damit beschäftigt war, aus Zeitschriften, welche vor ihm auf dem Wohnzimmertisch verstreut lagen, Artikel über Afrika auszuschneiden. Er benötigte sie für den Erdkundeunterricht, und Mr Griffin hatte ihnen diese Aufgabe kurz vor Schulschluss gegeben.

„Ja, schon möglich", erwiderte Joe in leicht genervtem Tonfall und rieb sich die Augen.

Im Radio, welches auf dem Tisch neben dem Haufen Zeitschriften stand, war Steven Fishers Stimme zu hören. Dieser unterhielt sich gerade mit Telefonanrufern zum Thema *Jugendgewalt*. Ein Anrufer – der Stimme nach zu urteilen, so um die dreißig – berichtete soeben von seinen eigenen Erfahrungen, die er damit gemacht hatte. Joe lauschte dem Gespräch der beiden und schüttelte den Kopf. „Wird immer schlimmer", murmelte er, gab das angefangene Rätsel endgültig auf und legte den Kugelschreiber beiseite. Er stand auf und ging in die Küche, um sich eine weitere Flasche Bier aus dem Kühlschrank zu holen.

Als Bobby gerade dabei war, eine Abbildung des Victoriasees auszuschneiden, welche mit einem kleinen Begleittext versehen war, beendete Steven Fisher seine Befragungen und die stündlichen Nachrichten begannen. Joe betrat das Zimmer wieder, ließ sich in den Sessel fallen und öffnete mit den Zähnen die Bierflasche, die er in der rechten Hand hielt. Wenn er das vor seiner Frau tat, stellten sich dieser dabei jedes Mal die Nackenhaare auf. Er trank ein paar Schlucke, ließ einen wohligen Seufzer ertönen und lauschte dann entspannt der Stimme von Irene Smith, welche nun aus dem Radio drang.

„In Albany ist gestern Nachmittag ein Pkw von der örtlichen Polizeistreife angehalten und kontrolliert worden. Bei dem zweiundzwanzigjährigen Fahrer, welcher den Wagen in auffälligen Schlangenlinien gesteuert hatte, fanden die Beamten drei Beutel mit jeweils fünf Gramm Kokain. Der anschließende Drogentest bei dem jungen Mann fiel, wie schon zu erwarten, positiv aus, und des Weiteren wurde ein Promillewert von zwei Komma vier festgestellt. Der junge Mann wurde festgenommen

und muss nun mit dem Verlust seines Führerscheins sowie einer Gefängnisstrafe rechnen … In Haddonfield kam es gestern Abend gegen Viertel nach acht Uhr zu einem schweren Unfall in der Innenstadt, bei dem ein weißer Mercedes mit Vollgas in einen Wohnblock gerast und anschließend in Flammen aufgegangen war. Der achtunddreißigjährige Fahrer, ein Mann namens Greg Stillton, …"

Bobby schreckte zusammen und ließ dabei die Schere fallen.

„… ein sehr erfolgreicher Immobilienmakler, war den Berichten zufolge sofort tot. Die Feuerwehrleute, welche wenige Minuten nach dem Unfall eingetroffen waren, schafften es, die Flammen noch rechtzeitig zu löschen, bevor der Wagen explodieren konnte, was dem starken Regenfall zu verdanken war. Drei weitere Menschen wurden leicht verletzt. Augenzeugen hatten berichtet, das linke Hinterrad hätte sich vom Wagen des Verunglückten gelöst, worauf dieser ins Schlingern geriet und in den eben erwähnten Wohnblock raste. Jack Palmer, ebenfalls ein Augenzeuge, sagte aus, er habe den lockeren Reifen seines Vordermanns bemerkt und noch versucht, diesen durch mehrmaliges Hupen darauf aufmerksam zu machen, was aber ohne Erfolg blieb. Greg Stillton hinterlässt seine Ehefrau und seinen acht Monate alten Sohn … Kommen wir nun zum Sport. Die New York Mets haben sich mit einem eindeutigen Sieg gegen …"

Der Junge saß regungslos da und starrte das Radio an. Er konnte noch immer nicht so recht glauben, was er soeben gehört hatte. Seine linke Hand verkrampfte sich, und ohne es zu merken, zerknüllte er den Zeitungsausschnitt. Schweiß drang aus seinen Poren. Er hielt das Papierknäuel in der verkrampften Hand, welche nun leicht zu zittern begann, während sein Herz schneller schlug als zuvor.

Nein! Nein, das kann nicht sein! Du hast dich nur verhört!

Joe bemerkte, dass sein Sohn regungslos und mit weit aufgerissenen Augen neben ihm saß, und fragte: „Was ist denn los mit dir, Junge? Stimmt etwas nicht? Du siehst aus, als hättest du einen Geist gesehen."

Bobby warf einen zögerlichen Blick zu seinem Vater hinüber und wusste nicht sofort, was er ihm antworten sollte. „Ich … Ich", stammelte er und legte langsam das zerknüllte Papier auf den

Tisch, bevor er mit immer noch zitternder Hand die Schere vom Boden aufhob. „W… wie hieß der Mann doch gleich, Dad?"

„Welcher Mann?", fragte Joe stirnrunzelnd.

„Na der, von dem sie gerade berichteten. Derjenige, welcher bei dem Unfall ums Le… Leben kam."

„Ach, den meinst du … Greg Stillton. Hat sein Immobilienbüro hinter dem *Midtown Park* – oder *hatte*, besser gesagt." Nachdenklich kniff er die Augen leicht zusammen. „So schnell kann es gehen. Ich habe ihn vor längerer Zeit einmal getroffen. Ein ziemlich eingebildeter Schnösel, sag ich dir."

Bobby wurde ganz mulmig zumute, während er seinen Vater ansah. Er war nicht imstande, klar zu denken.

Greg Stillton.

Sein Herz raste wie wild, und er wischte sich mit dem Ärmel seines Pullovers über die leicht glänzende Stirn, während er versuchte, sich zu beruhigen.

Greg Stillton!

„Ist alles okay mit dir? Du siehst ein bisschen blass aus", fragte Joe seinen Sohn.

Es dauerte einen Augenblick, bis Bobby auf die Frage reagierte. „Ich habe nur Kopfschmerzen bekommen, Dad", log er mit leicht zittriger Stimme und tat einen tiefen Atemzug, um wieder die Fassung zu erlangen. „Ich glaube, ich werde jetzt Schluss machen und mich oben in meinem Zimmer etwas ausruhen." Er nahm hastig die Zeitschriften, die Ausschnitte und die Schere vom Tisch und stand auf.

„Ja, ist gut. Mach das!", sagte Joe und stellte das Radio ab, während Bobby das Wohnzimmer verließ. Er nahm die Fernbedienung in die Hand, schaltete damit den Fernseher an, welcher auf Stand-by gestellt war, und führte die Flasche ein weiteres Mal zum Mund. Obwohl Bobby genau in dem Moment so blass geworden war und zu stottern angefangen hatte, als die Meldung über Stilltons Tod im Radio kam, hatte er nicht bemerkt, dass mit seinem Sohn etwas nicht stimmte – etwas, das viel mehr bedeutete als nur harmlose „Kopfschmerzen".

Wahrscheinlich ist er schon zu betrunken, dachte sich Bobby, während er die Stufen hinaufeilte. Außer ihm und seinem Vater war niemand zu Hause, was ihm in diesem Moment sehr gelegen kam. In seinem Zimmer angekommen, schloss er hastig die Tür hinter sich und ließ sich danach, mit dem Rücken daran angelehnt, langsam auf den Fußboden sinken, wobei ihm die Zeitschriften aus den Händen rutschten. Er saß schwer atmend da und sein Blick war starr auf das Buch auf seinem Schreibtisch gerichtet.

Was zum Teufel geht hier vor sich?! Was geschieht hier ... was um Himmels willen geschieht hier nur?!

Ein erneuter Schweißausbruch überkam Bobby. Er stand auf, wischte sich wieder mit dem Ärmel über die Stirn und ging anschließend langsam und ziemlich nervös auf seinen Schreibtisch zu. Dort angekommen, ließ er sich zögernd auf den Stuhl nieder. Mittlerweile hatte er wirklich Kopfschmerzen.

Gestern habe ich in dem Buch darüber gelesen, wie der Munk den Wagen eines gewissen Greg Stillton sabotiert. Heute höre ich im Radio von einem Immobilienmakler mit dem gleichen Namen, der bei einem schweren Verkehrsunfall ums Leben gekommen war, bei dem Augenzeugen aussagten, sie hätten gesehen, wie sich ein Reifen vom Wagen des Mannes löste, woraufhin dieser in einen Wohnblock raste! Die Gedanken schossen ihm wie heiße Blitze durch den Kopf. *Und was ist mit der Katze? Ich lese in dem Buch darüber, wie der Munk eine kleine Katze regelrecht zerfleischt. Einen Tag später erzählt mir Meg, dass Mrs Sheldon Ruby mit aufgeschlitztem Bauch und blutüberströmt im Garten gefunden hatte! Was zum Teufel passiert hier nur?!*

Fast eine halbe Stunde verging, in der Bobby nahezu regungslos an seinem Schreibtisch saß und auf das Buch starrte, bevor er schließlich den Kopf sinken ließ und sich die Schläfen rieb. Er war sich zwar bewusst darüber, dass es verrückt wäre, zu glauben, etwas Gelesenes würde plötzlich zur Realität werden, aber dennoch hatte er Angst.

Große Angst.

Und diesmal würde er sie nicht einfach verdrängen können.

23

Joe hatte nicht bemerkt, dass sein Sohn das Haus verlassen hatte und in den Garten gegangen war. Er döste langsam vor dem Fernseher ein, nachdem er sein fünftes Bier geleert hatte.

Bobby blickte auf die Mülltonne, welche sich an der Rückseite ihres Grundstücks befand. Sein Entschluss stand fest: Er wollte das Buch nicht mehr lesen – keine einzige Seite davon, sondern es so schnell wie möglich loswerden und nie wieder zu Gesicht bekommen. Er hielt es in der rechten Hand und öffnete mit der linken langsam den Deckel der Mülltonne. Sein Blick fiel ein letztes Mal auf die Abbildung des Munks, wobei es ihm eiskalt den Rücken hinunterlief. „Du wirst mich nie wieder so hässlich angrinsen, du böses Etwas!", sagte Bobby und kniff die Augen zusammen. Er zögerte noch einen Moment lang, atmete tief durch und schleuderte dann das Buch in die Mülltonne, worauf ein dumpfes *Plomp* ertönte. Er nickte zufrieden, faltete für einen kurzen Moment die Hände wie bei einem Gebet und richtete seinen Blick in den Himmel, bevor er mit einem leichten Lächeln auf den Lippen, welches besagte, dass soeben eine große Last von ihm abgefallen war, den Deckel wieder schloss.

Hätte ihn dabei jemand beobachtet, hätte dieser ihn höchstwahrscheinlich für durchgeknallt gehalten.

Bobby stieß einen erleichterten Seufzer aus, während er langsam wieder ins Haus zurückging. Drinnen angekommen, schloss er behutsam die Tür – er wollte seinen Vater nicht aufwecken, dessen Schnarchlaute er aus dem Wohnzimmer hören konnte – und ging anschließend langsam die Treppe hoch. Als er wieder in seinem Zimmer war, ließ er sich in sein Bett fallen, seufzte ein weiteres Mal erleichtert und schloss die Augen. Bobby war heilfroh darüber, das Buch weggeworfen zu haben.

Dies sollte sich jedoch schon ziemlich bald ändern.

24

In der darauffolgenden Nacht wälzte sich Bobby in seinem Bett von einer Seite zur anderen. Er träumte wieder.

Der Munk verfolgte ihn, während Bobby die Treppe ins Erdgeschoss hinunterrannte und nach seinen Eltern schrie – zwecklos. „Warum hört mich denn keiner?!"

Der Munk war ihm dicht auf den Fersen. Er ließ seine hässlichen spitzen Fingernägel an den Eisenstäben des Treppengeländers entlanggleiten und erzeugte dabei Klänge, die zu einer regelrechten Trauermelodie verschmolzen, welche Bobby eine Heidenangst einjagte.

„Bobby!! Liesss weiter!", zischte der Munk hinter ihm mit einer ziemlich grotesken Stimme. „Ich befehle dir, weiterzulesssen!!" Das Zischen schwoll allmählich an und erzeugte im Kopf des Jungen einen wie von heißen Schwertern herrührenden stechenden Schmerz.

Als Bobby am Fuße der Treppe angekommen war, rannte er den Flur entlang. „Mom! Dad!", schrie er immer und immer wieder. „So helft mir doch!! Wo seid ihr denn?! Meg!"

Vor der Küche blieb er abrupt stehen und konnte sich bei dem Anblick, welcher sich ihm bot, kaum bewegen. Seine Eltern und seine Schwester lagen mit aufgeschlitzten Kehlen in einer riesigen Blutlache am Küchenboden. Ihre weit aufgerissenen Augen starrten ins Leere – tote Augen. Aus ihnen war jedes Zeichen von Leben entwichen. Der Schock ließ Bobbys Herz wie verrückt rasen, seine Knie begannen zu zittern und er hatte große Mühe, sich auf den Beinen zu halten. Aus dem Augenwinkel heraus konnte er gerade noch erkennen, wie der Munk, mit zu einer bösen Fratze verzerrtem Gesicht, auf ihn zugestürmt kam, war aber nicht mehr imstande, noch schnell genug zu reagieren, und so kam es, dass dieser einen Sekundenbruchteil später seine grotesken Fingernägel über Bobbys Wadenbein zog, während er schrie: „Liesss weiter, du Sohn einer gottverdammten Hure!!!"

Bobby erwachte mit einem kurzen Schrei, sein Oberkörper schoss empor und er saß in einer starren Haltung auf dem Bett.

Schweißgebadet sah er die Decke auf dem Fußboden liegen. Am rechten Wadenbein verspürte er einen brennenden Schmerz.

Diesmal konnte er sich haargenau an den Traum erinnern ... an jedes einzelne Detail.

Nein ... nein! Das kann nicht sein, das kann einfach nicht sein!, dachte Bobby panisch, als er die Nachttischlampe anknipste und anschließend mit schmerzverzerrtem Gesicht langsam das Hosenbein seines Pyjamas hochkrempelte. Ihm stockte der Atem, als er auf seine Wade hinabblickte, auf der sich drei parallele Kratzer befanden. Blut lief in dünnen Rinnsalen an Bobbys Bein herunter. Er starrte wie benommen darauf und einen Moment lang war er völlig weggetreten. Etwa zwei Minuten saß er mit leerem Gesichtsausdruck auf dem Bett und kam erst wieder zu sich, als ein Tropfen Schweiß von seiner Stirn direkt auf die Wunde fiel, was erneut einen brennenden Schmerz entfachte.

„Aarrghh!!", keuchte er und verzog dabei das Gesicht.

Diese Kratzer sind real! Was, wenn ...?!, schoss es ihm durch den Kopf.

Ohne auf die Schmerzen an seinem Bein zu achten, sprang Bobby aus dem Bett und war gerade im Begriff, in den Flur hinauszustürmen, als sein Blick auf den Schreibtisch fiel. Er blieb wie angewurzelt stehen und traute seinen Augen kaum, als er das Buch dort liegen sah. Der Umschlag war etwas schmutzig. Bobbys Kinnlade klappte herunter. „W... was zum ...", stammelte er und eine Stimme in seinem Kopf schrie, dass dies unmöglich sei.

Es dauerte einen Augenblick, bis er sich wieder fing. Hastig verließ er das Zimmer und betätigte mit zitternden Händen den Lichtschalter im Flur. Er eilte in Richtung Schlafzimmer seiner Eltern, um zu prüfen, ob alles in Ordnung war. Obwohl die Angst in ihm brodelte und er am ganzen Leib bebte, so hatte er doch Hoffnung.

Das kann einfach nicht sein! Sie liegen seelenruhig in ihrem Bett und schlafen! Alles nur ein Traum!

Die Kratzer an seinem Bein machten diese Gedanken jedoch schnell wieder zunichte. Er torkelte langsam den Flur entlang und sein Herz schlug dabei wie verrückt. Vor dem Schlafzimmer seiner Eltern angekommen, blieb er stehen und legte anschließend das Ohr zögernd an die Tür. Er lauschte – nichts war zu hören. Dies lag vielleicht auch an seinen lauten, panischen Atemzügen, doch Bobby hoffte, dass sich die Befürchtungen, welche sich in seinem Inneren eingenistet hatten, nicht bestätigen würden. Er legte seine zitternde Hand auf die Klinke und drückte diese dann langsam nach unten. Leise öffnete sich die Tür.

Bitte ... bitte ... bitte!! Oh, lieber Gott!!

Er blickte in die Dunkelheit und konnte die vagen Umrisse seiner Eltern in deren Bett erkennen. Außerdem vernahm er die leisen Schnarchlaute seines Vaters, worauf ihm ein Stein vom Herzen fiel. Ein Seufzer entwich Bobby und er hielt die Hand vor den Mund. Er versuchte, leiser zu atmen, denn er wollte seine Eltern auf keinen Fall wecken. Er war heilfroh darüber, sie hier schlafend vorgefunden zu haben. Doch was sollte er ihnen antworten, wenn sie aufwachten und ihn danach fragten, was er mitten in der Nacht in ihrem Schlafzimmer zu suchen hatte? Bobby trat langsam wieder in den Flur hinaus, schloss die Tür vorsichtig und ließ sich anschließend erleichtert auf den Boden sinken. Mit dem Ärmel seines Pyjamas wischte er sich den Schweiß von der glänzenden Stirn und blieb noch einen Augenblick lang sitzen, bevor er sich schließlich wieder aufrappelte und die Treppe zum Dachgeschoss hochging, um nach Meg zu sehen.

Nachdem er auch seine Schwester schlafend in ihrem Bett vorgefunden hatte, ging Bobby erleichtert zum Badezimmer, um sich sein schweißnasses Gesicht sowie das Blut vom Bein zu waschen. Er schaltete das Licht im Flur aus, betrat den kleinen Raum und schloss die Tür. Dann schlurfte er müde zur Badewanne, setzte sich auf deren Rand und krempelte das Hosenbein seines Pyjamas hoch. Die Kratzer hatten inzwischen aufgehört zu bluten. Sie waren wohl doch nicht so tief, wie es Bobby anfangs vorgekommen war. Er nahm den Duschkopf in die Hand, stellte das kalte Wasser an und wusch sich das angetrocknete Blut vom Bein. Es schmerzte auch nicht mehr so sehr wie zuvor. Als er damit fertig war, stellte er das Wasser ab, hing den Duschkopf wieder zurück in seine Halterung und trocknete sich anschließend das Bein ab.

Bobby hatte in seinem ganzen Leben noch nie eine derartige Angst um seine Familie gehabt. Er blieb noch einen Augenblick lang sitzen und atmete tief durch, bevor er schließlich aufstand und zum Waschbecken hinüberging. Auf halbem Weg blieb er stehen und zuckte wie vom Blitz getroffen zusammen. Der Spiegel über dem Becken war an einer Stelle mit Dunst belegt, so als hätte ihn jemand angehaucht. Bobbys Blick wanderte über die Worte, welche darin zu sehen waren, und seine Augen weiteten sich dabei.

BEIM NÄCHSTEN MAL MACHE ICH ERNST.
LIES WEITER!!

„Wa… wa… was?!", stammelte Bobby, während er wie angewurzelt dastand und auf die Scheibe starrte. *Was zum Teufel geschieht hier nur?! Das kann doch alles nicht wahr sein!* Er bekam Kopfschmerzen und sein Herz raste wieder.

Der Dunst legte sich langsam, die Worte verschwanden, und dahinter kam sein eigenes ängstliches Gesicht zum Vorschein. Es dauerte einige Minuten, bis er wieder klar denken konnte. Auch wenn Bobby nicht wusste, mit welcher übernatürlichen Macht er es hier zu tun hatte, so war er sich doch im Klaren darüber, dass diese ziemlich bösartig und gefährlich war. Er stand noch eine Weile mit in Falten gelegter Stirn vor dem Spiegel, bevor er schließlich den Wasserhahn aufdrehte und sein schweißgebadetes Gesicht wusch. Er genoss die kalte Erfrischung, welche seine Kopfschmerzen ein wenig linderte, und beruhigte sich langsam. Bobby drehte den Wasserhahn wieder zu und trocknete sich anschließend das Gesicht am Handtuch ab, welches am Haken neben dem Waschbecken hing.

Er ging leise zurück in sein Zimmer, schloss die Tür und setzte sich an seinen Schreibtisch. Er nahm das Buch in die Hand, wischte mit dem Ärmel über den leicht schmutzigen Umschlag und betrachtete den Munk mit dessen hässlichem Grinsen. Bobby dachte nach – dachte lange und ausgiebig nach.

Wie zum Teufel kommt es wieder in mein Zimmer?! Der Traum! Die Kratzer an meinem Bein! Was hat das alles zu bedeuten?!

Die Minuten verstrichen und das einzige Geräusch in der Stille war das Ticken der Uhr. Diese zeigte zehn Minuten nach Mitternacht an, als Bobby zu dem Entschluss kam, am nächsten Tag gleich nach der Schule zu dem alten Mann namens Gary zu gehen. Es bestand zwar nicht viel Hoffnung, aber vielleicht konnte *er* ihm ja helfen. Schließlich hatte *er* ihm das Buch ja gegeben. Bobby dachte wieder an die Worte des Munks und zwang sich dazu, noch eine weitere Seite zu lesen, bevor er sich wieder schlafen legte.

Nur zur Sicherheit, sagte er sich. *Nur zur Sicherheit!*

25

Der darauffolgende Schultag kam ihm wie eine halbe Ewigkeit vor. Er saß im Religionsunterricht, es war die letzte Stunde, und Mr Grant war gerade dabei, etwas über den Apostel Paulus zu erzählen. Bobby, dessen Platz sich in der hintersten Reihe befand, hatte den größten Teil der Unterrichtsstunde nur vage mitbekommen, denn er war mit seinen Gedanken weit weg. Er hoffte, der Alte aus dem Bücherladen würde ihm helfen können. Bobby hatte vor, ihm alles zu erzählen – von dem toten Kätzchen der Sheldons über Greg Stilltons tödlichen Autounfall bis hin zu den Vorfällen der letzten Nacht. Er hatte nicht viel Hoffnung, aber er *musste* es einfach versuchen, denn er konnte nicht zulassen, dass weitere schreckliche Dinge passierten. Alles, was er bis zu diesem Zeitpunkt gelesen hatte, war anschließend wirklich geschehen, und einfach aufhören und das Buch in den Müll werfen *konnte* er nicht, das wusste er nun. Zum Glück war auf der Seite, welche er in der Nacht zuvor nach großer Überwindung noch gelesen hatte, nicht sonderlich viel passiert. Der Munk war auf dem Weg zu einer Wohnsiedlung am westlichen Ende der Stadt gewesen, und noch bevor deutlich wurde, was er dort vorhatte, hatte Bobby das Buch geschlossen und sich schlafen gelegt. Er hoffte, dass sich der Alte vielleicht doch noch daran erinnern würde, woher er das Buch hatte, oder im besten Fall sogar, wer es einst verfasste, auch wenn darin kein einziger Anhaltspunkt darüber zu finden war. Bobby hoffte auf das Beste, denn er hatte Angst. Große Angst.

„Kann einer von euch wiederholen, was ich soeben gesagt habe?", riss ihn Mr Grants Frage aus den Gedanken. Dieser blickte mit verschränkten Armen und ärgerlichem Gesichtsausdruck in die zweite Reihe. Doug Pullman, der dort gerade damit beschäftigt war, sich mit Martin Spooner und Ron Bundy zu unterhalten, antwortete in einem übertrieben freundlichen Tonfall: „Aber sicher, Mr Grant! Sie haben gefragt, ob einer von uns wiederholen könne, was Sie soeben gesagt hatten." Die Klasse brach in Gelächter aus.

Mr Grant hob schnaubend die Arme und war gerade im Begriff, etwas zu sagen, als just in diesem Moment der Gong das Ende der Stunde verkündete und ihm die Worte abschnitt, worauf er seine Hände genervt wieder sinken ließ. Er schüttelte seufzend den Kopf und ging zum Lehrerpult, um seine Tasche zu packen. Noch immer lachend, standen die Schüler von ihren Sitzen auf und verließen im üblichen Durcheinander hastig das Klassenzimmer. Doug war zweifellos der Klassenclown, und eine seiner Lieblingsbeschäftigungen war es, Mr Grant regelmäßig zu verarschen. Der Leberfleck auf dessen Halbglatze und seine eindeutig zu große Hornbrille waren des Öfteren das

Ziel von Dougs fiesen Späßen. Auch der Rest der Klasse nahm den Lehrer kein Stück ernst, was bei einer derart langweiligen Unterrichtsgestaltung auch irgendwie verständlich war, doch er konnte sich nicht im Geringsten gegen die Schüler durchsetzen. Dies war Bobby schon vor langer Zeit aufgefallen. In seinen Augen war der Kerl schlichtweg zu alt für einen Job als Lehrer. Er konnte einem schon manchmal leidtun, auch wenn Bobby bei Dougs Witzen oftmals vor Lachen die Augen tränten.

Wie dem auch sei, er packte eilig seinen Schulranzen zusammen, in welchem sich auch das Buch befand – er hatte es am Morgen extra noch eingesteckt, da er gleich nach der Schule zu dem Laden gehen wollte –, nahm seine Jacke und verließ mit den anderen das Klassenzimmer. „Auf Wiedersehen, Mr Grant!", sagte er beim Hinausgehen.

„Mach's gut, Bobby", erwiderte der Lehrer in resigniertem Tonfall, ohne den Jungen dabei anzusehen.

Im Flur herrschte das übliche Gedrängel. Bobby ging die Treppen hinunter, und als er den Hof betrat, sah er Jim Sullivan auf sich zukommen, welcher allem Anschein nach auf ihn gewartet hatte. „Hey Bobby!", rief dieser und hob grüßend die Hand.

„Hi Jimmy. Alles klar?"

„Jetzt schon, da der Unterricht zu Ende ist!" Jimmy gab ein breites Grinsen zur Schau und setzte sein Basecap, welches er bis dahin noch in der Hand gehalten hatte, auf seinen schwarzen Lockenkopf. „Hast du heute Nachmittag schon etwas vor? Meine Eltern sind nicht zu Hause, und ich hab mir von meinem Cousin *American Werewolf* ausgeliehen. Wenn du willst, können wir ihn uns zusammen ansehen."

Unter normalen Umständen hätte Bobby, ohne lange zu zögern, zugestimmt, aber an diesem Tag hatte er zweifelsfrei Wichtigeres zu tun. „Ich würde ja gerne, aber ich habe meinem Dad versprochen, ihm dabei zu helfen, unser Gartenhäuschen neu zu streichen", log er, denn er wollte nicht, dass irgendjemand wusste, was er wirklich vorhatte … nicht einmal Jimmy, dem er eigentlich sehr viel anvertraute. Außerdem bezweifelte er, dass dieser ihm überhaupt Glauben schenken würde, wenn er ihm von dem Buch erzählte.

„Na ja, was soll's … dann halt ein anderes Mal", meinte Jimmy seufzend.

„Versprochen! Du weißt ja, wie ich auf solche Filme abfahre … aber jetzt muss ich los. Mein Dad wartet sicher schon auf mich." Er fand, dass er sich dabei ziemlich glaubwürdig anhörte.

„Dann mach's gut, Bobby. Wir sehen uns." Jimmy ging zu seinem Fahrrad, setzte sich auf den Sattel und fuhr los.

„Bye!", erwiderte Bobby. Er wartete, bis er ihn hinter der nächsten Straßenecke verschwinden sah, und machte sich anschließend auf den Weg.

26

Bobby ging die Kansas Street entlang an den Läden vorbei, in welchen reger Betrieb herrschte. Menschen mit prall gefüllten Einkaufstaschen kamen heraus, andere drängten sich hinein. Am Fahrradständer vor einer Imbissbude war eine englische Bulldogge angebunden, welche unaufhörlich kläffte. Ein ziemlich fettleibiger Mann, der einen Hotdog in der Hand hielt, kam zur Tür heraus und ging zu dem Hund. „Rufus, hör mit dem verdammten Gebell auf! Dummer Köter!", zeterte er. Das Gesicht des Mannes hatte eine gewisse Ähnlichkeit mit dem seines Hundes. Bobby beachtete die beiden nicht weiter. Seine Gedanken waren bei dem Alten. Er hatte nicht die geringste Ahnung, wie dieser auf seine Geschichte reagieren und ob er ihr überhaupt Glauben schenken würde.

Wahrscheinlich nicht, meinte eine Stimme in seinem Kopf, doch er gab die Hoffnung nicht auf. Bobbys Angst davor, was noch alles passieren konnte, war einfach zu groß, und er wusste nicht, was er sonst tun sollte, als sich an den Alten zu wenden. Auch sein zerkratztes Bein würde er ihm zeigen.

Wie üblich zur Mittagszeit, herrschte auf den Straßen ziemlich viel Verkehr, und auf dem Gehweg drängten sich die Passanten in zügigem Tempo aneinander vorbei. Es war ein sehr windiger Tag und der Himmel war mit grauen Wolken bedeckt.

Beim Frühstück hatte Bobby seinen Eltern gesagt, er würde später von der Schule kommen, da er noch vorhatte, zu einem Klassenkameraden zu gehen. Sie hatten nicht weiter nachgefragt, was ihm sehr gelegen kam.

An der Fußgängerampel überquerte er die Straße und marschierte anschließend schräg über den großen Stadtplatz, in dessen Mitte sich ein Springbrunnen befand, vor dem eine kleine Gruppe von Leuten stand. Bobby vernahm Gitarrenklänge, und als er sich dem Brunnen etwas näherte, sah er, dass diese von einem Straßenmusiker in Cowboykleidung erzeugt wurden. Der Mann saß auf dem Rand des Brunnens. Er hatte schulterlanges Haar und knochige, unrasierte Wangen, welche Bobby an Gary erinnerten, wenn der Mann auch bei Weitem nicht so alt war wie dieser. Die Gruppe lauschte der Musik – einer Westernmelodie –, bei der Bobby an die alten John-Wayne-Filme denken musste, die sich sein Vater hin und wieder ansah. Ein kleiner Junge mit einem Rotschopf warf zwei Vierteldollar in den umgedrehten Hut, der vor dem Musiker am Boden lag, und an dem Klimpern, welches darauf ertönte, erkannte Bobby, dass sich schon eine beachtliche Menge darin angesammelt haben musste.

In der Gruppe befand sich auch eine Person, die so gar nicht ins Bild passte. Sie trug dreckige, zerlöcherte Kleidung und die Leute um sie herum hielten alle einen guten Meter Abstand zu ihr. Die Gestalt hatte eine dicke braune Wollmütze auf dem Kopf, die so weit ins Gesicht gezogen war, dass Bobby nicht einmal sagen konnte, ob es sich um einen Mann oder eine Frau handelte.

Er glaubte dennoch, die Person schon einmal gesehen zu haben, wenn er auch nicht wusste, wo. Er grübelte, kam jedoch nicht darauf, und so blieb er noch einen Moment lang stehen und lauschte der Musik, bevor er schließlich zügig weiterging.

Als er an der Litfasssäule vorbeikam, welche sich am Ende des Stadtplatzes befand, warf er einen Blick auf die oben angebrachte Uhr. Sie zeigte zwanzig Minuten nach eins an. Bobby beschloss, einen Zahn zuzulegen.

Knappe zehn Minuten später befand er sich auf der Hempton Street und hatte die letzten Geschäfte und Wohnhäuser bereits hinter sich gelassen. Von Weitem konnte er schon die kleine Brücke sehen. Bobby musste wieder an den Tag denken, als er zum ersten Mal auf dem Weg zu dem Laden war, und daran, was für ein mulmiges Gefühl er im Magen hatte, als er in dieser einsamen Gegend unterwegs war. Sie war ihm noch immer nicht ganz geheuer.

Als sein Blick nach unten fiel, bemerkte er, dass sich die Schnürsenkel seines rechten Schuhs gelöst hatten. Er ging in die Hocke, um sie zuzubinden. Der Wind hatte etwas aufgefrischt und pfiff um Bobbys Ohren. Es wurde zunehmend kälter. Der Junge fröstelte etwas. Nachdem er seine Schnürsenkel wieder zugeschnürt hatte und nun im Begriff war, den Reißverschluss seiner Jacke bis zum Kinn zuzuziehen, bemerkte er aus dem Augenwinkel heraus eine Gestalt, welche in einiger Entfernung hinter ihm in seine Richtung ging. Bei näherem Hinsehen erkannte er, dass es sich um dieselbe Person handelte, welche ihm zuvor am Springbrunnen aufgefallen war.

Was will der- oder diejenige denn in einer solchen Gegend? Er blieb noch einen Augenblick lang stehen und beobachtete die Gestalt, bevor er sich schließlich entschloss weiterzugehen. *Kann mir ja egal sein.*

In weiter Ferne erblickte Bobby ein Reh, das aus dem Wald gesprungen kam. Für einen kurzen Augenblick blieb es auf der Wiese stehen und reckte den Kopf in seine Richtung, bevor es wieder flink zwischen den Bäumen verschwand. *Immer auf der*

Hut, dachte sich Bobby. Als er den alten Kinderspielplatz passierte, blickte er sich noch einmal um. Die Gestalt schritt noch immer die Hempton Street entlang auf ihn zu und war nun schon deutlich näher als zuvor. Ihm kam wieder der Gedanke, sie von irgendwoher zu kennen.

Aber woher denn bloß?, grübelte Bobby, doch er kam einfach nicht darauf. Langsam begann er, etwas nervös zu werden.

Täuschte er sich, oder winkte ihm die Gestalt etwa zu? Eine Stimme in seinem Kopf sagte ihm, dass dies Blödsinn sei, doch als er die Augen etwas zusammenkniff und seine Hand wie einen Schirm an die Stirn legte, konnte er erkennen, dass sie tatsächlich einen Arm hob.

„Was zum …?" Bobby blickte sich um, ob sich vielleicht noch jemand in der Nähe aufhielt, dem das Winken gelten konnte, doch weit und breit war keine Menschenseele zu sehen. Ihm wurde langsam ziemlich mulmig zumute, denn die Gestalt erweckte nicht gerade einen vertrauenswürdigen Eindruck, schon zuvor beim Brunnen nicht.

Was will der- oder diejenige denn bloß von mir?

Bobby blieb noch einen Augenblick lang stehen und versuchte, sich daran zu erinnern, wo ihm diese Person schon einmal begegnet war und ob er sich nicht vielleicht doch täuschte. Aber er war sich ziemlich sicher – irgendwoher *kannte* er seinen Verfolger.

Wenn ich doch bloß ihr Gesicht erkennen könnte!

Als die Gestalt immer näher kam, wurde es ihm zu unheimlich und er drehte sich wieder um und ging weiter in Richtung Fluss – diesmal in einem noch zügigeren Tempo, da er weder scharf darauf war, von der Person eingeholt zu werden, noch zu erfahren, was diese von ihm wollte.

Die dreckigen Klamotten! Wo hast du diese dreckigen Klamotten schon mal gesehen? Denk nach, Bobby! Es ist noch gar nicht so lange her! Denk nach!!

Er ließ gerade die leer stehende Fabrik hinter sich, als die Person just in dem Moment etwas rief. Er konnte zwar die Worte nicht verstehen, da der Wind sie fraß, aber an der Stimme konnte Bobby erkennen, dass es sich um eine Frau handelte.

Schlagartig fiel es ihm wieder ein: Es war die offensichtlich Obdachlose, welcher er ein paar Tage zuvor in der Nachbarschaft begegnet war. Er blickte ein weiteres Mal über die Schulter, ohne dabei stehen zu bleiben. Sie war ihm schon nicht geheuer gewesen, als er sie das erste Mal getroffen hatte, und als Bobby erschrocken feststellte, dass sie schon wieder ein gutes Stück aufgeholt hatte, wurde ihm zunehmend unwohl.

„Verdammt ... ist die schnell!", raunte er, während die Frau weiterhin mit dem Arm in der Luft herumfuchtelte und unentwegt etwas rief. Aufgrund des pfeifenden Windes konnte Bobby aber nur die Worte *Junge* und *Stopp* heraushören.

Was zum Teufel will *sie bloß von mir?* Bobbys Nervosität stieg von Sekunde zu Sekunde. Als er sich wieder daran erinnerte, wie sie von großem Unheil gesprochen hatte, welches ihm widerfahren würde, schoss ihm ein Gedanke durch den Kopf: *Eigentlich kann man wirklich von Unheil sprechen, wenn man bedenkt, was im Zusammenhang mit dem Buch geschehen war, aber ... kann diese Fremde denn davon wissen?! – Nein ... mit Sicherheit nicht!* Er versuchte, den Gedanken zu verdrängen, was ihm aber nicht gelang.

Die Brücke vor den Augen, eilte er weiter, während sich sein Herzschlag zusehends beschleunigte. Krähen krächzten – wie am Tag, als er zum ersten Mal auf dem Weg zu dem Laden war. Die Stimme hinter ihm schwoll allmählich an. Mittlerweile lagen keine fünfzig Meter mehr zwischen Bobby und der Frau. Nun konnte er auch die Worte etwas deutlicher verstehen: „Junge! Junge, so bleib doch stehen! Ich ...ir helfen!" Doch Bobby dachte nicht daran, stehen zu bleiben. Ihm helfen? Warum sollte er sich von einer verrückten Fremden helfen lassen? Bei dem, was er vorhatte, konnte *sie* ihm ganz sicher nicht helfen ... oder etwa doch?

„Junge! ...eib stehen! Ich weiß, wo ... hinwillst! Halte dich von ihm fern!"

„Was ...?!", kam es über seine Lippen. „Nein ... d...das kann sie nicht wissen!"

Halte dich von ihm fern!

Langsam bekam er es wirklich mit der Angst zu tun. Sein Puls schlug in immer kürzer werdenden Abständen. Bobby erreichte die Brücke und machte sich, ohne lange zu zögern, daran, diese zu überqueren. Die Holzdielen knarrten und ächzten wieder unter seinen Füßen, als könnten sie jeden Moment brechen, doch er achtete gar nicht darauf. Im Gegensatz zum letzten Mal brauchte er nur ein paar Sekunden, um am anderen Ufer anzukommen. Nachdem dies geschehen war, drehte er sich wieder in Richtung der Frau um. Sie war mittlerweile nicht mehr weit von der Brücke entfernt und rief: „So bleib doch stehen, Junge! Hab keine Angst vor mir! Ich will dir nichts tun! Ich will dir nur helfen!"

Bobby wusste nicht, was er tun sollte: stehen bleiben … oder einfach weiterlaufen?! Er malte sich aus, wie es um das Gewicht der Frau bestellt war.

Nun … sie wird nicht in der Lage sein, die Brücke allzu *schnell zu überqueren.* Er entschloss sich abzuwarten – zu hören, was sie zu sagen hatte. Im Notfall konnte er ja in den Wald laufen, denn dort würde er sie abhängen, dessen war sich Bobby ziemlich sicher.

„Bleiben Sie am … anderen Ufer stehen! Wagen Sie es n… nicht, über die Brücke zu kommen … ansonsten haue ich ab!", rief er mit ziemlich zittriger Stimme, worauf die Frau wenige Meter von der Brücke entfernt stehen blieb. Sie keuchte, was Bobby nicht wunderte – bei dem Tempo, in welchem sie ihm hinterhergejagt war. Außerdem musste sie weit über fünfzig sein, wie der Junge vermutete. Ihr Gesicht konnte er nun deutlicher erkennen als zuvor, da ihre dicke Wollmütze mittlerweile nicht mehr ganz so weit heruntergezogen war.

„Ich will dir nichts tun, mein Junge!"

„Was zum Teufel *wollen* Sie denn von mir?!" Sein Herz hämmerte gegen seine Brust. „Lassen Sie mich in Ruhe!"

„Du musst mir unbedingt zuhören … ich weiß, wo du hinwillst!", entgegnete sie mit kräftiger Stimme. „Du darfst auf keinen Fall zurück zu dem Laden gehen, hörst du! Der Mann dort ist sehr, sehr böse! Großes Unheil!!" Sie richtete den Blick gen Himmel und hob die Hände, so als ob sie Gott anbeten wollte.

Bobbys Kinnlade klappte herunter. Woher wusste sie, was er vorhatte? Er starrte sie mit perplexem Gesichtsausdruck an und stammelte: „W... W... Woher zum Teufel wissen Sie ...?"

„Ich weiß alles!", unterbrach ihn die Frau, ließ ihre Arme wieder sinken und kramte hektisch in der linken Tasche ihres Pullovers herum. Einen Sekundenbruchteil später zog sie den Flyer hervor. Bobby erinnerte sich daran, wie er diesen nicht wiedergefunden hatte, als er ihn am Tag, an dem er das Buch gekauft hatte, seinen Eltern zeigen wollte. Ein erschrockener Laut entwich seiner Kehle. Stotternd fragte er: „Wo ... wo ... wo haben Sie *den* h...her?!"

„Ich habe dich am Samstag in der Stadt gesehen ... er ist dir aus der Tasche gefallen", antwortete die Frau. „Als ich ihn aufgehoben habe, wusste ich sofort Bescheid. Hör gut zu, Junge! Du musst hier *verschwinden!*" Das letzte Wort sprach sie nachdrücklicher. „Der Mann, zu dem du willst, ist sehr, sehr böse!"

Bobby war nicht imstande, irgendetwas zu sagen. Okay, die Frau hatte den Flyer gefunden, aber woher zum Teufel sollte sie wissen, was ihm in den letzten Tagen widerfahren war. Er stand da und starrte sie an. Bobby begriff die Welt nicht mehr. „Ich ... ich verstehe Sie nicht! Wa... was soll das heißen, Sie wussten Bescheid? Und der Ma... Mann, zu dem ich ...?"

„Hör zu, Junge! Ich weiß auch über das Buch Bescheid, das er dir gegeben hat! *Der Munk*, richtig?"

Als sie den Titel des Buches aussprach, welches in Bobbys Schulranzen steckte und der Grund dafür war, dass der Junge die letzten Tage nicht ruhig schlafen konnte und allmählich an seinem Verstand zweifelte, riss dieser die Augen noch weiter auf, während sein Herzschlag noch mehr beschleunigte. Er starrte die Frau völlig perplex an, so als hätte er einen Geist gesehen.

Wie zum Teufel kann sie das wissen?! Was geschieht nur mit mir, verdammt?! Es muss ein Traum sein – ein Albtraum, aus dem es kein Erwachen mehr gibt! Aber dem war natürlich nicht so und das wusste Bobby auch. Er glaubte langsam ernsthaft, den Verstand zu verlieren, was nicht gerade beruhigend war – für einen Dreizehnjährigen. „Was … was …, woher können Sie das wi… wissen?! Ich … ich …!" Er war nicht in der Lage, weiterzusprechen. Seine Stimme versagte, und auf seiner Stirn schoss der Schweiß aus den Poren. Er stand einfach nur da und wusste nicht mehr, wie ihm geschah.

„Du musst mir vertrauen! Ich kann dir helfen, mein Junge! Ich weiß über das Buch Bescheid und über das, was dir in den vergangenen Tagen widerfahren ist! Aber was noch viel wichtiger ist: Ich weiß über *ihn* Bescheid! Er bringt Unheil über dich, mein Kind! Großes Unheil!!" Sie reckte wieder theatralisch ihre Hände zum Himmel empor. „Bitte vertrau mir! Hab keine Angst vor mir! Ich kann dir helfen! Du darfst *auf keinen Fall* zu ihm gehen! Er ist ein Diener des Bösen!"

Bobby sah sie mit ängstlichen Augen an. Sie *wusste* Bescheid. Sie wusste wirklich über alles Bescheid! Wie in Gottes Namen war das nur möglich?

„Was geschieht hier nur?", flüsterte er.

„Komm mit mir, ich bringe dich an einen sicheren Ort!" Ihre Stimme wurde etwas ruhiger. „Unterwegs werde ich dir alles erzählen. Du musst mir vertrauen, mein Kind!"

Es dauerte eine Weile, bis Bobby reagierte. Er dachte nach. Die Frau wusste über alles Bescheid und versicherte ihm, sie könne ihm helfen. Sollte er ihr Glauben schenken? Schließlich hielt sie auch den Flyer in der Hand, mit dem dieser ganze Albtraum begonnen hatte. In ihrem Blick konnte er weder etwas Boshaftes noch etwas Trügerisches erkennen, sondern vielmehr … *Sorge*. Sorge um ihn?! Nachdem sie ein paar weitere Worte gesprochen hatte, wobei ihre Stimme zusehends beruhigender auf ihn wirkte, entschied sich Bobby, ihr zu vertrauen. Nach kurzem Zögern überquerte er langsam die Brücke. Er zitterte noch etwas, als er am anderen Ufer ankam und ihm die Frau mit einem besänftigenden Lächeln auf die Schulter klopfte. „Vertrau mir, mein Kind!"

„Bi… bitte helfen Sie mir! Ich … ich habe solche Angst!" Seine Stimme brach wieder und er begann zu weinen.

„Das werde ich … versprochen! Hab keine Angst mehr!", sagte sie in einem tröstlichen Tonfall. Ihr Blick strahlte dabei eine wohlige Wärme aus. „Aber nun komm mit, wir müssen weg von hier … an einen sicheren Ort!"

Und so ging er mit der Frau, und unterwegs begann diese zu erzählen.

27

„Ich war eine Zeit lang die Geliebte dieses Mannes, aber da wusste ich noch nicht viel über ihn. Ich hatte weder eine Ahnung, wo er herkam, noch kannte ich seine Familie. Er gab nicht viel über sich preis. Ich wusste lediglich, dass er ständig umherzog, und kannte seinen Namen … *Gary Daniels.*" Die beiden letzten Worte kamen als Flüstern über ihre Lippen. „Vor etwa sieben Jahren lernte ich ihn in Portland kennen. Er saß am Ufer eines Baches, an dem ich des Öfteren spazieren ging. Er sprach mich an und irgendetwas an ihm übte eine magische Anziehung auf mich aus. Sein Charme … ich denke, es war sein Charme. So kam es, dass wir uns näher kennenlernten, und bald darauf liebten wir uns jede Nacht. Er hatte keine Wohnung, sondern hauste in seinem kleinen Buchladen, den er damals in Portland eröffnet hatte, doch er bekam so gut wie nie Kundschaft. Auch wenn er mir von Anfang an etwas seltsam vorkam … ich *liebte* diesen Mann einfach."

Bobby lauschte der Frau aufmerksam. Sie hatten soeben die Hempton Street verlassen und marschierten nun den schmalen, von Bäumen und Büschen umsäumten Weg am östlichen Stadtrand entlang in Richtung der alten, leer stehenden Scheune, welche die Frau als Unterschlupf benutzte, wie sie ihm erzählt hatte. Bobby kannte die Scheune sehr gut. Als er noch kleiner war, hatte er sich dort häufig mit Jimmy Sullivan getroffen und Cowboy-, Versteck- oder andere Abenteuerspiele erlebt. Die Scheune war sehr abgelegen. Mr Halloran hatte ihm einmal erzählt, dass sie einst einem irischen Farmer gehörte. Seit dieser jedoch vor über fünfzehn Jahren verstorben war, stand sie nun leer, denn er hatte nicht einen einzigen Angehörigen in Amerika gehabt. Seine Rinder und Schweine waren allesamt in den Besitz eines befreundeten Farmers gewandert, nur mit der Scheune wusste niemand etwas anzufangen. Da stand sie nun … seit fünfzehn Jahren. Inmitten von wild wucherndem Gestrüpp. Eine Menschenseele war dort nie anzutreffen – für abenteuerlustige Jungs, wie Bobby und Jimmy es früher waren, genau der richtige Ort.

Er konnte die Scheune schon von Weitem zwischen den Bäumen erkennen.

„Mit der Zeit fiel mir auf, dass mit ihm etwas nicht stimmte. Ich verbrachte viel Zeit bei ihm im Laden und schlief auch ab und zu dort. Eines Nachts wurde ich von seltsamen Geräuschen geweckt, die aus dem Nebenzimmer kamen. Er schloss dieses stets ab und verweigerte mir jeglichen Zutritt. Immer wenn ich ihn nach dem Grund dafür fragte, blockte er ab. Wie dem auch sei, ich stand also in jener Nacht aus meinem Bett auf, um nachzusehen, was er dort trieb. Ich ging zu dem Zimmer und lugte durch den kleinen Türspalt, worauf ich erkennen konnte, wie er mit erhobenen Händen vor der Wand stand. Auf dieser war ein großes dunkelrotes Pentagramm aufgemalt, welches auf dem Kopf stand." Sie hielt kurz inne und kniff dabei die Augen leicht zusammen. „Er murmelte irgendetwas vor sich hin … es war Latein. Der Raum war mit einigen roten Kerzen erleuchtet, und die ganze Atmosphäre wirkte auf mich zusehends unheimlicher. Allmählich bekam ich es mit der Angst zu tun und verkroch mich leise wieder ins Bett. Ohne einschlafen zu können, lag ich da und vergrub mein Gesicht im Kissen. Als Gary eine geraume Weile später wieder zur Tür hereinkam und sich neben mich legte, stellte ich mich schlafend. Auch am nächsten Morgen traute ich mich nicht, ihn auf die vergangene Nacht anzusprechen, weil ich nicht wusste, wie er darauf reagieren würde. Als er in der darauffolgenden Zeit jedoch immer häufiger völlig abwesend und nicht ansprechbar vor seinen Büchern saß, beschloss ich, auf eigene Faust Nachforschungen anzustellen. Eines Tages, als er gerade nicht im Laden war, nahm ich den Schlüssel für das Nebenzimmer aus der untersten Schublade hinter der Ladentheke ... ich hatte Gary am Tag zuvor dabei beobachtet, wie er ihn dort versteckt hatte ... schloss es auf und ging hinein. Mir war ziemlich unwohl dabei. In dem Zimmer herrschte eine unnatürliche Kälte. Bei dem Anblick des auf dem Kopf stehenden roten Pentagramms lief es mir eiskalt den Rücken hinunter. In der hinteren Ecke des Zimmers befand sich ein kleiner schwarzer Tisch, auf dem einige Exemplare von *Der Munk* lagen."

Bobby blickte sie reglos an, während er neben ihr herging. Mit jedem Satz, den die Frau sprach, wurde er angespannter.

„Ich hatte diese Bücher noch nie zuvor gesehen. In die Oberfläche des Tisches war mehrere Male die Zahl *666* und die Worte *Dunkler Fürst, ich werde dir dienen!* eingeritzt. Als ich das las, begann ich langsam, ernsthaft an seinem Verstand zu zweifeln, doch ich traute mich einfach nicht, ihn darauf anzusprechen. Wie würde er reagieren, sollte er erfahren, dass ich in dem Zimmer war, obwohl er es mir ausdrücklich untersagt hatte? Hektor, sein verdammter Kater, kam durch die offen stehende Tür herein und starrte mich mit seinen stechenden Katzenaugen an, als wollte er sagen: *Hab dich erwischt!* Ich scheuchte ihn aus dem Zimmer und verließ dieses anschließend selbst wieder. Ich schloss es ab, legte den Schlüssel zurück in die Schublade und beschloss, Gary einfach noch weiter zu beobachten."

Sie waren nun bei der Scheune angelangt. Bis auf ein paar Vögel, die in den Baumkronen um sie herum zwitscherten, war es totenstill.

An einen sicheren Ort, erinnerte sich Bobby an die Worte der Frau, als diese ihm das große Tor aufhielt und er eintrat. Im hinteren Teil der Scheune befand sich am Boden eine große graue Wolldecke. Ringsherum lagen einzelne Kleidungsstücke, vollgestopfte Tüten und einige leere Konservendosen. Früher hatten Jimmy und er in der Abenddämmerung immer genau an dieser Stelle gesessen und sich Abenteuergeschichten erzählt.

„Setz dich, mein Junge!", sagte die Frau in sonorem Tonfall und schloss das Scheunentor.

„Ich heiße übrigens Bobby", erwiderte er und ging zu der Wolldecke hinüber, wo er seinen Schulranzen abnahm, diesen neben sich abstellte und sich anschließend setzte. Der Einkaufswagen, welchen er noch gut in Erinnerung hatte, befand sich in der gegenüberliegenden Ecke. Eine große Holzkiste stand daneben. Durch die Löcher und Risse in den Scheunenwänden fiel vereinzelt Sonnenlicht herein und hinterließ Strahlen in der Luft, in denen die Staubkörner tanzten.

„Ich bin Carolyn … Carolyn Layfield", entgegnete sie mit einem Lächeln, kam zu ihm herüber und setzte sich ebenfalls. Die Furcht, welche Bobby anfangs vor ihr hatte, war mittlerweile vollständig verflogen. Er hatte ihre Gutmütigkeit erkannt und hoffte nun, sie könne ihm helfen, denn er wünschte sich nichts sehnlicher, als dass dieser Albtraum endlich ein Ende nahm.

Nachdem sie ihre Wollmütze abgelegt hatte, fuhr Carolyn fort: „Etwa eine Woche später begannen die schrecklichen Ereignisse in Portland. Zuerst dieses Busunglück, bei dem zwei Menschen starben und es keinerlei Hinweise gab, die darauf deuten ließen, was der Auslöser des Unfalls war. Zwei Tage später war eine Fünfzehnjährige auf mysteriöse Weise bei einem Schwimmbadbesuch ertrunken. Und dann war da noch dieser Rentner, der im Stadtpark erstochen aufgefunden wurde. Sein Name war Spencer Allen … ich kannte ihn flüchtig. Es war einfach entsetzlich, und alles geschah innerhalb weniger Tage." Sie schüttelte den Kopf und atmete tief durch. „Doch am meisten hat mich die Nachricht des vermissten Jungen … sein Name war Peter Griffin …

erschüttert. Er war von einem Tag auf den anderen einfach verschwunden. Sie zeigten ein Foto von ihm in den Fernsehnachrichten. Es hieß, er sei am Tag seines Verschwindens nach der Schule nicht nach Hause gekommen. Die Polizei fand nicht die geringste Spur, welche Hinweise über sein Verbleiben lieferte, und stand somit vor einem Rätsel."

„Das ... das ist ..."

„Warte, das ist noch nicht alles! Die Vorkommnisse wurden schnell zum Gesprächsthema der Stadt, und als ich eines Abends mit Gary zusammen am Esstisch saß und das Thema ansprach, verhielt er sich sehr seltsam ... irgendwie abweisend, so als wüsste er irgendetwas, das ich nicht wusste. Ich beschloss vorerst, es dabei zu belassen, da es mir zu unheimlich wurde. Als ich am nächsten Tag wieder alleine im Laden war, stöberte ich erneut herum, denn mein Gefühl, dass Gary irgendetwas verbarg ... ganz zu schweigen von den Dingen, die in dem Nebenzimmer geschehen waren ... ließ mich einfach nicht los. Ich ging wieder in den Raum und fand dort in einer Schublade ein kleines schwarzes Notizbüchlein, das ich noch nie zuvor gesehen hatte. Ich schlug es auf und blätterte ein wenig darin herum. Auf der letzten Seite mit Eintragungen entdeckte ich eine Namensliste, die mit schwarzer Tinte geschrieben war. Als mein Blick auf den Namen fiel, welcher ganz unten stand, stockte mir der Atem. Er lautete ... *Peter Griffin*." Die Worte kamen als leises Flüstern über ihre Lippen. Bobby riss die Augen auf und starrte sie entsetzt an. „Wollen Sie damit etwa andeuten, er ... hatte etwas mit dem Verschwinden des Jungen zu tun?"

Carolyn schloss für einen Moment die Augen und tat einen tiefen Atemzug, bevor sie antwortete: „Ja ... ja, das hatte er! Aber das Schlimmste kommt erst noch: Ich bemerkte, dass sich auch ein Exemplar von *Der Munk* in der Schublade befand. Da ich unbedingt erfahren wollte, was es mit diesen Büchern auf sich hatte, legte ich das Notizbüchlein auf die Seite, nahm *Der Munk* heraus und schlug es auf. Ich war etwas verwundert, da ich nirgends den Namen des Verfassers finden konnte. Ich blätterte ein paar Seiten um und mitten im Text stach mir ein Name sofort ins Auge. Ich konnte nicht glauben, was ich soeben gelesen hatte. Es war der Name … Spencer Allen. Erinnerst du dich, Bobby? Der Mann, den sie im Stadtpark …?"

„Ja, das hatten Sie erwähnt", fiel ihr Bobby, der völlig fassungslos war, ins Wort. War er etwa nicht der Erste, dem solche ungeheuren Ereignisse im Zusammenhang mit diesem Buch widerfahren waren?

Carolyn fuhr fort: „Ich war völlig baff und überflog rasch den Text. Ich konnte einfach nicht fassen, was ich da las. Der Mord an Mr Allen war haargenau beschrieben. Und nun rate mal, wer ihn umgebracht hatte … oder besser gesagt, *was?*"

Bobby konnte es sich schon denken, doch noch bevor er imstande war, eine Antwort zu geben, nahm Carolyn es ihm vorweg: „Der Munk! Es wurde detailliert geschildert, wie dieser grässliche Kobold Mr Allen im Stadtpark auflauerte, um ihm anschließend die Halsschlagader durchzubeißen. Ich war völlig perplex und fragte mich, ob das möglich war. Ich hatte keine Ahnung, mit was zum Teufel ich es hier zu tun hatte. Plötzlich musste ich wieder an das umgekehrte Pentagramm denken und dabei lief es mir eiskalt den Rücken hinunter. Ich wusste nicht, wie mir geschah. Nur eines vermochte ich mit Sicherheit zu sagen: Ich sollte besser schleunigst verschwinden, denn der Mann, den ich liebte, war böse … abgrundtief böse. Es fiel mir wie Schuppen von den Augen. Eine enorme Angst überkam mich und ich legte das Buch schleunigst wieder zurück in die Schublade. Der verdammte Kater kam herangeschlichen und musterte mich mit seinem durchdringenden Blick. Wie ich dieses verfluchte Vieh *hasste!* Als ich meine Jacke nahm und gerade im Begriff war, zur Tür hinauszueilen, rutschte mir das Herz in die Hose, als ich durchs Fenster nach draußen blickte und Gary von Weitem kommen sah. Ohne lange zu überlegen, lief ich zur Rückseite des Ladens, wo sich ein kleines Waldstück befand, um mich dort zu verstecken, und da … da …" Sie sprach nicht weiter, sondern bewegte nur leicht den Kopf hin und her.

Ihre Augen starrten dabei ins Leere. Carolyn sah plötzlich wie traumatisiert aus.

„Ist alles in Ordnung mit Ihnen?", fragte Bobby mit leiser Stimme.

„Als ich um die Ecke eilte, stolperte ich ü... ü... über ..." Sie starrte den Jungen an und es dauerte einen Augenblick, bis sie ihren Satz zu Ende sprach: „... den leblosen Körper von Peter Griffin!"

Ein unterdrückter Laut, welcher von Entsetzen geprägt war, entwich Bobbys Kehle. Er starrte Carolyn mit offen stehendem Mund an, während sein Herz wieder begann, schneller zu schlagen.

„Es war ein *entsetzlicher* Anblick! Der Junge lag mit aufgeschlitzter Kehle im feuchten Gras ... und überall um ihn herum ... so viel Blut ... oh mein Gott! Und seine Augen ... sie waren weit aufgerissen und starrten ins Leere. Ich werde dieses schreckliche Bild nie vergessen! Der Schock saß mir in den Gliedern, als ich ins Gras sank. Ich keuchte und war nicht imstande, mich zu bewegen. Ich saß einfach nur da und starrte den Leichnam an, der neben mir lag. Als ich langsam wieder klar denken konnte, drehte sich mir der Magen um und ich musste mich übergeben. Keine halbe Minute später konnte ich hören, wie Gary den Laden betrat. Ich kauerte mich zusammen und hoffte, mein lauter Atem würde mich nicht verraten. *Wenn er zur Rückseite des Ladens kommt, ist es aus!*, schoss es mir immer wieder durch den Kopf, doch ich traute mich einfach nicht, aufzustehen und in den Wald zu rennen. Ich war vor Schock wie gelähmt. Aus dem Laden vernahm ich seine schweren Schritte, und als ich ihn nach einem kurzen Augenblick der Stille fluchen hören konnte, fiel mir plötzlich ein, dass ich vergessen hatte, das schwarze Notizbüchlein wieder zurück in die Schublade zu legen. Es befand sich noch immer auf der Ladentheke. Bei diesem Gedanken rutschte mir das Herz noch tiefer in die Hose. Ich hatte in meinem ganzen Leben noch nie eine derartige Angst durchlebt wie an jenem Tag. ‚*Wo bist du, Miststück?!*', konnte ich ihn brüllen hören, und einen Sekundenbruchteil später fiel die Ladentür polternd ins Schloss. Mein Herz hörte nicht auf, in atemberaubendem Tempo zu schlagen, und ich hoffte, er würde nicht auf die Idee kommen, hinter dem Laden nachzusehen. Keine zwanzig Sekunden später zerbrach meine Hoffnung, als er mit einem boshaften, widerlichen Lächeln um die Ecke spähte und dabei sang: ‚*Carolyn! Carolyn … versteck dich nicht, kleines Miststück!*‘ Ich schrie vor Entsetzen auf und war im Begriff, mich aufzurappeln, als just in dem Augenblick Gary blitzschnell auf mich zugestürmt kam und mir einen Faustschlag versetzte, dessen Wucht mich wieder rücklings zu Boden warf." Sie schloss für einen kurzen Moment die Augen und ließ den Kopf sinken, bevor sie weitersprach: "‚*Glaubst du etwa, du könntest mir entkommen, Schlampe?*‘ Ich lag mit blutender Nase am Boden, starrte ihn vor Angst gelähmt an und fragte mich, was in aller Welt mit ihm geschehen sein mochte. Er stierte mich mit einem derartig teuflischen Gesichtsausdruck an, wie ich ihn noch nie zuvor bei ihm gesehen hatte, und begann zu reden, wobei seine Stimme irgendwie fremd klang … fremd und böse. ‚*Hast wohl mein kleines Geheimnis herausgefunden, hmm, Schlampe? Oh Gebieter, sie weiß es!*‘, rief er und reckte dabei theatralisch die Hände empor. Er ließ ein derart diabolisches Lachen erklingen, dass ich vor Furcht rückwärtskroch. ‚Carolyn! Der Fürst der Finsternis hat mir Macht gegeben‘, sagte Gary mit anschwellender Stimme, während er das Buch hochhielt, welches ich bis dahin noch gar nicht bemerkt hatte. Der scheußliche Kobold schien mich förmlich anzugrinsen. ‚Die Macht, die Zeilen des Todes zu verfassen, Carolyn!'" Sie starrte den Jungen mit stechendem Blick an.

"*Die Zeilen des Todes*", flüsterte Bobby.

Carolyn wischte sich kurz mit der Handfläche über die Stirn, auf welcher mittlerweile deutliche Schweißperlen standen, und fuhr dann fort. In ihrer Stimme war ein leichtes Zittern zu vernehmen. "Ich lag am Boden und hatte Angst davor, der Mann, den ich bis dahin glaubte zu lieben und der mir soeben die Nase blutig geschlagen hatte, könnte mich nun umbringen … könnte mich *tatsächlich* umbringen!" Sie tat einen tiefen Atemzug, bevor sie weitersprach: „Nun … zugetraut hätte ich ihm damals alles! Während ich vor Angst schlotterte, fiel mir der Spaten ins Auge, welcher hinter mir an der Wand lehnte. Ich witterte die Chance und kroch langsam darauf zu. Gary bemerkte davon überhaupt nichts, da er mich für einen Moment aus den Augen ließ, während er zu der Leiche des Jungen hinüberging und mit einem von Wahn geprägten Lächeln auf den Lippen sagte: ‚Ich brauche nur wehrlose Kinder, welche die Zeilen des Todes lesen und somit meinen kleinen Munk real werden lassen. Er ist ein Gesandter des Satans … meines erhabenen Fürsten!' Bei diesen Worten lief es mir eiskalt den Rücken hinunter. Ich schielte zu dem Spaten hinüber, welcher sich nur noch ein kleines Stück außerhalb meiner Reichweite befand. Gary bemerkte noch immer nichts. Sein starrer Blick war nach wie vor auf den toten Jungen gerichtet. ‚Wenn sie erst einmal zu lesen begonnen haben, gibt es kein Entkommen mehr. Mithilfe meines kleinen Munks habe ich *überragende* Macht über sie!' Er gab abermals sein diabolisches, kratzendes Lachen zum Besten, während er mit dem Fuß gegen Peters Kopf trat. Bei dem dumpfen Geräusch fuhr ich zusammen und musste meinen Blick abwenden, da ich es einfach nicht ertragen konnte, solche Abscheulichkeiten mit anzusehen. Dieser Mann war wahrhaftig vom Bösen besessen … vom abgrundtief Bösen! ‚Doch sobald sie zu viel wissen …', raunte er, wobei sich sein Blick verfinsterte. ‚… müssen sie *sterben*, Carolyn!' In diesem Augenblick ergriff ich den Spaten, schaffte es, mich aufzurappeln, und stürmte auf ihn zu. Als er gerade im Begriff war, sich in meine Richtung zu drehen, schlug ich, ohne lange zu zögern, zu. Ich zog ihm das Ding quer über den Schädel, worauf er rücklings zu Boden ging. Mit schmerzverzerrtem Gesicht legte er eine Hand an die Stirn, während er immer und immer wieder schrie: ‚Du Miststück! Du elende Hure!' Ohne noch eine Sekunde zu verlieren, warf ich den Spaten beiseite, drehte mich um und rannte in das Waldstück. Ich rannte und rannte … blickte mich kein einziges Mal um. Seine fluchenden Schreie konnte ich noch eine ganze Weile hinter mir hören. Ich blieb erst wieder stehen, als diese vollends verstummt waren und ich am anderen Ende des Waldes wieder ins Freie kam." Carolyn stöhnte leise. „So konnte ich ihm entkommen."

Bobby hatte gar nicht bemerkt, dass er an seinen Fingernägeln kaute, so sehr hatte ihn Carolyns Geschichte mitgenommen. Welch ein Glück, dass er sie heute getroffen hatte … dass sie ihn davon abgehalten hatte, zu dem Laden zu gehen.

Es folgte eine Minute des Schweigens. Er betrachtete Carolyn. Ihre Stirn war in Falten gelegt und ihr Blick schien irgendwie … leer. Das Schweigen machte Bobby unruhig und so fragte er sie: „Was haben Sie dann getan? Ich meine … sind Sie zur Polizei gegangen?" Doch sie antwortete nicht sofort, sondern starrte noch einen Moment lang apathisch die Scheunenwand hinter Bobby an.

„Carolyn?"

„Ich … ich … ja, ich bin zur Polizei gegangen, aber man hat mir nicht geglaubt. Ich habe ihnen sowohl von dem Buch erzählt als auch von dem umgekehrten Pentagramm und den anderen Vorkommnissen. Ich habe ihnen *alles* erzählt. Wie er von den Zeilen des Todes sprach und einen Pakt mit dem Teufel geschlossen hatte. Selbst als ich Peter Griffins Leiche erwähnt hatte, haben sie nur gelacht und mich für verrückt gehalten … ist das zu glauben?! Sie haben mich einfach *ausgelacht,* verstehst du, Bobby?"

„Aber sind sie denn der Sache überhaupt nicht nachgegangen? Ich meine … haben sie Gary denn gar nicht vernommen?"

„Das *ist* ja das Unheimliche! Als ich die Polizisten nach zwei Tagen … das muss man sich mal vorstellen: *zwei Tagen* … endlich dazu überreden konnte, mit mir zusammen zu dem Laden zu gehen, um sich selbst zu überzeugen, da … da …" Ihre Stimme brach und sie senkte den Kopf. Es dauerte einige Sekunden, bis sie weitersprach: „Nun ja, er war … leer geräumt und die Türen verriegelt. So, als ob der Laden nie existiert hätte."

Bobbys Augen weiteten sich. In leisem Tonfall fragte er: „Die Leiche … was war mit der Leiche?"

„Verschwunden." Carolyn ließ den Kopf sinken. „Einfach verschwunden, kannst du dir das vorstellen, Junge? Auch von Gary fehlte jede Spur."

„Und kein Mensch wollte Ihre Geschichte glauben, richtig?"

„Richtig! Es sprach sich ziemlich schnell in der ganzen Stadt herum und endete letztendlich damit, dass ich meinen Job als Altenpflegerin verlor. Man hat mich einfach entlassen. Ich fand auch sonst nirgendwo eine Arbeit, denn wer stellt schon eine Verrückte ein?" Sie verzog die Mundwinkel leicht und stieß einen tiefen Seufzer aus, während ihr niedergeschlagener Blick über die verstreuten Konservendosen und Kleidungsstücke wanderte.

Bobby wusste nicht so recht, was er sagen sollte. Er fand nicht die richtigen Worte. Carolyns Geschichte hatte ihn ziemlich mitgenommen. Das Böse lauerte überall und konnte unschuldige Menschen mit einem Schlag ins Elend stürzen. Es hatte ... *Macht* über sie. Unbeschreibliche Macht. Auch wenn er nie wirklich an die Existenz des Teufels geglaubt hatte, so war er mittlerweile anderer Meinung.

„Er sucht sich gezielt hilflose Kinder aus, um diese als Werkzeuge für seine diabolischen Machenschaften zu benutzen! Ich wusste lange Zeit überhaupt nicht, wo er sich aufhielt, bis ich hier in Haddonfield auf den Flyer stieß." Sie kramte ihn wieder aus der Tasche. „So lockt er seine Opfer, Bobby! Als er dir aus der Tasche fiel und ich ihn aufhob, stockte mir der Atem. Ich warf nur einen einzigen Blick darauf und wusste sofort Bescheid: Gary ist wieder da, und ich muss *handeln!*"

„Aber wie zum Teufel wollen Sie mir denn helfen? Ich meine, was haben Sie vor? Jedes einzelne Wort, das ich in dem Buch lese, wird zur *Realität!*" Im Gesicht des Jungen stand ein verzweifelter Ausdruck. „Nachdem ich den Entschluss gefasst hatte, es wegzuwerfen, da ... bekam ich in der Nacht darauf diesen schrecklichen Traum, in dem der Munk meine ganze Familie ge... getötet hat. Oh mein Gott!" Er schloss für einen kurzen Moment die Augen und atmete kräftig durch, bevor er fortfuhr: „Ich wollte vor ihm fliehen, doch in der Sekunde, als er im Traum seine Krallen über mein Bein fahren ließ, wachte ich schweißgebadet auf und … es … es ist einfach unfassbar!" Bobby krempelte das rechte Hosenbein hoch und zeigte Carolyn die Kratzwunden. Sie warf einen Blick darauf, kniff die Augen zusammen und nickte. Bobby erzählte ihr auch von den Worten auf dem Badezimmerspiegel. „Er *zwingt* mich dazu, weiterzulesen, verstehen Sie? Wenn ich mich weigere, dann … dann …, ich will gar nicht daran denken, was dann passiert! Ich habe solche Angst, Carolyn! Was sollen wir nun tun?"

„Die einzige Möglichkeit, die uns im Moment bleibt, ist, dass du weiterliest, um zu sehen, was der Munk als Nächstes vorhat. Wir müssen dann mit aller Kraft versuchen, es zu verhindern und diesen grässlichen Kobold zu töten! Ohne seinen *Gesandten des Satans*, wie Gary ihn nannte, kann er seine grausamen Gräueltaten nicht ausführen."

„Aber … ich …" Bei dem Gedanken daran, erneut in dem Buch zu lesen, rutschte Bobby das Herz in die Hose, doch in seinem Inneren wusste er, dass ihnen sonst nicht viel blieb.

„Es ist die einzige Möglichkeit, Bobby! Und wenn wir es wirklich schaffen, den Munk zu töten, dann … bleibt da noch Gary." Ihr Blick verfinsterte sich und wurde eisern.

„Sie … Sie meinen, wir müssen auch ihn töten?", fragte Bobby mit leicht zittriger Stimme.

„Nun, ich glaube, es ist die einzige Möglichkeit, *dein* Leben zu retten, Bobby! Und das Leben der vielen anderen unschuldigen Menschen! Er ist besessen, verstehst du? Ein Pakt mit dem Satan ist für alle Ewigkeit bestimmt, und Gary zu töten ist die einzige Chance, das Böse zu stoppen, welches von ihm Besitz ergriffen hat!"

Bobby saß schweigend da. Carolyns Worte wiederholten sich in seinem Geist immer und immer wieder.

„Wir müssen ihn aufhalten, bevor es noch weitere unschuldige Opfer gibt, Bobby!"

Ihm wurde klar, dass Carolyn recht hatte. Sie saßen noch eine Weile da und blickten sich gegenseitig schweigend an, als Bobby plötzlich Kopfschmerzen verspürte. Es handelte sich um ein unangenehmes Drücken, welches innerhalb weniger Augenblicke zu einem regelrechten Pochen anschwoll. Vor Schmerzen verzog er das Gesicht und begann zu stöhnen. Carolyn sah ihn erschrocken an. „Was ist los mit dir? Bobby, was ...?!"

„Mein Ko... Kopf!" Das Pochen wuchs stetig an ... es wurde immer schlimmer und schlimmer, bis es sich allmählich so anfühlte, als ob ein kleiner Mann in seinem Kopf sitzen und mit einem riesigen Vorschlaghammer gegen seine Schädeldecke einschlagen würde.

Bammm!!! Bammm!!! Bammm!!!

Bobby bekam einen Schweißausbruch. Er hörte eine Stimme in seinem Kopf, die nicht seine eigene war, doch er erkannte sie sofort.

Liesss weiter!!! Du elende Missgeburt, liessss weiter!!! Ich befehle essss dir!!!

Es war die Stimme des Munk. Sie wurde immer lauter, bis sie einem regelrechten Dröhnen gleichkam. Bobby blieb allmählich die Luft weg. Es fühlte sich an, als wäre jemand dabei, ihn mit riesigen, kräftigen Händen zu erwürgen. Er begann zu röcheln, während er sich auf dem Boden zusammenkrümmte.

„Oh mein Gott ... Junge, was *ist* mit dir?!" Entsetzt packte Carolyn Bobby an den Schultern und schüttelte ihn. Mit letzter Kraft schaffte dieser es, erstickte Worte aus seiner Kehle entweichen zu lassen. „D...Das Buch! Ich m... mu... lesen! ... zwingt mich ...!" Carolyn begriff nun, was gerade geschah, und als Bobby mit gequältem Gesichtsausdruck auf seinen Schulranzen deutete, sprang sie auf und hastete zu diesem hinüber. Sie zog den Reißverschluss auf und kramte fieberhaft darin herum, bis ihre Finger schließlich das Buch zu fassen bekamen. Schnell zog sie es heraus, eilte damit zurück zu Bobby, der sich mittlerweile mit hochrotem Gesicht auf dem schmutzigen Scheunenboden hin und her wälzte, klappte die Seiten auf, zwischen denen das Lesezeichen steckte, und hielt dem Jungen das Buch vors Gesicht. Mit letzter Kraft packte dieser es, und als er seinen Blick über den

Text schweifen ließ, schwächte das Pochen in seinem Kopf, welches inzwischen fast unerträglich geworden war, ab. Seine Augen erfassten die Worte, die Schmerzen versiegten langsam und seine Lunge füllte sich schrittweise wieder mit Luft. Auch wenn Bobby sich allmählich beruhigte, so musste er immer noch etwas keuchen. Carolyn griff ihm stützend unter die Arme.

„Ganz ruhig, mein Junge", versuchte sie, ihn zu besänftigen.

Nachdem Bobby die ersten beiden Absätze der Seite gelesen hatte, waren die Schmerzen vollständig verflogen und er konnte wieder tief durchatmen. Er sog die Luft ein und genoss dabei jeden Atemzug.

„Danke, Carolyn! Für einen Moment dachte ich, ich müsste ersticken! Und diese *grässlichen Kopfschmerzen!*"

„Aber jetzt ist es doch vorbei, oder? Ich habe fast einen Herzinfarkt bekommen, als ich dich so sah!" Mit einem Blick, aus dem Besorgnis sprach, fuhr sie sich mit beiden Händen durch das zerzauste Haar.

„Mir geht es wieder gut", seufzte Bobby und wischte sich mit der linken Hand über die Stirn, auf der mittlerweile Schweißperlen standen. Mit leicht brüchiger Stimme, aus welcher Unsicherheit und Nervosität herauszuhören war, sagte er: „Was sollen wir Ihrer Meinung nach nun tun?" Das Bild des Munk, wie dieser ihn mit seinen rasiermesserscharfen Zähnen diabolisch angrinste, ließ sich einfach nicht aus seinen Gedanken verdrängen. „Sie sehen ja selbst, wie er ... oder besser gesagt, *es* mich unter Kontrolle hat."

Carolyn blickte ihn nachdenklich an. Ihre Stirn war dabei in Falten gelegt und die Augen leicht zusammengekniffen. Nach kurzem Überlegen erwiderte sie: „Okay, hör gut zu, Bobby! Du liest jetzt genau so weit aus dem Buch vor, bis wir wissen, was der Munk als Nächstes vorhat. Dann müssen wir uns schleunigst überlegen, *ob* und vor allem *wie* wir es verhindern können. Einverstanden?"

Bobby blickte der Sache ohne große Hoffnung entgegen. Er hatte Angst. *Große* Angst.

„Meinen Sie, das funktioniert? Was ist … wenn nicht?!"

„Es bleibt uns wohl nichts anderes übrig", entgegnete Carolyn und sah ihn mit einem durchdringenden Blick an. Ihr Gesichtsausdruck verriet dabei eine Mischung aus Furcht und wilder Entschlossenheit. Bobby zögerte noch einen Moment, bevor er schließlich sagte: „Einverstanden."

28

„… *Der Munk war mittlerweile am westlichen Ende der Stadt angelangt und schritt nun die Norton Street entlang, wobei er das Backsteinhaus an der nächsten Kurve ansteuerte* … ja, ich kenne diese Straße." Bobby kniff die Augen zusammen. Es fühlte sich komisch an, in einer Geschichte einen Straßennamen zu lesen, den man kannte, und zu wissen, dass es sich dabei nicht nur um einen Zufall handelte.

Carolyn sah ihn resigniert an und nickte.

„… *Die Menschen, welche in ihren Autos vorbeifuhren, bemerkten das kleine Geschöpf auf dem Gehweg überhaupt nicht. Es war ein ziemlich windiger Tag und die Abenddämmerung setzte bereits ein. Der Munk kam bei dem eisernen, schwarzen Zaun des Hauses an, dessen Streben dem Munk genug Zwischenraum boten, um hindurchschlüpfen zu können. Der Garten war ziemlich groß, und das hohe Gras, welches dem Munk bis zum Kopf reichte, musste schon seit einer halben Ewigkeit nicht mehr gemäht worden sein. Er ließ seinen Blick über das Haus schweifen – auf der Suche nach einer Möglichkeit, ins Innere zu gelangen. Im Erdgeschoss schien das Flimmern eines Fernsehers durch eine der Fensterscheiben. Das Fenster rechts daneben war gekippt. Irgendwie muss-*

te es ihm gelingen, durch den Spalt zu schlüpfen. Er blickte sich um und bemerkte im hinteren Teil des Gartens einen Holzstuhl, welcher unter einer riesigen Eiche stand, deren Äste bis in den Nachbargarten hinüberreichten. Er lief darauf zu, packte ein Stuhlbein und zog ihn bis unter das gekippte Fenster, was ihm mit Leichtigkeit gelang. Er begann, das Stuhlbein hochzuklettern, während um ihn herum der Wind das Laub kreuz und quer über den Rasen wehte. Der Munk hangelte sich an der Stuhllehne empor und keine fünf Sekunden später sprang er mit einem gezielten Satz auf das Fensterbrett, wo er innehielt und einen Blick in das dunkle Zimmer warf. Da er ein Bett erkennen konnte, musste es sich demnach um das Schlafzimmer seines Opfers handeln. Eine Krähe flog heran und war gerade im Begriff, auf der Sitzfläche des Stuhls zu landen, doch als sie den Munk erblickte, welcher sie, die rasiermesserscharfen Zähne fletschend, ansah, suchte sie verängstigt das Weite und verschwand innerhalb weniger Sekunden hinter der Hausecke. Der Munk ging auf den Spalt des gekippten Fensters zu und schlüpfte mit Leichtigkeit hindurch. Im Inneren des Raumes war es ziemlich kühl. Er sprang auf den Boden und sah sich um. Das Bett war aus dunkelbraunem Holz gefertigt. An den Wänden hingen mehrere Ölgemälde, welche Menschen in altertümlicher Kleidung zeigten. Es herrschte Stille, welche einzig und allein vom Ticken der kleinen, antik wirkenden Standuhr mit römischem Ziffernblatt zerrissen wurde, welche auf dem kleinen Nachttisch neben dem Bett stand. Auch der Rest des Raumes war ziemlich altmodisch gestaltet. Wahrscheinlich ein verdammter alter Bock, *dachte sich der Munk und verzog dabei das Gesicht zu einer diabolischen Fratze. Er konnte es kaum erwarten, sein Opfer leiden zu sehen, bevor er dessen Leben vollständig auslöschen würde …"*

Wie abgrundtief böse, dachte Bobby angewidert und verzog dabei die Mundwinkel nach unten.

„*… Er schritt zu der Tür hinüber, welche nur angelehnt war, was ihm sehr gelegen kam, denn so musste er sich nichts einfallen lassen, wie er an die Klinke herankommen könnte. Er schob die Tür ein Stück weiter auf, huschte durch den Spalt und schlich in den dunklen Flur. Das Zimmer, in welchem er von draußen das Flimmern des Fernsehers hatte erkennen können, besaß eine Glastür. Der Munk schlich an diese he-*

ran und spähte durch die Scheibe, worauf er einen alten Kerl in einem karierten Strickpullover sehen konnte, der in einem braunen Ledersessel saß. Er blickte durch eine ziemlich große Hornbrille. ‚Ich werde deinem erbärmlichen Leben bald ein Ende bereiten, Großväterchen', zischte der Munk und verzog dabei sein Gesicht wieder zu jener diabolisch grinsenden Fratze. Im Fernseher flimmerte ein Schwarz-Weiß-Film. Der Ton war ziemlich laut gestellt. Der Munk beobachtete den Greis noch eine Weile, bis dieser schließlich aufstand und die braune Wolldecke auf das Sofa warf, welche bis dahin noch über seinen Beinen gelegen hatte. Er schaltete den Fernseher aus und ging in Richtung der Tür. Der Munk huschte flink hinter den Schuhschrank, welcher nicht weit von ihm entfernt war, um nicht gesehen zu werden. Einen Augenblick später schritt der Mann über die Schwelle der Wohnzimmertür, schaltete das Licht an und ging schlurfend den Flur entlang. Der Munk beobachtete ihn, wie er um die Ecke verschwand, und folgte ihm dann leise. ‚Ein schönes heißes Bad, das gönn ich mir nun!', trällerte der Mann vor sich hin, während er am Ende des Flurs ankam und die Tür öffnete, hinter der sich das Badezimmer befand. Der Munk war ziemlich geschickt und unglaublich flink. Er folgte ihm blitzschnell, huschte durch den Türspalt an seinen Beinen vorbei und verschwand anschließend hinter der Waschmaschine, welche an den Seiten etwas rostig war. Der Mann bemerkte die Kreatur nicht. Er schaltete das Licht im Flur aus und schloss die Tür, nachdem er das Badezimmer betreten hatte. Der Munk beobachtete ihn, wie er den Wasserhahn in der Badewanne aufdrehte, den Inhalt einer grünen Tube in diese laufen ließ und anschließend zum Spiegel hinüberging, auf dessen Ablage ein tragbarer CD-Player stand – ein Wunder, dass ein Kerl in seinem Alter überhaupt so etwas besaß. Er schaltete ihn an und nur einen Augenblick später ertönte klassische Musik. Er ging zur Toilette, klappte den Deckel hoch und zog seine Hose herunter. Kurz danach ertönte das Plätschern seines Urinstrahls, während er zu den sanften Klängen der Musik summte. Ja ... genieß es nur, Großväterchen! Genieß es, solange du noch kannst! Der Munk ließ seinen Blick durch den Raum wandern und entdeckte dabei einen Fön, welcher auf dem Wäschekorb neben der Badewanne lag und dessen Kabel an der Steckdose über dem Heizkör-

per angeschlossen war. Auf seinem Gesicht breitete sich abermals das teuflische Grinsen aus …"

Bobby schüttelte bestürzt den Kopf. „Er ist so böse. Er ist so *abgrundtief* böse!", murmelte er, während er Carolyn ansah, die ihm die ganze Zeit konzentriert zugehört hatte. Eine Fliege landete auf ihrem linken Arm. Bobby beobachtete sie einen Moment lang, und nachdem Carolyn sie mit einer Handbewegung verscheucht hatte, las er weiter: *„… Nachdem der Mann die Spülung betätigt hatte, klappte er den Klodeckel wieder herunter, entkleidete sich und legte seine Klamotten anschließend darauf. Er platzierte seine Hornbrille, welche ihm ein wirklich albernes Aussehen verlieh, auf der Ablage vor dem Spiegel, ging zu der inzwischen vollgelaufenen Badewanne hinüber und drehte den Wasserhahn wieder zu. Der Mann beugte sich über den Rand und stieg wohlig seufzend in das dampfende Schaumbad, wobei etwas von dem heißen Wasser, welches den Spiegel allmählich beschlagen ließ, über den Wannenrand schwappte. Bei dem Anblick der alten, faltigen Haut seines nackten Opfers verzog der Munk angewidert die Mundwinkel. Ihm stach der hässliche Leberfleck auf der Halbglatze des Mannes ins Auge …"*

Bobby stieß einen erschrockenen Laut aus und hielt sich die Hand vor den Mund. In ihm keimte soeben ein schrecklicher Verdacht auf. Noch einmal überflog er die letzten Zeilen.

„Was hast du denn? Stimmt etwas nicht?", fragte Carolyn verwundert.

„Ich … ich weiß nicht recht, aber bei dem Mann kann es sich um meinen Religionslehrer handeln! Mr Grant … oh mein Gott!"

„Bist du sicher?"

„Ich … ich glaube schon. Er ist ziemlich alt und hat genau so einen Leberfleck wie beschrieben. Auch die Hornbrille passt." Ihm fiel ein, dass Mr Grant vor längerer Zeit im Unterricht einmal von dem Backsteinhaus erzählt hatte, in welchem er alleine wohnte – seit seine Frau vor einigen Jahren verstorben war. Mit entsetztem Blick fuhr sich Bobby mit der Hand durch die Haare und stammelte: „Das … das ist einfach … *wahnsinnig!* Wir müssen es unbedingt verhindern, hören Sie?!" Carolyn forderte ihn mittels einer kreisenden Handbewegung auf, weiterzulesen, was er auch tat: „*Der Mann stieß einen entspannten Seufzer aus, als er in der Wanne lag und die Augen schloss. Er summte zu der besinnlichen Musik, …*"

Bobbys Nervosität stieg mit jedem Wort, das er las.

„*… während der Munk hinter der Waschmaschine hervorkam und langsam in Richtung des Wäschekorbs schlich, wobei er den Blick starr auf den Fön gerichtet hatte. Ja, genieß nur deine liebliche Musik, Großväterchen! Genieß sie, solange du noch kannst! Er watete durch die kleine Wasserpfütze neben der Wanne, die sein Opfer verursacht hatte, und erreichte schließlich den Wäschekorb. Es fiel ihm nicht sonderlich schwer, an den vielen Rillen daran hochzuklettern. Oben angekommen, blickte er mit abgrundtief bösem Gesichtsausdruck auf sein Opfer herab, welches nichts ahnend vor ihm in der Badewanne lag und sich entspannte. Er nahm den Fön in die Hand und betrachtete noch einen Augenblick lang den alten Mann, der von alledem überhaupt nichts mitbekam. Erst als der Munk den Schalter umlegte, worauf das monotone Brummen ertönte, riss er erschrocken die Augen auf und war völlig perplex vom Anblick der Kreatur, welche mit dem Fön in den Händen auf dem Wäschekorb stand und ihn mit einem von rasiermesserscharfen Zähnen gesäumten Rachen anstarrte, welcher zu einem diabolischen Grinsen aufgerissen war. ‚Was zum …?!', stammelte er, während er panisch mit den Armen ruderte, wobei das Wasser hochspritzte und über den Wannenrand schwappte. Keine zwei Sekunden später warf der Munk den Fön in die Wanne und betrachtete entzückt, wie sich der Alte wie am Spieß schreiend wand und hilflos um sich schlug, während der Strom erbarmungslos durch seine Gliedmaßen schoss und ihn förmlich brutzelte. Er genoss das Schauspiel mit begeisterter Miene, und als sein Opfer schließlich leblos und mit derart verdrehten Augäpfeln, sodass man nur noch das Weiße sehen konnte, im Wasser lag, sprang er mit einem gezielten Satz auf den Fußboden und schritt anschließend zur Tür hinaus, um das Haus wieder zu verlassen. Er hatte seine Arbeit getan …*"

Bobby verstummte, blickte auf das Buch und klappte es zögernd zu. Zum Glück stellten sich keine weiteren Kopfschmerzen oder Ähnliches ein. Auch die Luft blieb ihm nicht weg. Der

Munk hatte erneut einen teuflischen Plan ausgeführt. Das heißt, wenn sie es nicht verhindern konnten, aber daran wollte Bobby gar nicht denken. Er nahm einen tiefen Atemzug, legte das Buch auf den Scheunenboden und fragte mit einer Spur von Verzweiflung in der Stimme: „Was sollen wir nun tun, Carolyn?"

Sie sah ihn stirnrunzelnd an. „In dem Text hatte gerade die Abenddämmerung eingesetzt, richtig?"

Bobby nickte und warf einen Blick auf seine Armbanduhr. „Es ist jetzt gleich halb drei."

„Das heißt, wir haben noch etwas mehr als zwei Stunden Zeit, bis es dämmert."

„Wie wollen wir vorgehen? Wir müssen Mr Grant … wenn es sich denn wirklich um ihn handelt … unbedingt warnen! Diese Bestie ist enorm gefährlich!" Carolyn nickte und sah ihn nachdenklich an. Eine Weile sagte keiner der beiden etwas.

Erst als die bedrückende Stille durch die Rufe eines Uhus zerrissen wurde, welche von außerhalb der Scheune zu ihnen hereindrangen, stand Carolyn auf und ging zu der Holzkiste neben dem Einkaufswagen hinüber. Sie öffnete den Deckel und Bobby zuckte etwas erschrocken zusammen, als er sah, wie sie eine Schrotflinte und eine kleine Box aus Kupfer herausnahm.

„Wow! Woher haben Sie *die* denn?", fragte er begeistert, als sie wieder zu ihm herüberkam, sich setzte und die Flinte über ihre Knie legte.

„Als ich vor einiger Zeit in einer Farm, etwas außerhalb von Haddonfield, Unterschlupf gesucht hatte, entdeckte ich dieses Schmuckstück mitsamt der Munition hier." Sie öffnete die kupferne Box, in welcher sich unzählige Patronen befanden. „Ich ließ sie mitgehen … niemand hatte es bemerkt. Der Farmer wusste nicht einmal, dass eine Landstreicherin seine Farm als Unterschlupf benutzte." Ein leichtes Schmunzeln legte sich auf Carolyns Lippen. „Man weiß ja nie, wann man so ein Ding vielleicht mal gebrauchen könnte."

Sie reichte Bobby die Flinte. Nach kurzem Zögern nahm er sie in die Hand und staunte nicht schlecht über ihr Gewicht. Mit fasziniertem Blick musterte er den langen Lauf und den hölzernen, schon ziemlich abgenutzten Griff. Dem Aussehen nach zu urteilen, musste das Ding über fünfzig Jahre alt sein. Bobby kamen wieder die Kindheitserinnerungen, und er musste an die Cowboy- und Indianerspiele mit Jimmy denken.

So eine hätten wir damals gebraucht! Seine Augen funkelten vor Faszination. „Sind Sie einfach mit der Flinte durch die Gegend gelaufen, ohne dass Sie jemand aufgehalten hat?"

„Nun, ich habe sie in meinem Einkaufswagen …", sie deutete über ihre Schulter, „… unter all den Sachen hier versteckt." Sie schmunzelte wieder und blickte zu den verstreuten Klamotten und Tüten auf dem Scheunenboden. Nun legte sich auch ein leichtes Lächeln auf Bobbys Lippen – das erste Lächeln seit Tagen. Carolyns Gutmütigkeit übte auf ihn eine angenehme Beruhigung aus, und für einen Moment hatte er sogar seine Angst vergessen.

„Ich kann auch einigermaßen gut damit umgehen. Mein Vater war Jäger, und als ich noch jünger war, als du es jetzt bist, hat er mich oft zur Jagd mitgenommen. Ich durfte sogar ein paar Mal schießen." In ihrem Blick spiegelte sich die Spur von Verträumtheit. „Ich weiß, das klingt ziemlich ungewöhnlich für ein Mädchen. Aber so war ich nun mal. Ich habe mich auch ein paar Mal mit den Jungs in meinem Alter geprügelt." Sie ballte eine Faust und hob diese in die Höhe. „Hab immer die Oberhand behalten!" Carolyn legte den Kopf in den Nacken und lachte lauthals. Bobby konnte nicht anders, er fiel mit ein. Eine Weile saßen die beiden in der Scheune und lachten so fröhlich und ausgelassen, dass man vermutet hätte, sie wären wunschlos glücklich und nicht in geringster Sorge. Nach ein paar Minuten verstummten sie jedoch allmählich wieder und Carolyn sagte gefasst: „Nun aber zum Ernst der Sache zurück!" Das Schmunzeln wich aus ihrem Gesicht, auf dem sich nun wieder entschiedene Entschlossenheit breitmachte. „Ich würde vorschlagen, du bringst deinen Schulranzen nach Hause und lässt dir irgendetwas einfallen, das du deinen Eltern erzählen kannst, falls sie fragen, wo du hinwillst. Die Wahrheit werden sie dir nicht abkaufen, vermute ich."

Nein, ganz gewiss nicht. Bobby musste an den Tag denken, als er ihnen von dem Laden erzählte und sie sich darüber amüsierten. „Mit Sicherheit nicht!", sagte er.

„Ich verstaue derweil die Flinte und die Munition in dem Einkaufswagen, sodass sie niemand sehen kann. Wir treffen uns dann nachher irgendwo, einverstanden?"

„Wollen Sie denn nicht gleich mitkommen?", fragte Bobby.

„Nein, ich glaube, das wäre nicht so gut. Was würden die Leute denken, wenn sie eine alte Landstreicherin sehen, die mit einem Teenager zusammen aus Richtung einer verlassenen Scheune anspaziert kommt, hmm?"

Bobby dachte kurz nach und kam zu dem Schluss, dass sie wohl recht hatte. „Na schön", meinte er. „Können Sie sich an die Straße erinnern, in der Sie mich getroffen haben, als ich mit meinem Hund unterwegs war?"

Carolyn nickte.

„An deren Ende befindet sich ein kleiner Park. Wie wäre es denn damit?"

„Ja, ich kenne den Park. Ausgezeichnet, dort treffen wir uns! Wie lange wirst du brauchen?"

„Ich beeile mich! Nicht länger als fünfundvierzig Minuten", versprach er.

Carolyn nickte erneut und betrachtete ihn, wie er seinen Schulranzen auf den Rücken schnallte. Sie blickten sich gegenseitig in die Augen und reichten sich dann die Hände, um zu besiegeln, dass ihr Entschluss feststand. Als Bobby durch das Scheunentor hinausging, rief sie ihm nach: „Und nimm zur Sicherheit das Buch mit, hörst du! Und deinen Hund! Ich glaube, es könnte nicht schaden, wenn er uns begleitet!"

Er drehte sich noch einmal zu ihr um und entgegnete: „Ja, mach ich! Bis dann." Nachdem er die Scheune verlassen und das Tor hinter sich geschlossen hatte, richtete er seinen Blick auf die Baumkronen, durch die der starke Wind sich seinen Weg bahnte. Ein Uhu – Bobby vermutete, dass es derselbe war, den sie auch zuvor gehört hatten – kam aus einer der Baumkronen hervor und stieg zum Oktoberhimmel empor. Bobby sah ihm noch einen Moment lang nach, bevor er sich auf den Weg nach Hause machte. Er ging schnellen Schrittes. Er war angespannt und nervös.

29

„Hi Dad!", rief er in Richtung der Küche, während er die Treppen hinaufeilte.

„Hallo Bobby!", antwortete Joe Garner, der vor dem Kühlschrank stand und gerade damit beschäftigt war, sich Sandwiches zu machen. Er sah seinen Sohn nur kurz aus dem Augenwinkel, und noch bevor er ein Gespräch mit ihm anfangen konnte, war dieser schon oben in seinem Zimmer verschwunden.

Bobby schloss die Tür hinter sich und stellte den Schulranzen ab, bevor er sich auf die Kante seines Betts setzte. Außer seinem Vater und ihm war niemand zu Hause. Dies wusste er schon, nachdem er das Haus betreten hatte, denn sowohl die Schuhe seiner Mutter als auch die seiner Schwester standen nicht im Flur. Außerdem war ihr blauer Honda Civic nirgends in der Einfahrt zu sehen gewesen. So musste er wenigstens nur *einem* eine erfundene Geschichte auftischen. Er saß noch eine Weile grübelnd auf der Bettkante, bevor er schließlich aufstand, den Schulranzen öffnete und das Buch herausnahm. Mit angewidertem Gesichtsausdruck betrachtete er den Munk.

„Dir wird das teuflische Grinsen bald vergehen, du Ausgeburt der Hölle!", murmelte er, während er zutiefst hoffte, dass sich seine Worte bewahrheiten würden. Er zog den Reißverschluss seiner Jacke auf und steckte das Buch in deren Innentasche. Bobby sah auf die Uhr. Sie zeigte fünf Minuten vor drei an. Er verließ sein Zimmer und ging wieder die Treppe hinunter. Als er die Küche betrat, fragte ihn sein Vater, warum er es denn vorhin so eilig gehabt hatte.

„Ich will gleich wieder los … zu Jimmy", log Bobby.

Joe sah ihn skeptisch an. „*Kommst* du denn nicht gerade von dort?"

„Doch, doch, wir haben uns einen Film angesehen und nebenbei Hamburger gefuttert. Jetzt wollen wir ihn in die Videothek zurückbringen und uns vielleicht noch einen holen. Ich wollte nur meinen Schulranzen nach Hause bringen … das nervige Ding ist an manchen Tagen ziemlich schwer, weißt du?"

Notlügen erfinden war eine seiner Spezialitäten. Am Gesichtsausdruck seines Vaters, der gerade dabei war, eine Packung Wurst und ein Glas Senf zurück in den Kühlschrank zu stellen, war abzulesen, dass er ihm Glauben schenkte und keinerlei Verdacht schöpfte.

„Was für einen Film habt ihr euch denn angesehen?"

„*Gremlins.*"

Joe schüttelte schmunzelnd den Kopf. „Wenn das deine Mutter wüsste."

„Sie muss es ja nicht unbedingt erfahren, oder?"

„Also, von mir hört sie nichts … versprochen."

Bobby setzte ein leichtes Grinsen auf und ging zur Tür hinaus. Er nahm die Hundeleine vom Schuhschrank und rief über die Schulter: „Ich nehme Stanley mit, in Ordnung, Dad?"

„Ja, mach das!", antwortete sein Vater. „Sieh aber zu, dass du zum Abendessen wieder zu Hause bist, hörst du!"

„Ja, mach ich. Bis später", erwiderte Bobby und verließ das Haus.

Im Garten trottete Stanley über den Rasen, auf welchem der Wind wie gewohnt etliches Laub verteilt hatte. Manchmal fragte sich Bobby, warum sein Vater sich überhaupt noch die Mühe machte, es zusammenzurechen. Er pfiff durch die Finger, worauf der Hund augenblicklich angelaufen kam.

„Komm, Junge! Heute haben wir etwas Besonderes vor. Wir brauchen dich dabei." Er tätschelte Stanley seitlich den Bauch und machte sich anschließend mit ihm auf den Weg zum Park, wo Carolyn und er verabredet hatten, sich zu treffen.

30

Während er den Gehweg entlangmarschierte und Stanley dabei beobachtete, wie dieser mit heraushängender Zunge vor ihm hertrottete und von Zeit zu Zeit an einem der Gartenzäune haltmachte, um ein Bein zu heben, musste er ununterbrochen an Mr Grant denken.

Hoffentlich schaffen wir es noch, ihn rechtzeitig zu warnen! Bitte, Gott ... steh uns bei!

Er wollte gar nicht daran denken, was passieren würde, sollten sie es nicht schaffen. Irgendwie gab er sich selbst die Schuld an der ganzen Tragödie, obwohl er insgeheim natürlich wusste, dass dies Schwachsinn war und er rein gar nichts dafür konnte. Das Böse war am Werk und er selbst ein unfreiwilliges Opfer.

Als er an der Stelle angekommen war, an der die Straße leicht abfiel, konnte er schon von Weitem sehen, wie Carolyn auf der kleinen roten Parkbank saß und auf ihn wartete. Bobby beschloss, Stanley sicherheitshalber die Leine anzulegen, da er nicht wusste, wie der Hund auf Carolyn reagieren würde. Ihr Gesicht würde er wiedererkennen, dessen war sich der Junge sicher. Er pfiff durch die Finger, worauf Stanley augenblicklich angetapst kam. Bobby ging in die Hocke und legte ihm die Leine an.

„Schön lieb sein, Kumpel!", murmelte er, während er sich wieder aufrichtete und dann weiter in Richtung des Parks ging. Carolyn hatte ihn derweil bemerkt und blickte die Straße hinauf. Als sie aufstand und die Arme auf den Griff des Einkaufswagens stützte, bemerkte Bobby, dass Stanley sie registriert hatte und mit konzentriertem Blick fixierte.

„Ganz ruhig, Kumpel", sagte er in besänftigendem Tonfall. Als Carolyn die Hand hob und ihnen zuwinkte, begann Stanley zu kläffen.

„Nein … aus! *Aus,* Stanley!", befahl Bobby seinem Hund, welcher nun kräftig an der Leine zerrte. Er musste diese mit beiden Händen festhalten, um nicht zu Boden gerissen zu werden. Als sie unten am Park ankamen, meinte Carolyn schmunzelnd: „Er hat mich wohl noch ziemlich gut in Erinnerung, was?"

„Oh ja", antwortete Bobby nickend und blieb vor ihr stehen. Sie beugte sich langsam hinunter und streckte Stanley behutsam die Hand entgegen, worauf dieser nervös zu knurren begann.

„Ruhig, mein Kleiner. Ganz ruhig … ich will dir nichts Böses", sagte sie in leisem Tonfall.

Anfangs bewegte sich der Hund noch aufgebracht und knurrend von einer Stelle zur anderen, doch es dauerte nicht lange, bis er sich beruhigt hatte und Carolyn sogar die Hand leckte, wobei diese zu lachen begann. „Scheint so, als würde er mir endlich Vertrauen schenken, hmm?"

„Ja, sieht wohl so aus", entgegnete Bobby ebenfalls lächelnd. Er wunderte sich selbst darüber, wie schnell die Nervosität seines Hundes verflogen war. Carolyns einfühlsame Art musste auf Stanley wohl genauso beruhigend wirken wie auf ihn selbst. Er nahm ihm die Leine ab, worauf er zuerst in wilden Sprüngen um Carolyn herumhuschte und anschließend zu der Parkbank trottete, um dort wieder ein Bein zu heben.

„Hast du das Buch dabei?"

„Ja, hab ich. Zu Hause war nur mein Dad. Ich habe ihm erzählt, ich würde zu Jimmy gehen, einem Freund von mir."

„Okay, gut", sagte sie. „Wie spät ist es jetzt?"

Bobby warf einen Blick auf seine Armbanduhr und antwortete: „Zehn Minuten vor halb vier. Machen wir uns auf den Weg! Hoffentlich dauert es nicht zu lange, bis wir das Haus finden!"

„Ja, das hoffe ich auch", sagte Carolyn und ging zu dem Einkaufswagen. Man konnte die Flinte beim besten Willen nicht sehen, so gut war sie unter den ganzen Tüten und Kleidungsfetzen versteckt.

„Wir müssen in diese Richtung", sagte Bobby und deutete auf den Kiesweg, der durch den Park führte.

„Na, dann mal los. Komm, Junge!", rief Carolyn in Stanleys Richtung, worauf dieser augenblicklich angehastet kam, dabei ein ausgelassenes Bellen ertönen ließ und mit dem Schwanz wedelte. Der Kies knirschte unter den Rädern des Einkaufswagens, und das Pfeifen des Windes nahm allmählich zu, als sie sich auf den Weg machten.

31

Gegen Viertel vor vier kamen sie in der Norton Street an. Stanley trottete lebhaft vor ihnen her. Einige der vorbeibrausenden Autofahrer warfen ihnen etwas verächtliche Blicke zu – kein Wunder bei dem Anblick eines Teenagers, der an der Seite einer Landstreicherin, welche einen vollgestopften Einkaufswagen vor sich herschob, einen Gehweg entlangmarschierte.

„Halt die Augen offen! Es waren rote Backsteine, richtig?"

„Ja, richtig. Eigentlich können wir es überhaupt nicht übersehen." Bobby hielt konzentriert nach dem Haus Ausschau. Er war in seinem Leben nur zwei oder drei Mal in dieser Straße gewesen und kannte niemanden, der hier wohnte … außer Mr Grant – wenn es sich denn wirklich bewahrheiten sollte. Einige der Häuser, die sie passierten, waren mit dicken Efeuranken an den Fassaden bewachsen. In den gepflegten Gärten war es sehr ruhig; nur hin und wieder sah man ein paar ältere Menschen, die auf ihren Gartenbänken saßen oder über Gemüse- oder Blumenbeete gebückt standen. Eine ziemlich idyllische Wohngegend, wie Bobby fand.

Doch das Böse hat es vorgesehen, in Kürze den Schrecken in diese Idylle einkehren zu lassen!, schoss es ihm durch den Kopf.

Die Räder des Einkaufswagens ratterten über den Asphalt des Gehwegs, während Carolyn eindringlich ihren Blick über die Häuser schweifen ließ. Bobby sah zu ihr herüber und schwelgte in dem guten Gedanken, welch ein Glück er doch hatte, sie wiedergetroffen zu haben. Er wusste, welches Schicksal ihn erwartet hätte, wenn dies nicht der Fall gewesen wäre – wenn sie nicht beschlossen hätte, ihm zu helfen. Sie war seine Rettung, denn er wäre ohne jeglichen Zweifel in die Fänge von Gary, dem vom Bösen Besessenen, gelaufen. Er lenkte seine Gedanken wieder auf die Häuser und just im selben Moment glaubte er, es entdeckt zu haben. An der nächsten Straßenbiegung schimmerten rote Backsteine durch das dichte Geäst einer Baumkrone.

„Das dort vorne könnte es doch sein!", rief er und deutete auf den Garten, welchen er anvisiert hatte.

Carolyn blieb einen Moment lang stehen und kniff die Augen zusammen. „Ja, das wird es wohl sein", entgegnete sie mit angespanntem Gesichtsausdruck. „Gehen wir hin und sehen nach!"

Während sie langsam auf das Haus in der nächsten Kurve zusteuerten, mischte sich wieder Aufregung in Bobbys Gefühlswelt, welche mit jedem Schritt, den er machte, zunahm. Welchen Namen würde er über der Klingel lesen? Würde sich sein schlimmer Verdacht bestätigen? Bobby ließ seinen Blick über die Fassade schweifen. Rote Backsteine und altmodische Fenster, welche von dunkelbraunen Rahmen umfasst waren. Aus dem Kamin auf dem Dach, in dessen Regenrinne man angesammeltes Laub sehen konnte, stieg eine dichte Säule aus Rauch auf. An der Westseite des Hauses wuchs eine große dunkle Efeuranke an der Fassade empor.

Sie kamen am Gartentor an, welches von zwei Marmorsäulen flankiert wurde, und blieben dort stehen. Am Fuße des Tors spross Moos hervor. Stanley kam herangetrottet und hob sein Bein an dem eisernen, schwarzen Zaun. Bobby wandte sich seinem Hund zu, um ihm die Leine anzulegen, als Carolyn sagte: „Junge, schau her!"

Er drehte seinen Kopf in ihre Richtung und sah, dass sie mit dem Finger auf das Namensschild über der Klingel deutete, welches sich an der linken Marmorsäule befand. Bobby trat einen Schritt näher heran, und als er den Namen las, schloss er die Augen und atmete mit immer schneller pochendem Herzen tief durch. Seine Befürchtung hatte sich soeben bestätigt: *Edward Grant* stand in geschwungenen Buchstaben auf dem kupfernen Namensschild. Der Wind wehte Bobby die Haare in die Stirn. Er öffnete langsam wieder die Augen und steckte geistesabwesend Stanleys Hundeleine in die Jackentasche, während seine Anspannung und die tief in seinem Inneren lauernde Angst wuchsen. „Oh ... oh mein Gott, wir müssen das unbedingt verhindern", murmelte er, worauf Carolyn erwiderte: „Wir werden alles tun, was in unserer Macht steht, richtig?"

„Worauf Sie Gift nehmen können!", antwortete Bobby und ballte dabei seine rechte Hand zur Faust. Carolyn warf einen kurzen Blick auf den Einkaufswagen und sagte: „Wir sollten *den* erst einmal irgendwo abstellen. Ich bin nicht unbedingt scharf darauf, die Aufmerksamkeit der Nachbarn auf uns zu lenken." Sie sah sich um, worauf ihr Blick auf eine Mülltonne fiel, welche an der Ecke zur nächsten Einfahrt stand. Nach kurzem Überlegen nickte sie und murmelte: „Ich werde ihn dort abstellen. Das müsste reichen." Bobby sah ihr dabei zu, wie sie zu der Einfahrt hinüberging und den Einkaufswagen genau so hinter der Mülltonne platzierte, dass er von dieser vollständig verdeckt wurde. Die Bewohner der gegenüberliegenden Straßenseite konnten ihn somit nicht sehen und außerdem wurde der Blick zusätzlich von der hohen Hecke abgeschirmt. Carolyn kramte die Schrotflinte hervor und schob diese anschließend unter ihren dicken Pullover, sodass sie nicht mehr zu sehen war. Nachdem sie dies getan hatte, kam sie wieder zu Bobby herüber.

„Wie wollen wir jetzt vorgehen, Carolyn? Sollen wir einfach klingeln und versuchen, Mr Grant zu warnen?" Auf das Gesicht des Jungen legte sich ein unbehaglicher Ausdruck. „Er wird es uns nicht glauben … egal, wie wir versuchen, es ihm zu erklären, nicht wahr?"

Carolyn sah den Jungen nachdenklich an, während Stanley sich mit heraushängender Zunge neben dessen Füße kauerte. Mittlerweile wuchs auch *ihr* Unbehagen von Minute zu Minute.

„Nun, wir müssen es auf jeden Fall versuchen! Uns wird nichts anderes übrig bleiben, oder willst du etwa einfach hier stehen und auf den … Munk warten?"

Nein, das wollte er mit Sicherheit nicht! Er betrachtete Stanley, der unbekümmert zu ihm aufblickte, und hob anschließend langsam den Zeigefinger in Richtung der Klingel, wobei er murmelte: „Ich hoffe nur, er wird uns nicht für verrückt halten und die Polizei rufen."

„Wir werden ihm alles erzählen, was wir wissen … *alles!* Wir werden ihm auch das Buch zeigen, hörst du?"

Bobby nickte und tastete mit der linken Hand die Vorderseite seiner Jacke ab, um noch einmal sicherzustellen, dass das Buch noch an Ort und Stelle war. Nachdem er den sanften Druck spürte, den dieses in der Innentasche auf seine Brust ausübte, atmete er noch einmal kräftig durch, bevor er schließlich einen Finger auf die Klingel legte und diese nach kurzem Zögern betätigte.

32

Sie standen am Gartentor und warteten einige Sekunden lang, in denen sich nichts tat. Bobby versuchte es ein zweites Mal. Doch auch dieses Mal blieb es ruhig und die Tür des Hauses verschlossen. Er sah Carolyn, die ihre Stirn in Falten legte, unbeholfen an.

„Vielleicht hört er die Klingel nicht", murmelte sie.

„Gut möglich", erwiderte Bobby. „Immerhin ist er schon ziemlich alt. Außerdem müsste er, dem Text im Buch nach zu urteilen, vor laufendem Fernseher sitzen." Carolyn nickte und betätigte die Klingel ein drittes Mal – wieder keine Reaktion. Ein nachdenkliches Raunen entwich ihrer Kehle, während sie den Blick gen Himmel richtete. Die Zeit lief ihnen davon … bald würde die Dämmerung einsetzen. Der Hund sah mit unbekümmertem Blick zu Carolyn auf.

Nach kurzem Grübeln beugte sich Bobby über das Tor, welches sich von innen öffnen ließ, legte seine Hand auf den massiven Knauf und fragte zögerlich: „Sollen wir?"

Carolyn, die ihn gefasst ansah, antwortete: „Ja, mach schon! Wir dürfen keine Zeit verlieren." Sie unterstrich ihre Worte mit einer kreisenden Handbewegung. Bobby drehte den Knauf, worauf sich das Tor geräuschlos öffnete. Er betrat als Erster den Garten, danach folgte Carolyn und anschließend der Hund, der jetzt interessiert die Ohren spitzte.

Der Rasen muss wirklich *schon eine geraume Weile nicht mehr gemäht worden sein*, dachte sich Bobby, als sein Blick darauf fiel. Urplötzlich huschte ihm die Kurzgeschichte „Der Rasenmähermann" durch seine Gedanken, welche aus der Feder Stephen Kings stammte. Sein verstorbener Onkel Bill hatte zu Lebzeiten einen Kurzgeschichtenband des Autors mit dem Titel „Night Shift" besessen. Bobby hatte diesen immer heimlich gelesen, wenn er die Sommerferien bei Bill und Ardelia verbrachte, und jedes Mal eine Gänsehaut bekommen, genauso wie jetzt, als er in Mr Grants Garten stand.

Die Grashalme mit dem darauf angesammelten Laub raschelten, als Stanley über den Rasen trottete.

„Welches Fenster mag wohl zu seinem Wohnzimmer gehören?", murmelte Carolyn, während sie auf die linke Hauswand zuging. Bobby folgte ihr. Als sein Blick auf den Stuhl fiel, welcher im hinteren Teil des Gartens unter der riesigen Eiche stand, erschien vor seinem geistigen Auge das Bild des Munks, wie dieser ihn mit Leichtigkeit und ohne den geringsten Kraftaufwand an die Hauswand heranzog. Des Weiteren schossen ihm wieder sowohl die Erinnerungen an die rasiermesserscharf beschriebenen Zähne des kleinen Ungeheuers durch den Kopf als auch … *Gary*! Bobby klammerte sich mit vor Unbehagen rasendem Herzschlag an die Hoffnung, die ganze Sache würde ein gutes Ende nehmen, wobei diese jedoch von Minute zu Minute schwand.

Während der kalte Wind einen Trichter aus Laub in den sich allmählich verdunkelnden Oktoberhimmel zog, hastete Stanley kreuz und quer über den ungepflegten Rasen und erkundete dabei neugierig jede Ecke des Gartens. Der Anblick seines Hundes ließ Bobby ein Fünkchen positiver denken. Ohne ihn hätte er sich höchstwahrscheinlich überhaupt nicht hierhergewagt. Er trat ebenfalls an die Hauswand heran und Carolyn, die durch das erste Fenster der rechten Seite lugte, sagte: „Bei diesem hier muss es sich wohl um eine Art Abstellraum handeln. Viel kann ich aber leider nicht erkennen." Bobby trat vor das zweite Fenster und legte seine Hände seitlich von seinem Gesicht an die Scheibe, um somit besser hineinsehen zu können. Er kniff die Augen zusammen und konnte in der Dunkelheit des Zimmers ein massives Bett erkennen. Auch die Ölgemälde an den Wänden, welche in dem Buch beschrieben waren, erblickte er sofort.

„Kannst du etwas erkennen?", fragte Carolyn, während sie ebenfalls neben Bobby an das Fenster herantrat.

„Ja, es muss das Schlafzimmer sein. Sehen Sie selbst!"

Doch Carolyn machte keinerlei Anstalten, einen Blick ins Innere des Zimmers zu werfen, sondern murmelte mit in Falten gelegter Stirn und nachdenklichem Gesichtsausdruck: „Wenn das hier das Schlafzimmer ist, dann müsste dieses hier eigentlich …", sie deutete mit dem Zeigefinger auf das Fenster zu ihrer Linken, „… das Wohnzimmer sein."

Sie traten beide gleichzeitig heran und warfen einen Blick ins Innere des Zimmers. Bei dem Anblick des Mannes, der halb versunken in seinem braunen Ledersessel saß, musste Bobby schlucken. Es handelte sich dabei ohne jeden Zweifel um seinen Religionslehrer, so wie er es bereits befürchtet hatte. Über die Bildfläche des Fernsehers flimmerten Werbespots. Der Ton war ziemlich laut gestellt – wie üblich bei älteren Herrschaften, deren Gehör nicht mehr so exzellent funktionierte. Bobby standen die Schweißperlen auf der Stirn, und noch bevor er Carolyn fragen konnte, ob sie ans Fenster klopfen sollten, da hatte diese es bereits getan.

Ihn beeindruckte, mit welcher Gelassenheit und Rationalität sie sich in einer solch verheerenden und Angst einflößenden Situation verhielt. Er hielt seinen Blick weiterhin auf Mr Grant gerichtet, welcher jedoch nicht auf das Klopfen reagierte. Bei näherem Hinsehen erkannte Bobby auch den Grund hierfür: Er hatte die Augen geschlossen und schlief. Carolyn versuchte es ein weiteres Mal. Wieder gab es keinerlei Reaktion seitens des alten Mannes. Sie verharrten einen Augenblick lang mit angehaltenem Atem, bevor es Carolyn ein letztes Mal versuchte, diesmal energischer. Mr Grant jedoch drehte sich nur kurz in seinem Sessel von einer Seite auf die andere und blieb dann wieder reglos, als wäre er im Winterschlaf.

„Verdammt!", fauchte Carolyn. „Wie soll er auch das Klopfen hören, wenn dieser verfluchte Fernseher so laut eingestellt ist?!" Und dann – nach einer kurzen Pause: „Er bekommt ja nicht einmal mit, wenn jemand an der Tür klingelt."

Bobby dachte angespannt nach. Dem Text in dem Buch nach zu urteilen, müsste Mr Grant irgendwann aufstehen und ins Badezimmer gehen, um sich ein Bad einzulassen. Es war nur eine

Frage der Zeit. Als hätte Carolyn soeben seine Gedanken gelesen, murmelte sie: „Er müsste ja eigentlich bald mal aufstehen und seinen Hintern ins Badezimmer bewegen." Sie sah Bobby an. „So steht es im Buch. Aber wir können nicht einfach hier herumstehen und warten, bis es so weit ist." Ihr Blick wanderte durch den Garten. Bobby gab ihr allemal recht. Einfach herumstehen und abwarten konnten sie sich nicht leisten. Zu viel kostbare Zeit ginge dadurch verloren. Sollten sie dies etwa riskieren? Keinesfalls! Aber was sollten sie tun? Was *konnten* sie tun? Er wusste keine Antwort.

Stanley, der angetrottet kam und sich vor Bobbys Füßen auf den etwa einen Meter breiten gepflasterten Weg zwischen dem Rasen und der Hauswand niederlegte, blickte ihn mit einem ebenso ratlos erscheinenden Gesichtsausdruck an. Einige Augenblicke lang sagte niemand der beiden etwas, bis Carolyn den Arm hob und auf den Holzstuhl unter der Eiche deutete. „Hör zu, Junge! Geh zu dem Baum hinüber, nimm den Stuhl und versuche, ihn auf die Hecke zu befördern! Meinst du, du schaffst das?"

Bobby nickte bestimmt.

„Für den Munk wäre der Stuhl somit fürs Erste außer Reichweite, und wir würden ihm dadurch sein Vorhaben gründlich erschweren." Daran hatte Bobby bis dahin noch gar nicht gedacht. Auch wenn er nicht wirklich glaubte, dass sie es dem Munk dadurch *erheblich* erschwerten, so hielt er es doch für eine gute Idee.

„Ich werde mich derweil hinter dem Haus umsehen. Vielleicht habe ich ja Glück und finde irgendeine Möglichkeit, wie wir ins Innere gelangen können. Wenn dieser alte, taube Kauz nur nicht so *seelenruhig* schlafen würde!" Sie schüttelte energisch den Kopf. Bobby sah sie einen Moment lang an und nickte dann. „Also gut, machen wir es so! Ich hoffe nur, dass wir noch genügend Zeit haben, bevor … bevor dieses Biest hier ist! Und außerdem ist da ja noch … Gary!"

Carolyn atmete zuerst deutlich hörbar ein und presste dann die Lippen so sehr aufeinander, dass nur noch eine dünne weiße Linie als ihr Mund zu erkennen war, bevor sie schließlich erwiderte: „Ja, sicher. Gary ist natürlich auch noch im Spiel. Aber zuerst müssen wir uns um das Scheusal von einem Munk kümmern. Also los!" Sie nickte in Richtung des Stuhls, tastete mit der linken Hand an ihren dicken Pullover, so als wollte sie sicherstellen, dass die Schrotflinte noch an Ort und Stelle war, und verschwand anschließend hinter der Ecke des Hauses. Bobby blickte einen Moment lang angespannt auf die Stelle, an der Carolyn soeben noch gestanden hatte, als hoch über ihm das Krächzen einer Krähe die Stille zerriss. Er fuhr zusammen und musste unweigerlich an den Tag denken, als er das erste Mal zu Garys Bücherladen unterwegs war. Das Krächzen der Krähen hatte ihm schon an jenem Tag ziemliches Unbehagen bereitet und tat dies auch nun wieder. Er schüttelte sich kurz, strich seinem Hund noch einmal über den Nacken und sagte anschließend: „Komm, Junge! Wir haben etwas zu erledigen." Zielstrebig schritt Bobby auf die große Eiche zu, unter deren massiger, eindrucksvoller Baumkrone der Stuhl stand, während Stanley ihm folgte.

33

„Verdammte Brut!!", schnaubte Gary, während er die kleine Brücke über den Fluss überquerte, wobei die Holzdielen unter seinen Füßen bei jedem Schritt beunruhigende, knarrende Geräusche von sich gaben. Der kalte Oktoberwind fegte ihm das weiße Haar ins Gesicht.

„Dieses Scheißkind mit seinem verdreckten, stinkenden Köter und diese alte, hässliche Schlampe Car...!" Er beendete den Satz nicht, sondern presste stattdessen seine Lippen zu einer weißen Linie in seinem vor Wut verzerrten Gesicht zusammen. Oh ja, Gary *kochte* regelrecht. Niemals zuvor war jemand so nahe daran gewesen, seine dunklen Pläne zu vereiteln, oder gar auf die Idee gekommen! Im Inneren des alten Mannes staute sich von Minute zu Minute mehr Wut an! Er hatte schon seit dem Morgen ein beunruhigendes Gefühl. Sein kleiner Helfer aus der Unterwelt versuchte schon den ganzen Tag, ihn mental zu warnen. Anfangs hatte sich Gary nicht viel daraus gemacht, aber in den letzten Stunden wurde es immer deutlicher. Er hatte grelle Bilder vor seinem geistigen Auge aufleuchten sehen: Carolyn mit dem Jungen in einer großen Scheune; der Junge, wie er ihr das Buch zeigte; die Schrotflinte; Carolyn, der Junge und dessen verdammter Köter, wie sie auf dem Weg zum Haus des nächsten Opfers waren. Gary hastete immer schnelleren Schrittes in Richtung westliches Ende der Stadt. Dabei musste er immerzu an Carolyn denken, welche er aus früheren Tagen kannte, wodurch seine Rage noch mal beachtlich in die Höhe schoss.

Dieses Drecksweib! Diese elende Missgeburt! Schlampe!!
Er musste sie aufhalten!
Diese alte, elende Fotze und dieses verdammte Hurenbalg mit seinem dreckigen Köter!!
Als er die ehemalige *Walton-technologies*-Fabrikhalle hinter sich gelassen hatte, hatte der Himmel sich bereits ziemlich verdunkelt und trug nun in etwa den gleichen Farbton wie Garys Gemütszustand. In seinen alten Augen spiegelte sich unbeschreiblicher Zorn und er hatte das Gefühl, als würde ihm vor Wut bald der Schädel platzen.

34

Carolyn stand vor der Eingangstür des Hauses, welche aus dunklem, massivem Holz bestand. Sie legte die Hand auf den tiefschwarzen, eisernen Türknauf, doch wie sie bereits erwartet hatte, ließ sie sich nicht öffnen. Auch das Fenster, welches sich rechts neben der Tür befand, war verschlossen, aber dies spielte keine Rolle, weil es für Carolyn sowieso zu klein gewesen wäre, um sich hindurchzuzwängen. Nun ... Bobby hätte es vielleicht geschafft.

Wahrscheinlich das Badezimmer, dachte sich Carolyn. Zu beiden Seiten der Haustür stand je ein Blumentopf auf der dunkelgrau gepflasterten Vortreppe. Die Blumen selbst waren dermaßen verwelkt, dass es unmöglich war, zu erkennen, um welche Art es sich dabei handelte.

„Wofür zum Teufel braucht dieser alte Kauz denn Blumen, wenn er sich nicht um sie kümmert?", murmelte sie und schüttelte dabei den Kopf. *Wahrscheinlich hat er im Haus noch weitere.* Sie bog um die Ecke und blieb im hinteren Teil des Gartens vor einer Garage stehen, welche nicht mit dem Haus verbunden war. Der Putz an deren Wänden begann an einigen Stellen zu bröckeln, und der karminrote Lack auf dem Garagentor war teils abgeblättert. Carolyn trat näher heran und warf einen Blick durch das staubige, kleine Fenster, welches sich an der Vorderseite befand. Die Sicht war sehr schlecht, da die Scheibe ziemlich dreckig war, aber es gab ohnehin nicht viel zu sehen. Es befand sich kein Wagen in der Garage und die dicken Staubschichten auf dem Boden, dem kleinen leeren Regal in der hinteren Ecke und dem zusammengerollten, giftgrünen Teppich ließen darauf schließen, dass dort auch lange Zeit keiner mehr gestanden hatte. Carolyn wandte den Blick wieder ab und ging weiter. Hinter der Garage befand sich mittig der Hauswand ein alter Schuppen, welcher direkt mit dem Haus verbunden war, was Carolyn etwas Hoffnung gab. Vielleicht konnte sie so ins Innere gelangen. Zielstrebig schritt sie auf die Tür des Schuppens zu und legte ihre Hand auf die Klinke, welche sich, wenn auch etwas schwer, herunterdrücken ließ. Die Tür gab ein lautes, widerwärtiges Quietschen von sich, als Carolyn sie aufschob. Aus dem Inneren stieg ihr ein modriger Geruch entgegen. Von der Decke baumelte eine Glühbirne in einer losen Verankerung. Carolyn entdeckte den Lichtschalter links neben der Tür und betätigte diesen, doch es tat sich nichts. Durch die offene Tür fiel immerhin genügend Licht herein, sodass sie die alten verstaubten Gerätschaften sehen konnte, welche sich unordentlich am Boden und in dem vermoderten Regal an der rechten Wand des Schuppens befanden: Eine alte, stark verrostete Gartenharke; eine ebenso alte nutzlose Mistgabel und weiß der Geier, was noch. Die meisten Geräte waren so staubig und verdreckt, dass man sie kaum erkennen konnte. Ihr Blick fiel auf die toten Insekten, die zwischen ihnen in der Staubschicht lagen. Carolyn schüttelte sich kurz vor Ekel und ging dann zu der Tür hinüber, welche in das Haus führte.

Hoffentlich ist sie nicht verschlossen! Bitte, lieber Gott, lass sie …
Die Tür ließ sich weniger geräuschlos als die vorige öffnen, worauf Carolyn ein Stein vom Herzen fiel. Sie wischte sich mit dem Ärmel kurz die Schweißperlen ab, die sich inzwischen auf ihrer Stirn gebildet hatten, schritt über die Türschwelle und blickte in den Flur des Hauses. Mit angehaltenem Atem machte sie einen Schritt vorwärts auf den grau-schwarz gestreiften Teppich, welcher über dem kompletten Boden ausgelegt war. Sie konnte die Laute des Fernsehers hören und drehte ihren Kopf nach rechts, wo der Flur um die Ecke führte. Am Boden und an den Wänden war ein leichtes Flimmern zu sehen, welches gespenstisch tanzende Schatten zum Leben erweckte. Links von Carolyn (am Ende des Flurs) konnte sie die Tür erkennen, welche zum Badezimmer gehören musste. Doch sie beachtete sie nur kurz und ging dann zielstrebig in die Richtung, aus der das Flimmern und die Klänge kamen. Die Zeit drängte. Sie schritt an der Treppe

vorbei, welche zum einen in den Keller und zum anderen in den ersten Stock führte. Das Geländer bestand aus prunkvoll verziertem Messing. An den Wänden zu beiden Seiten hingen einige Gemälde, die wie jene im Schlafzimmer Landschaften und Leute in altertümlichen Gewändern zeigten.

„*Geldig, alt und einsam*", flüsterte Carolyn, während sie um die Ecke schritt und schließlich etwa zwei Meter vor der Glastür stehen blieb, welche zu dem Wohnzimmer gehörte, in dem Mr Grant, nichts ahnend von der bevorstehenden Unruhe, in seinem Sessel gemütlich vor sich hindöste. Carolyns Blick war sehr angespannt. Sie dachte an Bobby und war sich im Klaren darüber, dass sie sich beeilen musste, denn sie wollte den Jungen, auch wenn der Hund bei ihm im Garten war, auf keinen Fall alleine lassen, wenn diese abscheuliche Kreatur von einem Munk auftauchte, wusste sie doch nur allzu gut, wozu diese widerwärtige Bestie imstande war … ganz zu schweigen von Gary. Carolyn wischte sich ein weiteres Mal die Schweißperlen von der Stirn und tastete mit der Hand noch einmal nach der Flinte, ohne es selbst zu merken. Ihr Herz pochte. Sie atmete ein letztes Mal tief durch, ging anschließend zu der Wohnzimmertür, durch dessen Glasscheibe sie die verschwommene Silhouette des Alten in dem Sessel erkennen konnte, und nach kurzem Zögern öffnete sie diese. Ihr Blick wanderte über die Wände des Wohnzimmers. Überall waren Stickereien und weitere altertümliche Bilder angebracht. *Ein Kunstliebhaber*, dachte sich Carolyn. Auf dem rustikalen Eichenholzschrank, welcher an der Wand hinter dem Sessel stand, in dem Mr Grant leise schnarchte – nichts ahnend von der alten Frau mit der Schrotflinte unter ihrem Strickpullover, welche direkt vor ihm stand –, befanden sich etliche kleine Keramik- und Holzskulpturen: eine Bäuerin, die eine Kuh melkte; ein aus einem Trog trinkender Esel; eine ziemlich altertümlich wirkende Windmühle und noch einige andere. Carolyn lenkte ihre Aufmerksamkeit schnell wieder auf Mr Grant, denn die Zeit drängte enorm … draußen setzte bereits die Dämmerung ein.

„Mr Grant", sagte sie etwas zögerlich, doch der Alte schnarchte seelenruhig weiter. „Mr Grant!" Diesmal klang ihre Stimme etwas gefestigter. Doch immer noch machte der alte Herr keine Anstalten, aufzuwachen.

Wie ein Bär im Winterschlaf, dachte sich Carolyn, nahm kopfschüttelnd die Fernbedienung vom Tisch, deren Deckel des Batteriefachs mit einem Klebestreifen befestigt war, und stellte den Ton des dröhnenden Fernsehers ab, welcher ihr langsam auf die Nerven ging. In dem Raum waren nun lediglich das leise Ticken der vergoldeten Wanduhr, welche neben dem Schrank hing, und Mr Grants konstantes Schnarchen zu hören. Carolyn achtete sorgsam darauf, dass ihr die Schrotflinte nicht aus Versehen unter dem Pullover hervorrutschte. Er würde wahrscheinlich einen Herzinfarkt bekommen, wenn er seine Augen öffnete und eine Fremde mit einer Flinte in der Hand in seinem Wohnzimmer sah.

Wäre das nicht witzig? Wäre das nicht ein Knüller? Der Mann, welchem sie versuchten, das Leben zu retten und vor dem Munk zu bewahren, würde vor ihren Augen an einem Herzinfarkt sterben. Die ganze Mühe wäre damit umsonst gewesen. Wirklich zum Brüllen komisch!!

„Mr Grant." Es folgte eine Pause, in der sie nervös den Atem anhielt. „Mr Grant!"

Langsam blinzelnd öffneten sich die Augen des alten Mannes. Mit einem verschlafenen, verwirrten Gesichtsausdruck blickte er Carolyn durch seine dicke Hornbrille hindurch an.

„Ganz ruhig", sagte sie in einem besänftigenden Tonfall. „Ich will Ihnen nichts tun. Bleiben Sie ganz ruhig, Mr Grant. Ich …"

„Was zum …?!", krächzte er und riss dabei die Augen auf. Von einer Sekunde zur anderen war er hellwach.

„Ruhig … bleiben Sie ganz ruhig. Ich will Ihnen nichts …"

Mr Grant taumelte ein paar Schritte rückwärts, wobei er mit der linken Hand die Tischdecke herunterriss, worauf die Fernbedienung, ein leerer Pappbecher und ein kleiner Kerzenständer polternd auf den Boden fielen.

„W… wer zum Teufel s… sind Sie?!", stammelte er.

„Bleiben Sie ganz ruhig. Ich will Ihnen nichts Böses", sagte Carolyn und hob dabei beschwichtigend die Hände. „Mein Name ist Carolyn Layfield. Bitte bewahren Sie Ruhe und geben Sie mir eine Minute, Ihnen zu erklären, warum ich hier bin und was ich von Ihnen will."

„Wie zum Teufel sind Sie in mein Haus gekommen?" Sein altes, faltiges Gesicht drückte eine Mischung aus Angst und Verwirrtheit aus, was für Carolyn natürlich völlig nachvollziehbar war. Sie hatte mit einer weit panischeren Reaktion seitens des alten Mannes gerechnet und war heilfroh darüber, dass sich ihre Befürchtung, er könne einen Herzinfarkt erleiden und vor ihr zusammenklappen, nicht bestätigt hatte. In ihren Augen verhielt sich Mr Grant für einen Mann seines Alters und vor allem in einer solchen Situation sehr gefasst, wovor sie großen Respekt hatte.

„Wie zum Teufel sind …", wiederholte er, als Carolyn ihm das Wort abschnitt: „Weder das Klingeln an der Tür noch das Klopfen am Fenster hat Sie geweckt. Ich fand schließlich einen Weg durch Ihren Schuppen." Nach einer kurzen Pause fügte sie hinzu: „Die Tür war nicht abgeschlossen."

„Oh!", entgegnete Mr Grant. „Die hab ich wohl vergessen." Seine Stimme klang nun etwas fester als zuvor, aber sein Gesichtsausdruck blieb unverändert. Er ließ Carolyn keine Sekunde lang aus den Augen.

„Sie können von Glück sagen, dass Sie es vergessen haben. Ich bin hier, um Ihnen zu helfen! Um Sie vor etwas Schrecklichem zu bewahren und um Ihnen das Leben zu retten!"

Er runzelte misstrauisch die Stirn (welche dadurch *noch* faltiger wurde), als hielte er Carolyn für eine Irre, was diese ihm eigentlich auch nicht verübeln konnte. Sie fuhr rasch fort, um ihm endlich die Situation begreiflich zu machen, darauf hoffend, er würde ihr Glauben schenken. „Hören Sie mir kurz zu … *bitte!* Bobby Garner … Sie kennen ihn doch, oder?"

Als sie den Namen seines Religionsschülers aussprach, zog Mr Grant die Augenbrauen hoch und starrte sie völlig verblüfft an, so als stünde er vor einem Hellseher, welcher ihm soeben persönliche Dinge erzählt hatte, die alle bis ins letzte Detail zutrafen.

„Er steht draußen in Ihrem Garten."

„Wa… was …?", brabbelte Mr Grant, während er seinen Kopf in Richtung des Fensters drehte.

„Wir sind hier, um Sie vor etwas Schrecklichem zu bewahren!"
Die Dämmerung! Die Dämmerung, gottverdammt! Es bleibt keine Zeit!

„Ich verstehe gar nichts mehr", murmelte der alte Mann seufzend und schüttelte dabei den Kopf.

„Hören Sie zu! Dem Jungen ist etwas widerfahren, das Sie vielleicht als Irrsinn bezeichnen und nicht glauben würden, aber Sie müssen mir unbedingt zuhören! Das Böse ist ganz in der Nähe! Das abgrundtief *Böse* …!"

„Sagen Sie mir endlich, wovon zum Teufel Sie da reden! Und was um Himmels willen soll einer meiner Schüler damit zu tun haben?!", unterbrach er sie. Seine Stimme klang nun laut und fest. An seinem Hals trat eine Ader hervor.

Er wird mir nicht glauben! Er wird mir kein einziges Wort glauben!

„Bobby hat vor kurzer Zeit ein Buch bei einem schändlichen, verrückten Mann gekauft, welcher besessen ist … besessen vom *Bösen*, wahrhaftig! Das Buch trägt den Titel *Der Munk*."

„Der *was*?!"

Carolyn hob die Rechte, um ihn anzuweisen, er solle sie nicht unterbrechen. „*Der Munk!* Sie halten mich jetzt wahrscheinlich für völlig übergeschnappt, aber jedes Wort, welches der Junge liest … *wird zur Realität!*"

In einem Punkt musste Mr Grant der Fremden recht geben: Er glaubte allmählich wirklich, dass sie völlig übergeschnappt war. Langsam war er sogar davon *überzeugt*.

„Es wird also zur Realität, hmm?", fragte er in zynischem Tonfall, wobei er mit einem Lächeln, in welchem nicht die geringste Spur von Belustigung lag, den Kopf schüttelte. Die Ader an seinem Hals war nun noch deutlicher zu sehen als zuvor und in seinem Blick spiegelte sich allmählich aufsteigender Zorn. Langsam kam er sich ziemlich verarscht vor.

35

Der Munk schlüpfte durch die eisernen, schwarzen Streben des Gartenzaunes, worauf er mit einem kaum hörbaren Geräusch im hohen Gras landete. Der widerliche Köter des Jungen drehte den Kopf einen Augenblick lang in seine Richtung, bemerkte ihn aufgrund der bereits eingesetzten Dämmerung jedoch nicht. Die Augen des Munks funkelten abgrundtief böse, während er die beiden betrachtete. Sie nahmen überhaupt nicht wahr, dass die Kreatur, deren blutrünstiges Vorhaben sie zu verhindern versuchten, nur wenige Meter von ihnen entfernt am Gartenzaun saß und sie beobachtete.

Ach, wie niedlich ... den Stuhl hat er aus meiner Reichweite geschafft!

Er ließ wieder sein boshaftes, diabolisches Grinsen aufblitzen. Er konnte es kaum erwarten. Konnte kaum erwarten, den Köter in Fetzen zu reißen. Konnte kaum erwarten, den Herzschlag des alten Mannes zu stoppen. Konnte kaum erwarten, den Jungen zu erledigen, der die Zeilen nicht lesen wollte, welche vom Meister des Munks stammten und dafür bestimmt waren, die süßen Träume des Lebens in einen einzigen schrecklichen Albtraum zu verwandeln. Dieses unartige Drecksbalg! Sein Meister war bereits auf dem Weg zu ihnen – das spürte der Munk. Er würde bald hier sein, um zusammen mit seinem treuen, kleinen Helfer sie alle zu erledigen, die ihre dunklen Pläne zu durchkreuzen versuchten. Auf die alte Frau, welche es sich zur Aufgabe gemacht hatte, dem Jungen zur Seite zu stehen, würde sich sein Meister ganz besonders freuen, schließlich hatte er mit dieser widerlichen, alten Fotze noch eine Rechnung offen! Als der Munk sich noch auf der anderen Seite des Zaunes befunden hatte, konnte er schon durch das Wohnzimmerfenster erkennen, dass sie bereits im Haus war und mit dem alten Mann sprach.

Was willst du dem alten Kauz erzählen, hmm? Denkst wohl, er wird dir Glauben schenken?

Sein teuflisches Grinsen wurde noch breiter, wobei seine kleinen rasiermesserscharfen Zähne hervorblitzten. Langsam bewegte er sich auf den Köter des Jungen zu, da er diesen zuerst erledigen wollte. Nur noch wenige Augenblicke, und es würde ihm wieder vergönnt sein, in seinen Blutrausch zu verfallen und seinen Durst zu stillen. Er konnte es kaum erwarten, voller Panik erklingende Schreckensschreie zu hören, in schmerzverzerrte Gesichter zu blicken und den Geruch des Todes zu riechen. Der Munk pirschte sich weiter an, bis er nur noch wenige Meter von ihnen entfernt war. Der kalte Oktoberwind fegte das Laub durch den Garten und über den Kopf der kleinen Kreatur hinweg.

Der Junge fröstelte kurz und blickte noch einmal zu dem Stuhl hinüber, welchen er auf die Hecke geworfen hatte, bevor er zufrieden nickte. Er schien sich seiner Sache ziemlich sicher zu sein und war gerade im Begriff, seinen Hund zu rufen, um mit ihm zusammen in Richtung der Hausrückseite zu verschwinden, als dieser plötzlich den Kopf hob und die Ohren aufstellte. Nicht weit von ihnen entfernt hatte er ein Rascheln im Gras bemerkt, welches der Munk mit seinen Händen verursachte. Der Köter konnte zwischen den hohen Grashalmen vage eine Silhouette erkennen, nahm die Witterung auf und schlich in gebückter Haltung langsam darauf zu.

„Stanley, was hast du denn?", fragte der Junge mit unbehaglichem Blick.

Der Munk saß weiterhin an seinem Fleck und raschelte stetig mit den Händen in den hohen Grashalmen. Er wartete ... wartete auf sein Opfer. Er lockte es an und hatte dabei immensen Spaß.

Komm her, Hundchen! Komm zu mir ... renne in dein Verderben!

„Stanley, komm her!", befahl der Junge mit leicht nervöser Stimme seinem Hund, welcher ihm aber nicht gehorchte. Er begann zu knurren, da er nun die Kreatur erblickt hatte, welche nicht weit vor ihm im Gras hockte. Er zog die Lefzen zurück, sodass sein Gebiss zum Vorschein kam.

Willst du mir etwa drohen?, dachte der Munk amüsiert und starrte den Köter mit dem Blick eines unverwundbaren Raubtieres an. Er leckte sich mit vor Wahnsinn weit aufgerissenen Augen und groteskem Gesichtsausdruck über die hornartigen Lippen, hinter denen sich Reißzähne aufreihten, in deren Vergleich die des Hundes wie Kinderspielzeuge wirkten.

„St... Stanley ...!", setzte der Junge erneut an ... doch da passierte es schon. Es spielte sich alles ziemlich schnell ab. Der Köter setzte knurrend zum Sprung an, und kaum war er in der Luft, schoss der Munk aus seinem von Grashalmen gesäumten Versteck hervor und auf den Körper des Tieres zu. Innerhalb von Sekundenbruchteilen grub er seine Zähne – seine Tötungswerkzeuge – in den Hals des Hundes, worauf augenblicklich Blut hervorquoll und ein entsetzliches, von Schmerz getriebenes Jaulen ertönte. Er biss jedoch nicht so fest zu, dass er sein Opfer auf der Stelle tötete ... denn vorher wollte er sich noch einige Augenblicke lang an dessen Leid ergötzen.

Der Junge war im ersten Moment wie starr vor Schreck und stand mit weit aufgerissenen Augen und verkrampften Händen da – außerstande, sich zu bewegen –, doch dann begriff er ziemlich schnell. Begriff, dass die Kreatur vor ihm jene war, um die es die ganze Zeit über ging! Die Kreatur, welche jener abgrundtief böse Mann namens Gary zum Leben erweckt hatte! Die Kreatur aus dem Buch ... *Der Munk!!* Ein unterdrückter Laut entwich seiner Kehle. Sein Herz hämmerte wie wild gegen seine Brust. Bobby blickte mit gequältem Gesichtsausdruck auf seinen Hund, an dessen Genick der graue groteske Körper der kleinen Kreatur hing. Obwohl ihn der Schock fast lähmte, so war Bobby doch geistesgegenwärtig genug, um zu wissen, dass er sich schleunigst in Sicherheit bringen musste! Ihm waren die unzähmbare Kraft und der rasende Blutrausch der Bestie voll und ganz bewusst. Ebenso war ihm klar, dass er seinem Hund im Moment nicht zu Hilfe kommen konnte, denn was sollte er mit bloßen Händen schon gegen den Munk ausrichten? Es ging alles rasend schnell vonstatten. Ihm blieben nur Sekunden, um eine Entscheidung zu treffen.

Sein Herz weigerte sich vehement, doch sein Verstand siegte letztendlich, und so fuhr er herum und rannte in Richtung Rückseite des Hauses. Er verspürte Todesangst und sein Puls raste, als würde er jeden Moment ohnmächtig werden. Bobby schrie … schrie aus voller Kehle, während er über den Rasen hetzte.

Der Munk bekam dies zunächst gar nicht mit, da er gänzlich im Blutrausch versunken und mit seinem Opfer beschäftigt war, welches wild jaulend zuckte. Er schmeckte den bitteren Geschmack des Blutes auf seiner Zunge, was ihn noch stärker in Tobsucht versetzte. Mit seinem rechten Arm holte er aus und schlug dann mit einem kräftigen Hieb seine scharfen Krallen zuerst in den rechten, dann in den linken Augapfel des Hundes, worauf diese geräuschvoll platzten und in einer gallertartigen Masse über dessen Schnauze liefen. Der Munk ließ kurz von seinem Opfer ab und machte einen Satz zur Seite, um dessen Hilflosigkeit zu betrachten, welche ihn mit Hochgenuss erfüllte. Das Pfeifen des kalten Windes ging im Jaulen des Hundes, welcher nun vollkommen blind über den Rasen torkelte, völlig unter.

Ist das nicht herzzerreißend? Dieses liebe, kleine Hundchen!

Als er bemerkte, dass der Junge nicht mehr zu sehen war, bereitete er dem Szenario schleunigst ein Ende. Mit einem gezielten Sprung landete er auf dem Rücken des Tieres und riss mit einem heftigen Hieb dessen komplette rechte Körperseite auf, worauf ein riesiger Schwall Blut und Eingeweide herausquollen und mit einem geräuschvollen Klatschen auf den Rasen schwappten. Der Hund jaulte ein letztes Mal auf, wobei es sich eher um einen gebrechlichen, von Qual erstickten Laut handelte, bevor er auf die Seite fiel und dann reglos liegen blieb. Der Munk betrachtete ein letztes Mal den leblosen, übel zugerichteten Körper, um welchen herum sich der Rasen rasch dunkelrot färbte, und ließ anschließend seinen von Wahnsinn und Todesgier geprägten Blick über die Stelle schweifen, an der vor wenigen Augenblicken noch der Junge gestanden hatte.

Du entkommst mir nicht, Drecksbalg! Und wenn mein Meister erst einmal hier ist …

Er leckte sich abermals diabolisch grinsend über die Lippen und huschte anschließend zielstrebig in Richtung der Hinterseite des Hauses, wohin der Junge verschwunden war, um die Arbeit, welche ihm sein Meister aufgetragen hatte …

Nicht mehr lange, und er ist hier. Ich spüre es … spüre es ganz deutlich.

… zu vollenden.

36

„Hören Sie! Ich weiß ja nicht, welche Drogen Sie nehmen, aber ich werde jetzt zu meinem Telefon gehen und die Polizei ru…" Weiter kam er nicht, denn er wurde von Schreien unterbrochen, welche aus dem Garten kamen. Es handelte sich hierbei keineswegs um Schmerzensschreie, sondern vielmehr um Angstschreie, das erkannte man sofort. Es war Bobbys Stimme. Offensichtlich war sich dessen nicht nur Carolyn bewusst, sondern auch Mr Grant, denn seine Kinnlade klappte herunter und er blickte mit ungläubigen, weit aufgerissenen Augen in Richtung des Fensters.

„Bo… Bob…?", stammelte er, während Carolyn bereits hinübergeeilt war und hinausblickte, worauf sich ihr ein schreckliches Bild bot: Der Körper von Bobbys Hund lag halb aufgerissen in dunkelrot gefärbtem Gras. Sogar von dieser Entfernung konnte Carolyn die Eingeweide erkennen, welche seitlich aus Stanleys totem Leib in einer riesigen Blutlache hingen. Vom Jungen selbst war nichts zu sehen. Aus dem Augenwinkel heraus nahm sie jedoch einen kleinen schwarzen Umriss wahr, welcher in raschem Tempo um die Hausecke verschwand. Sie konnte sich nur allzu gut vorstellen, um wen – oder besser gesagt, um *was* – es sich bei diesem Umriss handelte. Carolyn war sich im Klaren darüber, dass nun höchste Eile geboten war. Sie durfte jetzt auf keinen Fall in Panik geraten, sondern musste *handeln!* Und das tat sie auch. Mit klarem Verstand, und ohne lange zu zögern, zog sie die Schrotflinte unter ihrem dicken Pullover hervor, worauf Mr Grant einen erschrockenen Laut von sich gab und einige Schritte zurückwich, und eilte anschließend aus dem Zimmer.

„Sie bleiben hier!", rief sie über die Schulter, während sie über die Türschwelle sauste.

„A… aber …" Der alte Mann war völlig perplex und begann nun vor Angst leicht zu zittern. Langsam realisierte er, dass die Worte der Frau doch ernst gemeint waren. Auch wenn sie in keiner Weise der Realität nahekamen und völlig irrational wirkten, so waren sie doch ernst gemeint, und es handelte sich nicht nur um einen blöden Streich.

„Sie bleiben *hier!!!*" Mit der Schrotflinte in festem Griff und immer schneller pochendem Herzschlag hetzte Carolyn den Flur entlang.

Bitte, lieber Gott, lass ihn den Schuppen finden! Er muss unbedingt in den Schuppen gelangen, bevor …

Als sie gerade die Treppe passierte, wurde ihr Gedankengang von einem Poltern unterbrochen, welches ihr sagte, dass der Junge *tatsächlich* in den Schuppen gelangt war! Carolyn fiel ein Stein vom Herzen. Sie konnte Bobby hören, wie er ihren Namen schrie – oder besser gesagt, *schluchzte*.

„Verschließ die Tür! Stemm dich dagegen, Junge, hörst du!", brüllte sie. Keine zwei Sekunden später hatte sie ihrerseits die Tür zwischen Schuppen und Flur geöffnet, welche bei Weitem stabiler war als die äußere. Mit der erhobenen Flinte in den Händen stand sie auf der Schwelle … bereit, jeden Moment den Abzug zu betätigen, falls es notwendig war … doch der Junge hatte es geschafft, den Schuppen zu verschließen, noch bevor die Kreatur hineingelangen konnte. Er saß mit schweißnassem, gerötetem Gesicht am Boden und stemmte seinen Rücken gegen die Tür.

Mit lautem Gepolter warf sich der Munk von außen dagegen. Immer und immer wieder. Jedes Mal spreizte sich die Tür seitlich knarrend nach innen.

Sie wird noch aus den Angeln brechen!, befürchtete Carolyn. Ihr Blick fiel auf einen recht stabil aussehenden Besen, den sie beim Betreten des Hauses gar nicht bemerkt hatte, welcher in der Ecke zu ihrer Linken stand, und nahm diesen, ohne lange zu zögern.

„Halt durch, Bobby! Halt durch!" Der Junge blickte sie mit vor Angst weit aufgerissenen Augen an und atmete in deutlich hörbaren, rasselnden Zügen. Carolyn eilte an seine Seite und stemmte den Besenstiel fest unter die Türklinke. Gleich darauf tat sie dasselbe mit der rostigen Gartenharke, ohne dabei die Flinte loszulassen.

„Ca... Carolyn, es ist *der Munk!* Er hat St... Stanley ...", setzte Bobby mit bröckelnder Stimme an, doch Carolyn unterbrach ihn. „Ich weiß, mein Junge ... ich weiß." Eine kurze Pause. „Konnte es vom Fenster aus sehen." Sie ließ für einen kurzen Moment den Kopf auf die Brust sinken und schloss dabei halb die Augen. An Bobbys Wangen liefen Tränen hinab.

Was für ein schrecklicher Tag für den armen Jungen, dachte Carolyn. *Hoffentlich nimmt dieser entsetzliche Albtraum ein gutes Ende!* Doch es war kein Albtraum, dessen war sie sich bewusst. Es war die Realität. Die harte, grausame Realität, auch wenn hier die Grenze zur Fiktion und zum Unerklärlichen ziemlich schmal war!

„Hör zu, Bobby ... steh jetzt langsam auf! *Das* hier müsste fürs Erste halten!", sagte sie und deutete auf den eingeklemmten Besenstiel und die Gartenharke. Die Flinte hielt sie dabei gezielt und schussbereit in den Händen. Der Junge richtete sich nach kurzem Zögern langsam und immer noch keuchend auf. Sie standen nun Seite an Seite und blickten hoffend auf die Tür. Der Munk machte keine Anstalten, aufzuhören, seinen grässlichen, kleinen Körper von außen gegen die Tür zu werfen. Trotz der dagegen gestemmten Gerätschaften spreizte diese sich an den Seiten mit jedem Mal ein Stückchen weiter auf.

Er ist so kräftig. Diese kleine Bestie hat eine dermaßen unvorstellbare Kraft!, schoss es beiden beängstigend durch den Kopf.

„Schießen Sie! Um Himmels willen, schießen Sie doch durch die Tür!", schrie Bobby voller Panik, doch Carolyn tat es nicht. Trotz der momentanen Situation konnte sie noch rational denken und handeln.

„Wenn ich das tue, ihn aber nicht treffe … zerstöre ich nur die Tür! Somit würde ich es ihm nur noch erleichtern, hereinzugelangen." Sie blickte auf die Tür, dann zu Bobby. „Komm mit, schnell!", forderte sie ihn mit nachdrücklicher Stimme auf. „Wir haben nicht viel Zeit! Ich weiß nicht, wie lange das verdammte Ding noch halten wird!" Sie packte den Jungen entschlossen am Arm und drehte sich um. In schnellem Tempo hasteten beide in den Flur hinaus, worauf Carolyn hastig die Tür hinter sich zuschlug.

Bobby lehnte sich unter einem der Gemälde laut ausatmend an die Wand. Er war sichtlich erleichtert darüber, dem Munk fürs Erste entkommen zu sein, dennoch wechselte seine Gesichtsfarbe allmählich von dem geröteten zu einem ziemlich blassen Ton. Der Junge begriff langsam, dass Stanley – sein geliebter Hund, mit dem er so viele Jahre einen solchen Spaß gehabt hatte und der ihm stets ein treuer Freund gewesen war – nun für alle Zeit fort sein würde. Nie wieder würde er mit ihm im Garten herumtollen oder durch die Gegend ziehen können. Er würde sich auch nie wieder an seinen unschuldig dreinblickenden Augen und seiner herausbaumelnden Zunge trösten können, wenn er einmal traurig war. Stanley war *tot* und dies konnte nicht mehr rückgängig gemacht werden.

Ein ziemlich harter Schicksalsschlag für einen Dreizehnjährigen! Wie sollte er es bloß seinen Eltern und vor allem seiner Schwester Megan erklären?! Was sollte er sagen?!

Bobby lehnte mit ins Leere starrenden Augen an der Wand, bis Carolyn ihn an der Schulter schüttelte und somit aus den Gedanken riss. Im selben Augenblick erschien Mr Grant auf der Türschwelle des Wohnzimmers. Seine Gesichtsfarbe war nicht weniger blass als die des Jungen (er hatte, während er alleine in dem Zimmer war, das scheußliche Bild in seinem Garten mit eigenen Augen betrachten können, wobei ihm der Schreck *eiskalt* durch die Glieder gefahren war!). „Bo... Bobby! Was zum ...?!" Eine kurze Pause, dann: „Was zum Teufel geht hier eigentlich vor sich?! Kann mir das vielleicht endlich mal jemand erklären?!"

„Nachher, wir haben jetzt keine Zeit dafür! Wir werden Ihnen alles erklären, aber zunächst müssen wir schleunigst zusehen, dass wir uns in Sicherheit bringen!"

Mr Grant sah kurz zur Tür des Schuppens hinüber, hinter der das Poltern zu hören war. Er konnte sich bei Gott nicht vorstellen, *wer* oder *was* dieses Poltern verursachte, aber was er sich nur allzu gut denken konnte, war, dass es mit dem zerfetzten Hundekörper in seinem Garten zu tun haben musste. Er war sich ziemlich sicher, dass kein Mensch den armen Hund so zugerichtet haben konnte. Langsam glaubte er wirklich, dass die beiden hier waren, um sein Leben zu retten, so wahnsinnig das auch klingen mochte. Außerdem hatte er inzwischen zu große Angst, als dass er noch weitere Fragen hätte stellen können, und so entschloss er sich, den Anweisungen der Frau zu folgen. Er hoffte darauf, dass sie ihm später eine gute Erklärung abliefern, er keine Herzattacke bekommen und der Tag ein glimpfliches Ende nehmen würde. Er war keine fünfundzwanzig mehr, *gottverdammt!* Er war nur ein alter einsamer Mann, der vorhatte, einen gemütlichen Abend vor dem Fernseher zu verbringen, welcher mit einem wohltuenden, heißen Bad langsam ausklingen sollte.

Carolyn dachte kurz nach, wobei ihr Blick auf die Treppe fiel. Mit nachdrücklicher Stimme sagte sie: „Los, hoch in den ersten Stock! Nach draußen abhauen bringt nichts ... er würde uns in weniger als einer Minute einholen! Wir müssen uns schnellstens irgendwo im Haus verbarrikadieren! Los, beeilt euch!"

Mr Grant sparte sich, zu fragen, wen sie mit *er* meinte. Wenn sie erst einmal oben waren, würde er es bestimmt erfahren, und so eilten sie in zügigem Tempo die Stufen hoch – zuerst er selbst, danach Bobby, und zum Schluss folgte Carolyn. Oben angekommen, blieben sie stehen. Mr Grant stützte vornübergebeugt seine Arme auf die Knie und schnaufte dabei deutlich hörbar, was auch kein Wunder war – in seinem Alter war es schließlich nicht üblich, eine Treppe in solch einem Tempo hochzujagen, auch wenn es nur bis in den ersten Stock war.

„Was nun?!", stieß Bobby ängstlich hervor. Carolyn warf einen kurzen Blick die Treppe hinunter. Es war nichts zu sehen, und auch das Poltern konnte sie noch leise hören, was bedeutete, dass der Munk noch immer an der Schuppentür zugange war. Mit konzentriertem Blick drehte sie ihren Kopf zuerst nach links, wo am Ende des Flurs nichts weiter als eine Luke an der Decke, welche zum Dachboden des Hauses führte, zu sehen war, und blickte dann geradeaus auf die weiße Tür, die sich wenige Meter vor ihnen befand.

„Mr Grant, was ist das für ein Zimmer?", fragte sie, wobei sie mit dem Lauf der Flinte darauf deutete.

„Das ist … die Küche", antwortete er, noch immer stark ein- und ausatmend.

Sie nickte und machte eine Handbewegung, welche bedeuten sollte: *Los, rein da!* Bobby eilte hinüber und öffnete die Tür. Nachdem sie das Zimmer betreten hatten, schloss Carolyn diese schleunigst wieder. Sie wünschte sich, es wäre ein Schlüssel da gewesen, um die Tür zu verriegeln, doch dem war nicht so. In der Küche herrschte eine ziemliche Kühle. Die Wände waren mit einer altmodischen, gelblichen Tapete bezogen, auf welcher hässliche Blumenmuster aufgedruckt waren. Mr Grant setzte sich auf einen braunen Holzstuhl, der vor einem kleinen, nicht weniger hässlichen Esstisch stand. Daneben befand sich eine weitere Tür, die zu seinem Lesezimmer führte, wie er ihnen erklärte. Bobby ließ sich vor dem Gasherd, welcher mindestens zwanzig Jahre alt sein musste, langsam auf den Boden sinken, wobei er sich mit der rechten Hand durch die mittlerweile nass geschwitzten Haare fuhr. Ein tiefer Seufzer entrang sich seiner Kehle. „Wenigstens sind wir fürs Erste in Sicherheit."

Nur Carolyn machte keine Anstalten, erleichtert aufzuatmen oder gar sich zu setzen. Sie blickte durch das Fenster, welches sich auf der rechten Seite schräg über dem Herd befand, konnte aber nichts erkennen, abgesehen von dem übel zugerichteten Hundekörper auf dem Rasen. In den umliegenden Gärten hatte sich nichts getan. Niemand schien etwas von dem Schreckensszenario mitbekommen zu haben, welches sich im Garten des alten Mannes abgespielt hatte. Auf der einen Seite war dies von Nachteil, da sie Hilfe gebrauchen konnten, auf der anderen Seite aber auch von entschiedenem Vorteil, denn hätten ihnen die Nachbarn auch nur ansatzweise Hilfe bieten können?! Wohl kaum! Sie wären wahrscheinlich neugierig in den Garten gerannt, um nachzusehen, was hier los war, hätten dann den Hundekadaver entdeckt und wären auf das Poltern aus dem Schuppen aufmerksam geworden, was ihr Todesurteil bedeutet hätte. Falls jemand die Polizei gerufen hatte, so würde es viel zu lange dauern, bis diese hier war, und der Munk wäre in der Zwischenzeit schon längst ins Innere des Hauses gelangt. Außerdem rechneten Polizisten höchstwahrscheinlich nicht mit einem kleinen blutrünstigen Ungetüm, welches sie trotz ihrer Schusswaffen auf der Stelle töten würde. Carolyn hoffte, dass sie mit ihrer Flinte überhaupt etwas ausrichten konnte. Wie dem auch sei, sie mussten sich unbedingt etwas einfallen lassen, das stand außer Frage. Sie konnten nicht einfach hier warten und auf das Beste hoffen! Außerdem war da noch ... Gary! Irgendein Gefühl sagte ihr, dass er von ihrem Vorhaben wusste und bereits auf dem Weg hierher war, aber sie konnte sich natürlich auch irren.

Carolyn wurde aus den Gedanken gerissen, als Mr Grant laut aufhustete, was sich unangenehm keuchend anhörte.

„Psst!", fuhr sie ihn an, worauf er fast augenblicklich beide Hände auf den Mund presste. „Wir dürfen nicht auf uns aufmerksam machen!"

Sie lauschten alle drei mit angehaltenem Atem, doch außer dem leisen Poltern von unten und dem Wind, welcher von draußen gegen die Fensterscheibe blies, war nichts zu hören.

„Denkt dran, die Tür kann jederzeit aufbrechen, und wenn er erst mal im Haus ist …"

„Wer zum Teufel ist denn *er?!*"

„Der Munk", raunte Bobby.

„Der *was?!*" Er blickte den Jungen verständnislos an.

„Es fing alles vor kurzer Zeit an, als ich im *Midtown Park* auf diesen komischen, vergilbten Flyer gestoßen bin … eine Wegbeschreibung zu einem neuen Bücherladen namens Old Gary's. Ich …" Während Bobby begann, seinem Religionslehrer alles zu erzählen, um ihm somit endlich die ganze Situation begreiflich zu machen, legte Carolyn die Flinte auf die Ablage neben dem Herd und ging zu der Tür hinüber, neben welcher Mr Grant Platz genommen hatte. Sie öffnete diese und betrat anschließend den Raum. „Lesezimmer" war definitiv der richtige Ausdruck dafür. Vor jeder Wand befanden sich rustikale Regale, welche bis oben hin mit Büchern vollgestopft waren. *Es müssen Hunderte sein*, schoss es ihr durch den Kopf, während sie ihren Blick darüber schweifen ließ. Der Raum strahlte etwas Angenehmes aus. Es befand sich ein einziges kleines Fenster an einer der Wände, welche mit nussfarbenen Tapeten bezogen waren – weit ansehnlicher als jene in der Küche –, und in der Mitte des Zimmers stand ein kleines, gemütlich wirkendes, olivgrünes Sofa. Der Boden des Raumes war mit einem flauschigen, ebenfalls olivgrünen Teppich ausgelegt. Über dem Sofa hing ein nostalgischer, karminroter Lampenschirm an der Decke. *Der Mann hat Geschmack*, dachte sich Carolyn und schwelgte noch einen Moment lang in der behaglichen Atmosphäre des Raumes, bevor sie sich schließlich wieder umdrehte und zurück in die Küche trat.

„… verstehen Sie? Es hat sich wirklich alles genauso zugetragen! Auch das mit dem Immobilienmakler! Haben Sie davon gehört? Der Unfall passierte in der …?"

„Klar hab ich das", wurde Bobby von Mr Grant unterbrochen. „Greg Stillton. Mein Neffe hat vor ein paar Jahren einmal geschäftlich mit ihm zu tun gehabt. Hab's in den Nachrichten gesehen … schlimme Sache. Aber, Bobby, jetzt mal ehrlich! Du willst mir doch nicht sagen, dass diese Ereignisse in dieser *Geschichte* vorkommen?!" Er legte die Stirn in Falten und blickte den Jungen skeptisch an. „Also, das klingt schon ziemlich … na ja, *märchenhaft*, findest du nicht? Ich kann mir beim besten Willen nicht vorstellen …" Aber er sprach den Satz nicht zu Ende. Das Bild des aufgerissenen Hundekörpers in seinem Garten schoss ihm wieder durch den Kopf.

Carolyn blickte zu Bobby hinüber und deutete mit der rechten Hand auf die Vorderseite seiner Jacke. Zuerst verstand er nicht, aber nach einem kurzen Augenblick wusste er, was sie meinte.

Das Buch! Na klar … ich muss ihm nur das Buch zeigen! In dem ganzen Tumult hatte er es völlig vergessen. Er zog rasch seine Jacke aus und legte diese auf die Ablage neben dem Herd, nachdem er das Buch aus der Innentasche herausgeholt hatte. Bobby blätterte hektisch darin herum. „Ich beweise es Ihnen! Moment …!" Seine Finger flogen in einem rasanten Tempo von Seite zu Seite. Nach nicht einmal einer halben Minute wurden sie allmählich langsamer und stoppten darauf ganz. Bobbys Blick wanderte über die Zeilen der aufgeschlagenen Seite, bevor er schließlich Mr Grant das Buch vor die Nase hielt. Dieser blickte kurz auf Bobbys Zeigefinger herab, welcher auf dem Anfang des zweiten Absatzes lag, und nahm es mit skeptischer Miene entgegen.

„Lesen Sie den Text! Lesen Sie einfach den Text, Mr Grant, und Sie werden es mir glauben!", sagte der Junge in ungeduldigem Tonfall und machte mit der Hand eine unruhige, kreisende Bewegung. Carolyn unterstützte diese Geste noch mit der Aufforderung: „*Tun* Sie das! Aber machen Sie schnell! Die Zeit drängt!"

Der Alte stierte konzentriert durch die dicken Gläser seiner Hornbrille auf den Text und begann nach anfänglichem Zögern schließlich zu lesen, wobei er jedes Wort leise mitsprach: „*Am frühen Abend befand er sich auf dem Parkplatz eines Maklerbüros und blickte auf einen weißen Mercedes, welcher dort stand. Der Wagen gehörte …* was zum …?!" Er riss ungläubig die Augen auf, als er den darauffolgenden Namen las, und sah dann konsterniert zu Carolyn und Bobby auf.

„Da… das kann doch nicht …!", setzte er an, worauf Carolyn ihn aufforderte, weiterzulesen.

„Der Wagen gehörte Greg Stillton, dem Chef des Büros … gottverdammt!" Die Fassungslosigkeit in Mr Grants Stimme war deutlich herauszuhören. Er verstummte einen Moment lang, wobei sein Blick aber weiterhin über die Zeilen wanderte. Carolyn und Bobby sagten beide nichts. Nach einer Weile beendete der Alte den Absatz mit einem Flüstern: *„Er verweilte noch einen Augenblick lang neben dem Wagen, bevor er schließlich in Richtung Park verschwand, welcher nicht weit von dem Maklerbüro entfernt lag.* Oh mein Gott, Bobby! Das … das ist …!" Bobby nahm Mr Grant das Buch aus den Händen, noch bevor dieser seinen Satz zu Ende sprechen konnte, blätterte einige Seiten weiter und hielt es dem verängstigten Mann dann erneut vor die Nase.

„Hier, lesen Sie das! Dann werden Sie verstehen, warum wir zu Ihnen gekommen sind und was wir damit meinen, Ihnen das Leben retten zu wollen!"

Mit leicht zittriger Hand nahm Mr Grant das Buch wieder entgegen und richtete seinen Blick langsam und unsicher auf den Text. *„Der Munk war mittlerweile am westlichen Ende der Stadt angelangt und schritt nun die Norton Street entlang, wobei er das Backsteinhaus an der nächsten Kurve ansteuerte …"* Er verstummte wieder einen kurzen Moment lang und hielt sich – nicht glauben wollend, was seine Augen soeben erfasst hatten – die Hand an die Stirn, auf welcher sich mittlerweile Perlen von Angstschweiß gebildet hatten. „Das … das kann einfach nicht …!"

Mein Haus! Das ist mein gottverdammtes Haus!!

Seine Augen flogen über den Text und weiteten sich dabei immer mehr. Sie strahlten mit jeder Zeile, welche der Alte las, eine größer werdende Angst aus. Er brachte den Text, den sein Gehirn gerade speicherte, nur noch bruchstückhaft hervor: *„Er ließ seinen Blick über d…das Haus schweifen … Im Erdgeschoss schien das Flimmern eines F…Fernsehers … Er blickte sich um und bemerkte im hinteren Teil des Gartens einen Holzstuhl …"*

Carolyn warf währenddessen einen erneuten, nervösen Blick durch das Fenster. Draußen hatte sich nichts getan. Der Wind fegte das Laub durch den Garten und über den Hundekadaver hinweg, welcher nach wie vor im dunkelrot getränkten Gras lag. Mit jeder Sekunde, die verstrich, wuchs ihre Anspannung. Carolyn hatte keine Ahnung, wie dieser albtraumhafte Tag enden würde, aber irgendetwas sagte ihr, dass er nicht *so* enden würde, wie sie es sich wünschte.

Gary!
Gary!!
Sein Name schoss ihr immer wieder durch den Kopf.

Mr Grant fuhr unterdessen in gebrechlichem Tonfall fort: „‚Ein schönes heißes Bad, das gönn ich mir nun!', *trällerte der Mann vor sich hin* …" Er blickte Bobby mit vor Panik geweiteten Augen an. „Das … das bin *ich*! Ich hatte heute *wirklich* vor, m…mir noch ein heißes Bad einzulassen! A…Aber das ist doch völlig unmöglich!" Seine Augen flogen wieder über den Text, doch als er schließlich zu jener Stelle kam, an welcher der Munk den angeschlossenen Fön in das Badewasser warf und somit den alten Mann – oder besser gesagt, *ihn selbst* – tötete, wurde es ihm zu viel. Er war nicht mehr imstande weiterzulesen, denn er fühlte sich, als würde er gleich kollabieren, und so ließ er das Buch kraftlos fallen, worauf es mit der aufgeschlagenen Seite nach unten auf dem Küchenboden landete. „Ich … ich versteh das alles nicht!", stammelte Mr Grant, wobei er sein hochrotes Gesicht in den Händen vergrub. Unzählige Gedanken schossen ihm wie Blitze durch den Kopf.

Kann das alles wahr sein?! Meine Straße … mein Name … mein Haus!!! Kann das alles wirklich wahr sein?!

„Hören Sie! Sie müssen das nicht verstehen! Es gibt Sachen, die sich mit einem gesunden Menschenverstand einfach nicht erklären lassen!", setzte Carolyn ein. Bobby war heilfroh darüber, dass sie nun das Wort ergriffen hatte. Ihm tat sein Religionslehrer ziemlich leid, wie er da mit in den Händen vergrabenem Gesicht wie ein Häufchen Elend auf dem Küchenstuhl saß – nicht wissend, wie ihm geschah.

„Fakt ist, ich war vor langer Zeit einmal die Geliebte jenes Mannes, der dieses Buch verfasst hat. Jenes Mannes, welcher Bobby mit dem Flyer zu sich gelockt hatte! Sein Name lautet Gary Daniels. Ich hatte ihn damals in Portland kennengelernt." Carolyn begann, ihm die ganze Vorgeschichte zu erzählen – genauso, wie sie sie Bobby zuvor in der alten Scheune erzählt hatte. Mr Grant blickte sie durch seine gespreizten Finger hindurch an und war außerstande, auch nur ein einziges Wort herauszubringen.

„Er ist *besessen*. Besessen vom Bösen! Satan, Fürst der Finsternis, Luzifer … nennen Sie ihn, wie Sie wollen! Gary hat von ihm einst die Macht bekommen, welche es ihm ermöglicht, wehrlose Kinder …", ihr Blick wanderte kurz zu Bobby hinüber, „… als Werkzeuge für seine schrecklichen Vorhaben zu missbrauchen! Wenn sie erst einmal damit angefangen haben, in dem Buch zu lesen, lassen sie dadurch den Munk real werden, jenes Ungetüm, welches gerade versucht, unten in Ihr Haus zu gelangen!"

„Glauben Sie uns jetzt?", stieß der Junge hervor. „Jedes einzelne Wort wird zur *Realität!*"

Der Alte starrte ihn nur an – noch immer nicht imstande, etwas zu sagen.

Carolyn fuhr fort: „Vor Jahren bin ich hinter sein dunkles Geheimnis gekommen. Als er dies herausgefunden hatte, wollte er mich umbringen! Ich schaffte es aber, ihm zu entkommen, floh und ging zur Polizei. Anfangs wollte die meinen Worten aber keinen Glauben schenken, was auch irgendwie verständlich war, doch als sie endlich nachgaben und ich sie zu jener Stelle führte, an welcher sich sein Laden damals befunden hatte, da war dieser … einfach *weg!*" Sie machte einen deutlich hörbaren Atemzug. „Verstehen Sie?! Er war einfach *verschwunden!*"

Mr Grant kniff die Augen zusammen, wobei sich seine Stirn in Falten legte, und sah Carolyn konsterniert an.

„Man hielt mich für verrückt, also wurde ich nicht weiter beachtet. In den darauffolgenden Jahren hatte ich nichts mehr von Gary gehört … bis vor Kurzem, als es mich hier nach Haddonfield verschlug und ich auf Bobby traf." Sie nickte in Richtung des

Jungen. „Anfangs war ich mir nicht sicher, doch nach und nach wurde mir bewusst, dass er ein Opfer Garys war, dessen dunkler Auftrag aus der Unterwelt kein Ende genommen hatte!"

Mr Grant presste deutlich hörbar die Luft aus seiner Lunge (er hatte fassungslos den Worten Carolyns gelauscht und dabei fast vergessen zu atmen).

„Das … das ist der blanke Wahnsinn!", brachte er leise hervor.

„Hören Sie! Ich weiß, wie irrsinnig dies alles für Sie klingen mag, aber Sie müssen mir glauben! Es gibt Dinge auf dieser Welt, die uns so wahnwitzig erscheinen, dass sie sich aus rationaler Sicht einfach nicht erklären lassen … aber wir sind hier, um Ihr Leben zu retten, und Sie müssen mir *gottverdammt noch mal glauben!*"

Und das *tat* er! Auch wenn er Carolyn anfangs für geisteskrank gehalten hatte, so schenkte er ihren Worten mittlerweile Glauben. Schließlich hatte er den Text in dem Buch soeben mit eigenen Augen gelesen! Er hatte in seinem langen Leben schon so einige Sachen erlebt, welche er sich mit gesundem Menschenverstand nicht erklären konnte. Auch wenn es ihm anfangs noch so irrsinnig erschienen war, so hielt er es nun doch für die Realität. Blieb ihm denn überhaupt etwas anderes übrig?! Wohl kaum. Der übel zugerichtete Hundekörper, welcher draußen in seinem Garten lag … die Schreie seines verängstigten Schülers … die Zeilen in dem Buch … das Poltern aus dem Schuppen … es war alles *real!* Und er wollte verdammt noch mal nicht riskieren, von einer blutrünstigen, wütenden Kreatur, welche dieses Poltern verursachte, getötet werden, so wahnwitzig es auch klingen mag! Vielleicht konnten sie ihn ja wirklich vor etwas Bösem bewahren! Dann könnte er wenigstens behaupten, das größte Abenteuer seines Lebens erst im Alter von neunundsechzig Jahren erlebt zu haben! Sollte es doch nicht so laufen und er heute sterben … na ja, *was soll's?!* Oder es käme alles ganz anders, und er würde am nächsten Morgen in seinem Bett aufwachen und erleichtert feststellen, dass alles nur ein Traum war (obwohl er sich natürlich im Klaren darüber war, dass dies einzig und allein seinem Wunschdenken entsprang).

Wie dem auch sei, ganz gleich, wie der heutige Tag endete, er würde sich seinem Schicksal beugen und den Worten der Frau Folge leisten, denn diese wusste genau, wovon sie sprach, dessen war er sich mittlerweile bewusst!

37

„Wir müssen uns mit allem ausstatten, was in irgendeiner Art und Weise von Nutzen für uns sein könnte!", sagte Carolyn, während sie die Schublade unter dem Herd aufzog, in welcher sich altes Besteck und andere Küchengerätschaften befanden. Neben der Herdplatte stand ein kleiner Stapel ungewaschenen Geschirrs, doch dieser würde ihnen wohl kaum behilflich sein. Bobby war derweil ebenfalls neben sie getreten und warf nun seinerseits einen Blick in die Schublade.

„Hier ... nimm das!", sagte Carolyn und hielt ihm ein Fleischerbeil hin, das trotz seines ziemlich alt wirkenden Erscheinungsbildes noch sehr wirkungsvoll und von großem Nutzen zu sein schien. Der Junge betrachtete es einen Augenblick lang mit grübelnder Miene, bevor er es entgegennahm.

„Haben Sie noch weitere Dinge, mit denen wir uns im Notfall verteidigen können?", fragte Carolyn Mr Grant, welcher noch immer am Küchentisch saß (sein rasselnder Atem hatte sich allmählich beruhigt und er schien wieder einigermaßen gefasst zu sein), während sie ein langes, nicht ungefährlich wirkendes Fleischermesser aus dem hinteren Teil der Schublade hervorzog. Behutsam strich sie mit der Fingerkuppe über die Klinge, und als sie merkte, dass diese ziemlich scharf war, nickte sie vielsagend.

„Hier oben wohl kaum. Aber …!", setzte Mr Grant an, während er zu der Flinte auf der Ablage hinüberschielte.

Carolyn folgte seinem Blick und bestimmte: „Die werde ich nehmen. Ich hoffe, dass sie uns etwas nützen wird und ich damit dieses gottverdammte Biest zur Strecke bringen kann." Eine kurze Pause – dann: „Gefasst müssen wir jedenfalls auf alles sein!" Sie wollte ihm gerade das Messer hinhalten, entschied sich dann aber anders und gab es Bobby, welchem sie das Beil wieder abnahm und es stattdessen dem Alten hinhielt. Im Ernstfall würde Mr Grant besser damit umgehen können, denn er hatte nun mal mehr Kraft als der Junge und würde damit dem Munk deutlich mehr entgegenzusetzen haben, überlegte sie. „Hier, nehmen Sie das!"

Ohne lange zu zögern, griff Mr Grant nach dem Beil und stand auf.

Carolyn sah wieder zu Bobby herab und sprach in eindringlichem Tonfall zu ihm: „Pass gut auf, dass du dich nicht verletzt, hörst du! Es ist ziemlich scharf."

„Ja, das werde ich!", entgegnete er selbstsicher, während er das Messer in seinen Händen betrachtete.

Mr Grant sah Carolyn eingehend an und fragte, wie sie denn nun weiter vorgehen wollte. Sie war gerade im Begriff zu antworten, als aus dem Erdgeschoss des Hauses plötzlich ein lärmender Krach ertönte, mit dem das stetige Gepolter des sich gegen die Schuppentür werfenden Munks augenblicklich abbrach. Noch in derselben Sekunde drehten sie alle drei die Köpfe blitzartig in Richtung der Küchentür. Ein letztes Klimpern war zu hören … und dann herrschte Stille.

Der Munk war ins Haus eingedrungen, dessen war sich jeder von ihnen sofort bewusst! Er hatte die Schuppentür endgültig durchbrochen und lauerte nun … lauerte wie ein Raubtier.

Carolyn nahm die Flinte von der Ablage neben dem Herd, ohne dabei das leiseste Geräusch zu verursachen, und flüsterte: *„Pssst! Keinen Mucks mehr!"*

Bobby und Mr Grant standen mit angehaltenem Atem wie angewurzelt nebeneinander, das Messer und das Fleischerbeil dabei fest umklammert. In ihren Augen spiegelte sich unbändige Angst wider. Sie schienen beide außerstande zu sein, sich zu bewegen. Nur Carolyn blieb gefasst und ging mit langsamen Schritten auf die Tür zu. „*Haltet euch bereit! Bereit, jede Sekunde angreifen zu können!*", flüsterte sie, während sie die Flinte so auf den Unterbereich der Tür richtete, dass sie in der Lage war, jeden Moment abzudrücken, falls das Scheusal gewittert hatte, wo sie sich aufhielten, und die Treppe heraufgestürmt kam … doch nichts dergleichen geschah. Sie lauschte mit angehaltenem Atem und konnte leise kaum merkliche Geräusche hören, welche aus dem Erdgeschoss kamen. „*Er sucht nach uns. Bis jetzt weiß er noch nicht, dass wir hier oben sind.*"

„V…Verflucht … oh Je…Jesus!", stammelte Mr Grant kaum hörbar. Bobby stand mit geöffnetem Mund und von Todesangst geprägtem Blick neben ihm und brachte keinen einzigen Ton heraus.

„*Hört zu … es ist so weit! Es wird nicht lange dauern, bis er wittert, dass wir uns hier oben aufhalten. Stellt euch beide seitlich hinter mich! Wenn er hier ist, werde ich versuchen, ihn zu erschießen, aber ihr müsst darauf vorbereitet sein, ihn sofort anzugreifen, falls es notwendig wird und ich ihn verfehle, alles klar?*"

Bobby blickte mit rasendem Herzschlag in ihr entschlossenes Gesicht. „Ich … ich …"

„*Es ist unsere einzige Chance! Brecht jetzt nicht ein, hört ihr!*", zischte Carolyn nachdrücklich.

In diesem Moment wurde Bobby klar, dass es höchstwahrscheinlich *wirklich* ihre letzte Chance war. Sie waren hierhergekommen, um Mr Grant das Leben zu retten, und er durfte jetzt verdammt noch mal nicht einbrechen und in Panik verfallen! Also tat er wie Carolyn ihm geheißen und stellte sich etwa anderthalb Meter links hinter sie. Mr Grant folgte seinem Beispiel mit nervöser Mimik und positionierte sich zur Rechten Carolyns.

„Lieber Gott … bitte steh uns bei!", flüsterte er, wobei er das Beil noch fester umklammerte.

Es verstrichen einige Sekunden, in denen keiner von ihnen etwas sagte. Carolyn, die ihren Kopf seitlich an die Tür gelegt hatte, um so besser horchen zu können, raunte schließlich: *„Den Geräuschen nach zu urteilen, sucht er nach uns. Sie werden etwas leiser."* Sie legte langsam eine Hand auf die Klinke und öffnete anschließend nahezu geräuschlos die Tür, wobei sie mit stechendem Blick durch den Spalt lugte – es war nichts zu sehen.

„Carolyn ...", begann Bobby, doch er verstummte wieder, als sie einen Finger auf ihre Lippen legte.

„Bleibt einfach dicht hinter mir! Und keinen Mucks, verstanden?" Sie schritt langsam in den Flur hinaus und Bobby und Mr Grant folgten ihr, beide voll und ganz darauf achtend, dabei nicht das leiseste Geräusch zu verursachen. Carolyn hielt die Flinte immer noch vor sich gerichtet, als sie am Treppenabsatz stehen blieb und hinunterblickte. Mr Grant und Bobby taten es ihr gleich, doch keiner von ihnen konnte den Munk irgendwo sehen. Von unten, aus dem hinteren Teil des Flurs kommend, waren jedoch immer noch die leisen Geräusche zu hören. Es schien, als kratze der Munk mit seinen Klauen über die Wände des Flurs.

Er muss in der Nähe des Badezimmers sein!, dachte sich Bobby und wollte Carolyn zuerst an seinen Gedanken teilhaben lassen, überlegte es sich dann aber rasch anders und sagte doch nichts – Schweigen war in diesem Moment Gold wert, darüber war er sich im Klaren! Sie durften nicht auf sich aufmerksam machen!

Carolyn machte eine rasche kreisende Handbewegung, welche besagte, dass die beiden weiterhin dicht hinter ihr bleiben sollten, und setzte dann langsam einen Fuß auf die Treppe. Bedächtig schritt sie diese hinunter, Stufe für Stufe, ohne dabei auch nur das leiseste Knarren zu verursachen. Bobby und Mr Grant folgten ihr ebenso geräuschlos. Es war bemerkenswert, wie sehr sie trotz – oder vielleicht gerade *wegen* – dieser Situation ihre Körper unter Kontrolle hatten. Beinahe so geräuschlos wie Katzen schlichen sie auf leisen Sohlen dicht hintereinander die Treppe hinunter, bis Carolyn schließlich auf der drittletzten Stufe stehen blieb und vorsichtig um die Ecke spähte. Dem Jungen lief es dabei eiskalt den Rücken hinunter und auch seinem Religionslehrer war die Angst und die Ungewissheit darüber, was sogleich geschehen würde, förmlich ins Gesicht geschrieben. Sie versuchten, so leise wie möglich zu atmen, und blickten dabei beide auf Carolyn hinab, welche einen Punkt am Ende des Flurs fixiert hatte.

Sie hatte den Munk entdeckt und konnte nun erkennen, wie er langsam an der Wand entlangschlich und schließlich vor dem Badezimmer ausharrte, wo er diabolisch grinsend seinen Kopf seitlich drehte und ein Ohr an die Tür legte. Bei dem grotesken Anblick kam sogar der hartgesottenen Carolyn das Frösteln.

Auch wenn die Abenddämmerung den Flur schon fast gänzlich in einen dunkelgrauen Schleier gehüllt hatte, so konnte Carolyn den Munk trotzdem noch deutlich erkennen, auch wenn der Umriss seines kleinen bizarren Körpers sich nur vage abzeichnete.

Er stand an der Wand und lauschte ... lauschte wie ein Raubtier auf Beutejagd.

Sie atmete tief durch, warf dann einen kurzen entschlossenen Blick, welcher besagte, *Jetzt oder nie!*, auf die beiden hinter sich und legte anschließend die Flinte so an die Schulter, dass sie den Munk anvisieren konnte. Sie kniff ihr rechtes Auge zu und hielt den Atem an.

Jetzt ist es so weit! Bitte, lieber Gott ... lass sie ihn treffen! Sie muss ihn treffen!, dachte Bobby bangend. Mr Grant presste seine alten spröden Lippen aufeinander, das Fleischerbeil dabei nach wie vor eisern umklammert, während er voller Hoffnung auf Carolyn hinabblickte.

Der Munk hatte nichts von alledem bemerkt. Er stand einfach weiterhin da und lauschte nach seinen Opfern, die er im Badezimmer vermutete. Den Lauf der Flinte hatte er überhaupt nicht wahrgenommen, welcher um die Ecke der Wand spähte und auf ihn gerichtet war. Carolyn zielte direkt auf seinen Hinterkopf. Der Moment war gekommen. Alles, was sie noch tun musste, war abdrücken ... abdrücken und das Dasein dieses Scheusals beenden! Sie legte den Finger auf den Abzug und sah schon deutlich das Bild des getroffenen, tot zusammenbrechenden Munks vor ihrem geistigen Auge.

Doch das Schicksal war nun mal nicht immer auf der Seite der Guten, und so kam es, dass just in dem Augenblick, als Carolyns Finger sich knickte und den Abzug betätigte, die Treppe unter Mr Grants linkem Fuß ein Knarren von sich gab. Nachdem sie heruntergeschritten waren, ohne auch nur das leiseste Geräusch zu verursachen, so ächzte die Treppe gerade jetzt in einem so entscheidenden Augenblick!

Blitzschnell drehte der Munk seinen Kopf in ihre Richtung und die Kugel sauste nur haarscharf an ihm vorbei, bevor sie sich in die Wand bohrte, worauf der Putz aus dem entstandenen Loch brach und auf den Boden bröckelte.

„Verdammt!", schnaubte Carolyn panisch, als sie feststellte, dass sie die Bestie verfehlt hatte, und gab noch fast im selben Augenblick einen weiteren Schuss ab. Der Munk jedoch kam derweil schon auf sie zu, wobei er abwechselnd von einer Seite des Flurs auf die andere sprang, sodass sie keine Chance mehr hatte, ihn zu treffen. Die zweite Kugel durchbrach die Badezimmertür und schleuderte dabei Holzsplitter durch die Luft. Carolyn taumelte rückwärts, wobei ein kurzer unterdrückter Schrei ihrer Kehle entwich. Ihr Herzschlag raste in beachtlicher Geschwindigkeit. Der Munk, dessen Augen zum einen vor Tobsucht und zum anderen vor Wut funkelten …

Er hatte sich in Bezug auf den Aufenthaltsort seiner Opfer getäuscht. Sie hatten es gewagt, sich von hinten an ihn heranzuschleichen … diese Brut!!

… hielt direkt auf sie zu und setzte etwa einen Meter vor ihr zum Sprung an.

Sowohl Bobby als auch Mr Grant, welcher nicht begreifen konnte, warum diese gottverdammte Treppe unter ihm gerade in diesem Augenblick ächzen musste, waren zuerst wie gelähmt und außerstande zu reagieren. Erst als der Junge sah, wie der Munk Carolyn ansprang, wobei dieser die Flinte aus der Hand fiel, welche polternd auf dem Boden landete, sprang er schreiend die letzten Stufen hinunter. Dort angekommen, holte er mit dem Messer aus, in der Hoffnung, die Kreatur zu treffen, welche mittlerweile auf ihrem linken Unterarm gelandet war und die Zähne in Carolyns Handrücken schlug, worauf sie schmerzerfüllt aufschrie und rücklings zu Boden ging. Stattdessen verfehlte er den Munk aber und zerschnitt nur die Luft vor ihnen.

„*Grundgütiger* … pass auf, Junge!", krächzte Mr Grant, der nun ebenfalls nicht mehr auf der Treppe stand. Er sah, inzwischen vor Panik schweißgebadet, zu Carolyn hinab, die am Boden lag und schreiend mit den Händen umherfuchtelte, wobei Blut aus der Wunde auf ihrem Handrücken, in welchen der Munk noch immer verbissen war, spritzte und den Boden besudelte. Er holte mit dem Beil aus und war gerade im Begriff, dieses auf das Ungetüm herabsausen zu lassen, als er sich bewusst wurde, dass er wahrscheinlich die umherzuckende Carolyn treffen würde, und in der Bewegung innehielt.

„Schütteln Sie ihn ab! Versuchen Sie, ihn abzuschütteln, *gottverdammt!*", plärrte er, während Bobby neben ihm panisch vor- und zurücktänzelte, nicht wissend, was er tun sollte.

Der Anblick Carolyns setzte ihm zu, wie sie unter kläglichen Schmerzensschreien hilflos versuchte, das bösartige Etwas, welches an ihrer Hand hing, abzuschütteln. Wie sie verzweifelt den Arm kreuz und quer durch die Luft sausen ließ und dabei die Wände des Flurs mit einem Muster aus roten Tropfen bedeckte. Der Junge starrte mit schweißnassem Haar, das ihm an der Stirn klebte, und einer Mischung aus Angst, Panik und Hilflosigkeit in den Augen den Munk an, welcher Carolyn wirklich übel zusetzte.

Mr Grant, ebenso panisch, stammelte mit vor Entsetzen geweiteten Augen und brüchiger Stimme: „Oh mein G…Gott! Herr im Himmel! Wir … wir … müssen …!" Er versuchte verzweifelt, eine Position auszumachen, aus welcher er das Beil auf den Munk herabsausen lassen konnte, ohne dabei Carolyn zu treffen, doch es war schier aussichtslos.

Als Bobbys und Mr Grants Hoffnungen fast endgültig schwanden, sammelte die vor Schmerzen kläglich wimmernde Carolyn ihre letzten Kräfte, holte aus und wuchtete dann den Munk so fest, wie sie nur konnte, gegen die Wand. Im Augenblick des Aufpralls durchstach sie ein kurzer, aber ziemlich heftiger Schmerz, als sie die rasiermesserscharfen Zähne des Munks, welche nach wie vor in ihrem Handrücken steckten, noch deutlicher spürte als bisher. Es war ein unvorstellbar grässlicher Schmerz, der sich bis zu ihrem Ellbogen hinzog. Nichtsdestotrotz nahm sie ihre ganze Willenskraft zusammen und wuchtete brüllend den linken Arm mit dem daran hängenden Scheusal ein weiteres Mal gegen die Wand. Dann ein drittes Mal, wobei der Körper des Munks zur Seite geschleudert wurde. Die Zähne der Bestie rutschten mit einem reißenden Geräusch von Carolyns Handrücken ab und hinterließen dort eine große, klaffende Wunde, aus der das Blut in Strömen herausschwappte. Der Munk flog ein gutes Stück von ihr weg und schlug rücklings am Boden auf, was ihm aber nicht sonderlich zusetzte. Carolyn, die mit vor Schmerz verzogenem Gesicht ihre unversehrte Hand auf das klaffende Loch der anderen gelegt hatte, richtete sich unter großer Anstrengung auf und taumelte dann an Bobby vorbei, der das Messer nach wie vor eisern umklammert hielt. Mr Grant und er hatten den Munk fest im Visier – bereit, seinen Angriff abzuwehren. Es dauerte keine zwei Sekunden, bis das Ungetüm mit vor Tobsucht funkelnden Raubtieraugen zähnefletschend auf sie zugestürmt kam und bereits erneut zum Sprung ansetzte.

Er ist so gottverdammt schnell!, dachte Bobby verzweifelt und hob das Messer an, doch da sah er den grotesken Körper des Munks schon auf Mr. Grant zufliegen. Er konnte nicht rasch genug reagieren und war sich schon sicher darüber, dass es nun um seinen Religionslehrer geschehen war, als dieser plötzlich das Beil herabschnellen ließ und das Ungetüm damit erwischte, kurz bevor dieses ihn mit seinen Mordwerkzeugen von Zähnen attackieren konnte. Das Beil tötete die Bestie zwar nicht, da der Alte nicht richtig getroffen hatte, erwischte diese aber am Rücken. Die Klinge fuhr in die hornartige Haut, welche sich darauf wie die Schale einer Kartoffel abpellte. Der Munk gab ein schmerzliches lautes Zischen von sich und fiel wieder auf den Boden des Flurs.

Aus der Wunde an seinem Rücken quoll Blut hervor, doch es war nicht etwa rot, nein es war … schwarz. *Pechschwarz*. Bei diesem Anblick lief es Bobby eiskalt den Rücken hinunter.

„V… Vorsicht, Mr Grant! Er wird Sie w… wieder angreifen!", stammelte er, während der Alte sich bückte und das Beil ein zweites Mal herabschnellen ließ, wobei er den Munk aber verfehlte, da dieser der Klinge in rasantem Tempo auswich. Er brachte sich mit zwei großen Sätzen hinter dem Schuhschrank in Sicherheit, welcher nicht weit von der Wohnzimmertür entfernt stand. Zwischen der Stelle, an der er soeben noch gestanden hatte, und dem Schuhschrank, hinter dem er sich nun befand, zog sich eine Spur des bizarren, pechschwarzen Blutes. Der Munk hatte sich mit zu einer schmerzerfüllten Fratze verzogenem Gesicht hinter dem Schrank zusammengekauert. Die Haut an seinem Rücken hatte sich bis zur Hälfte hin abgepellt, als der Alte ihn mit dem Beil erwischte, und legte darunter das Fleisch frei, welches ebenso wie das Blut tiefschwarz war.

Sie hatten ihn verletzt.
Sie hatten es wirklich geschafft, ihn zu verletzen!

Bei diesen Gedanken wuchs die Wut des Munks ins Unermessliche. Und wieder spürte er, dass sein Meister schon in der Nähe war … *ganz* nah. Er spürte es deutlich. Und in seinem Meister brodelte die Wut ebenfalls, auch das spürte er. Die Wut darüber, dass sie seine dunklen Pläne durchkreuzt hatten. Die Wut darüber, dass sie das Geschöpf verletzt hatten, welches er erschaffen hatte und ihm einzig und allein dabei helfen konnte, diese dunklen Pläne zu verwirklichen. Dass sie es versuchten zu töten … dieses *wunderbare* Geschöpf!

„Holen Sie sich die Waffe! Holen Sie sich die gottverdammte Waffe!", schrie Carolyn mit verzerrter, schmerzerfüllter Stimme und hatte dabei den Blick auf Mr Grant gerichtet. „I…Ich kann mit meiner Hand nicht …!" Doch sie brauchte den Satz nicht zu Ende zu sprechen, denn der Alte tat augenblicklich wie geheißen. Ohne lang zu überlegen, gab er Carolyn das Beil in die unversehrte Rechte, hastete anschließend zu der Stelle hinüber, an welcher die Flinte lag, und hob diese auf. Dabei ließ er den Schuhschrank, hinter welchem sich das Scheusal verschanzt hatte, keine Sekunde lang aus den Augen. Carolyn zog Bobby, der seine zitternde Hand mit dem Messer ebenfalls in diese Richtung gerichtet hielt, zuerst näher an sich heran, bevor sie dann vor ihn trat, um ihn im Falle eines erneuten Angriffs des Munks zu schützen.

„C… Carolyn, ich habe solche Angst!", stammelte der Junge mit zittriger Stimme.

„Bleib einfach hinter mir, hörst du!", forderte sie ihn auf, während sie, ohne den Blick vom Schuhschrank abzuwenden, einen Fetzen vom Ärmel ihres Pullovers riss und diesen anschließend mit großem Druck um die Verletzung auf ihrem linken Handrücken wickelte (sie verzog dabei das Gesicht wieder und ein unterdrückter Schmerzenslaut entwich ihrer Kehle), um der Blutung wenigstens ein wenig entgegenzusetzen, auch wenn sich der Stoff rasch rot färbte. Der Fußboden des Flurs war mittlerweile schon mit unzähligen Blutstropfen und -spritzern übersät, sodass er schon einem kleinen Schlachtfeld glich. Mittendrin zog sich die groteske pechschwarze Spur des Munkblutes entlang bis zum Schuhschrank. Bei dem Anblick konnte einem das Blut in den Adern gefrieren.

Mr Grant, welcher den Griff der Flinte so fest umschlossen hielt, dass seine Fingerknöchel weiß wurden, kam langsam wieder zu ihnen herüber. Als er an der Seite Carolyns stand, fragte er flüsternd: *„Wie zum Teufel wollen wir jetzt vorgehen?!"*

Sie blickte dem alten Kauz in die Augen und sah dort eine Mischung aus Angst und Verzweiflung. Und da war auch noch etwas anderes: *Abenteuerlust.* Oh ja … sie hatte wirklich das Gefühl, dass in Mr Grant, trotz der großen Angst, die er verspürte, eine gewisse Abenteuerlust geweckt wurde. Sie richtete ihren Blick wieder auf den Schuhschrank. An der Wand dahinter zeichnete sich der verschrobene Schatten des Munks ab. Einige Sekunden lang dachte sie angestrengt nach, bevor sie schließlich im Flüsterton fragte: *„Können Sie denn damit umgehen?"* Ihr Blick fiel wieder auf das Gewehr in Mr Grants Händen.

"Ich war in jüngeren Tagen eine Zeit lang im örtlichen Schützenverein." Auch wenn Carolyn bezweifelte, dass der alte Mann noch etwas von seinen Fertigkeiten besaß, so war sie sich dennoch im Klaren darüber, dass sie selbst die Flinte mit ihrer ramponierten Hand kaum noch zu bedienen vermochte, und auch einem Dreizehnjährigen konnte sie keine Waffe überlassen, also erwiderte sie: *"Hört gut zu! Bobby, wir beide nehmen uns diese Dinger da."* Sie deutete dabei mit dem Finger auf die beiden Keramiksculpturen, die ihr zuvor noch gar nicht aufgefallen waren, welche am Fuße der Treppe an der Wand standen: zum einen ein Löwe mit emporgerecktem Haupt, zum anderen die Mutter Maria mit dem Jesuskind auf dem Arm. Beide reichten ihr etwa bis zu den Knien. *"Wir werden versuchen, sie so genau wie möglich hinter den Schuhschrank zu schleudern, sodass er gezwungen ist, hervorzukommen. Und Sie … nun ja, Sie schießen! Sie müssen ihn unbedingt treffen, hören Sie! Sie müssen!"*

Mr Grant nickte schweigend, während Carolyn zu den Skulpturen schritt. Bobby tat das Gleiche.

"Und achte darauf, dass du das Messer nicht verlierst! Für den Fall der Fälle!", sagte sie und nahm dann die Mutter Maria mit dem Jesuskind auf den Armen in die Hände, wobei sie wieder die fast unerträglichen Schmerzen der Verletzung durchfuhren. Sie biss die Zähne zusammen. Bobby bückte sich und nahm den Löwen. Langsam schritten sie wieder zu Mr Grant hinüber, welcher mittlerweile das Gewehr angelegt hatte und auf den Schrank gerichtet hielt – bereit für seinen Einsatz. Carolyn hoffte mit pochendem Herzen, dass alles gut gehen würde. Sie ging zu Mr Grants Linken, Bobby zu dessen Rechten.

„Okay, das wird nun wahrscheinlich unsere letzte Chance sein, hört ihr!"

Die beiden nickten mit angehaltenem Atem, worauf Carolyn langsam die Skulptur hochstemmte, welche sie in den Händen hielt. Der Junge tat es ihr gleich.

Sie waren bereit … bereit, ihre letzte Chance zu nutzen und dieses Ungetüm zu vernichten, welches sich nur wenige Meter vor ihnen befand!

38

Einige Sekunden lang herrschte eine bedrückende Stille in dem dunklen Flur. Es waren lediglich ihre raschen nervösen Atemzüge zu hören, und zwischendurch drang ein leises Röcheln hinter dem Schrank hervor, welches von dem verletzten Munk kam. Hätten sie seine vom abgrundtief Bösen getriebene Blutrünstigkeit nicht gekannt, so hätte er ihnen wahrscheinlich leidgetan beim Klang dieses schmerzerfüllten Röchelns.

„*Bereit?*", flüsterte Carolyn mit eisernem Blick.

Bobby nickte schweigend, ohne dabei den Schuhschrank aus den Augen zu lassen.

Nach kurzem Zögern entgegnete auch Mr Grant: „*J...Ja. Jetzt ... oder nie!*" Er hatte die Augen halb zusammengekniffen. Der Lauf der Flinte war weiterhin auf das Versteck des Munks gerichtet. Er lag so ruhig in der Hand des alten Mannes, dass nicht das kleinste Zittern zu erkennen war, was Carolyn überaus erstaunlich fand.

„*Okay*", raunte sie. „*Auf drei! Eins ... zwei ...*" Das letzte Wort kam nicht mehr nur als Flüstern über ihre Lippen, sie schrie es förmlich heraus: „*Dreeeiii!!*"

Nahezu gleichzeitig holten Bobby und Carolyn aus und schleuderten die Keramiksculpturen in Richtung des Schuhschranks. Die Mutter Maria mit dem Jesuskind auf dem Arm zerschellte zielgenau darüber, worauf der Munk lauthals fauchend hervorgesprungen kam. Der Löwe, welchen Bobby geworfen hatte, landete noch in derselben Sekunde vor dem Schrank – weniger gut gezielt, dafür aber umso effektiver, denn als die Figur am Fußboden zerbarst, flog eine Scherbe (ein Stück von der rechten Pfote des Löwen) direkt auf den Munk zu und bohrte sich kurz darauf in dessen Bauch, worauf abermals ein entsetzliches Fauchen seiner Kehle entwich, welches noch lauter war als das zuvor.

Bobby blickte mit weit aufgerissenen Augen auf den Munk, welcher mit vor Schmerzen zu einer Grimasse verzogenem Antlitz versuchte, die Scherbe herauszuziehen, die aus seinem Bauch ragte, was ihm jedoch nicht gelang. Das Ungetüm winselte und fauchte, während das pechschwarze Blut aus der Wunde strömte und über seine Klauen lief, bevor es auf den Boden tropfte und dort eine Lache bildete. Bobby vergaß fast zu atmen, während sein Blick der Kreatur folgte, welche sich mühevoll in ihre Richtung wand. Ihm fiel etwas auf: In den Augen des Munks waren zum ersten Mal nicht nur pure Tobsucht und Blutrünstigkeit zu erkennen, sondern auch ein Anflug von Verzweiflung und … nun ja … *Angst!* Das Scheusal robbte, so schnell es konnte, auf sie zu, doch die Verletzung behinderte es dabei stark. Bei jeder Bewegung, die der Munk machte, schnitten sich die scharfen Kanten der Keramikscherbe weiter in sein Fleisch hinein, worauf sein Fauchen zusehends lauter wurde. Bei jedem Atemzug krümmte er sich vor Schmerzen. Die Wunde an seinem Rücken, welche ihm die Klinge des Beils beschert hatte, war mit dieser hier überhaupt nicht zu vergleichen. Er starrte die drei verzweifelt und wütend zugleich an, und als sein Blick auf die Flinte fiel, die der alte Mann in den Händen hielt, machte er augenblicklich kehrt und begann wieder, in Richtung des Schuhschranks zurückzukriechen.

Wie ein verletztes Beutetier auf der Flucht, dachte sich Bobby. *Das Blatt hat sich wohl gewendet.* Seine Mundwinkel verzogen sich zu einem kaum merklichen Lächeln. Der Junge wusste nicht, wann ihm das letzte Mal dazu zumute gewesen war.

„*Schießen Sie*, um Himmels willen!", schrie Carolyn. „So drücken Sie schon ab, verflucht!"

Für einen kurzen Augenblick war Mr Grant wie gelähmt gewesen und hatte nur dagestanden und das Ungetüm angestarrt, welches diese bizarre pechschwarze Blutspur hinter sich herzog, doch bei dem Ertönen von Carolyns Stimme war er wieder voll und ganz geistesgegenwärtig. Sein Zeigefinger begann sich zu krümmen und betätigte kurz darauf den Abzug. Die Kugel sauste durch die Luft und erfasste den Munk, kurz bevor dieser es geschafft hatte, sich wieder hinter dem Schrank in Sicherheit zu bringen. Der abstruse Körper des Untiers wurde durch die Luft geschleudert, wobei ein letztes qualersticktes Fauchen ertönte, bevor er mit einem dumpfen Geräusch auf dem Fußboden des Flurs landete, wo er nach einem kurzen Zucken reglos liegen blieb.

Es verstrichen einige schweigsame Sekunden, in denen sie mit offen stehenden Mündern und rasenden Herzen auf den Leib der Bestie starrten, um welchen herum sich das pechschwarze Blut langsam zu einer immer größer werdenden Lache ausbreitete.

Mit zittriger Stimme brach Bobby schließlich das Schweigen: „Ist er t…t…"

„Ja, ich glaube schon", antwortete Carolyn und ging vorsichtig auf die regungslose Kreatur zu, während ihr Mr Grant mit zur Sicherheit immer noch zielgerichteter Flinte folgte. Sie stupste mit dem Fuß den Körper des Munks leicht an, was sie sichtlich Überwindung kostete, und nachdem sie sich vergewissert hatte, dass von diesem keine Gefahr mehr ausging, sagte sie vor Erleichterung laut seufzend: „Er ist … tot."

Bobby fiel ein Stein vom Herzen, als er sich langsam auf den Fußboden sinken ließ und das Messer neben sich ablegte. Die Angst und vor allem aber die Panik fielen mit einem Mal von ihm ab. Mit dem Rücken an die Wand gelehnt, saß er am Boden und schloss die Augen. Noch niemals zuvor war er so erleichtert gewesen wie in diesem Augenblick. Er spürte, wie sich sein Herzschlag langsam, aber sicher wieder beruhigte. Ein tiefer Seufzer entrang sich seiner Kehle. Als er die Augen wieder aufschlug, sah er, dass auch Mr Grant zu Boden gesunken war. Dieser hatte die Flinte neben sich abgelegt und aus seinem Blick sprach dieselbe Erleichterung wie aus Bobbys. Er atmete tief durch, blickte zuerst dem Jungen in die Augen und dann Carolyn.

Mit ruhiger Stimme sagte er: „Auch wenn ich die ganze Sache noch immer nicht verstehen kann … und es vermutlich auch nie werde … so weiß ich eines ganz sicher: Ihr beiden habt mir das …" Es folgte eine kurze Pause, in der er einen kräftigen Atemzug nahm und seinen Blick für einen Moment auf den Fußboden sinken ließ, bevor er den Satz zu Ende sprach: „… das *Leben gerettet!* Und dafür möchte ich euch von ganzem Herzen danken!" Er schloss die Augen und presste die Lippen aufeinander. Bobby hatte das Gefühl, dass er gleich zu weinen beginnen würde, und sagte: „Aber den entscheidenden Schuss haben *Sie* abgefeuert. *Sie* haben den Schuss abgefeuert und dieses Scheusal damit endgültig zur Strecke gebracht!" Er sprach die Worte mit fester Stimme und einem Blick aus, der besagte: *Wir haben gesiegt … wir haben verdammt noch mal gesiegt!*

Mr Grant öffnete die Augen wieder und legte ihm eine Hand auf die Schulter. In leisem Tonfall sagte er: „Ja, aber ohne euch wäre es mit ziemlicher Sicherheit anders abgelaufen … *danke.*"

Der einzige Blick, aus welchem nach wie vor nervöse Anspannung sprach, war Carolyns. Sie kam auf die beiden zu, machte aber keinerlei Anstalten, sich zu entspannen. Mit deutlich hörbaren nervösen Atemzügen sah sie auf Bobby herab und meinte: „Es ist trotzdem noch nicht vorbei. Du weißt, was ich meine … nicht wahr, Bobby?"

Er wusste nur zu gut, was sie damit sagen wollte … *Gary!* Gary war immer noch im Spiel! Der Junge legte die Stirn in Falten und nickte mit nachdenklichem Gesichtsausdruck.

„Sie meinen …", sprach Mr Grant mit leiser Stimme und sah dabei zu Carolyn auf, „… diesen Typen namens …"

„Gary, richtig", beendete sie seinen Satz. „Er wird die Sache bestimmt nicht auf sich beruhen lassen. Er wird sich rächen wollen, dessen bin ich mir sicher, und irgendetwas sagt mir, dass er …" Die letzten Worte kamen als Flüstern über ihre Lippen. „… *schon Bescheid weiß!*"

„Aber was woll…", setzte Mr Grant an, wurde aber von Bobby unterbrochen: „Seht mal! O…Oh mein … Gott!" Sein Finger deutete auf den toten Körper des Munks und Carolyns und Mr Grants Blicke folgten ihm. Beim Anblick dessen, was sich darauf direkt vor ihren Augen abspielte, verschlug es den dreien förmlich die Sprache. Der leblose Körper des Ungetüms begann, sich langsam zu … *verkleinern*. Er schrumpfte regelrecht in sich zusammen.

„Was zum …?!" Mr Grant schlug eine Hand vor den Mund. Mit weit aufgerissenen Augen stand er neben Bobby und Carolyn und konnte nicht glauben, was er da sah.

Sie starrten auf den immer kleiner werdenden, inzwischen auf groteske Weise verzerrten Körper, um welchen herum die pechschwarze Blutlache nun ebenfalls langsam schwand. Bobby brachte keinen Ton heraus. Mr Grant nahm langsam die Hand vom Mund und sagte dann aufgebracht: „Sehen Sie das? Oh mein Gott … sehen Sie, was da vor sich geht?! Wie zum Teufel ist das nur möglich?!"

Carolyn gab keine Antwort. Es verstrichen einige weitere schweigsame Sekunden, in denen sie angespannt auf die Stelle starrten, an welcher der tote Leib des Munks immer weiter in sich zusammenschrumpfte, bis er einer Dörrpflaume glich und schließlich ganz verschwand. Für einen kurzen Moment war noch ein letzter Tropfen des schwarzen Blutes zu sehen, bis auch dieser sich endgültig in Luft auflöste. Von der kleinen Kreatur war nun nichts mehr zu sehen.

Bobby, der das Szenario mit offen stehendem Mund beobachtet hatte, flüsterte: *„Wie um alles in der Welt ist so etwas nur möglich?!"*

„Ich kann es mir nur so erklären …", erwiderte Carolyn mit grübelnder Miene, während sie das Beil auf den Boden legte. „… das Wesen stammt aus einer … nun ja … einer *Fantasiewelt*. Wir haben geschafft, es zu töten, und nun ist es wieder verschwunden, da es … nie wirklich existiert hat. Zumindest nicht so, wie wir Menschen das Wort ‚existieren' definieren würden."

Carolyns Worte machten Sinn. Auch wenn alles noch so surreal erschien, so machte es doch irgendwie Sinn.

Während Bobby und Mr Grant weiterhin auf die Stelle starrten, an der bis vor wenigen Augenblicken noch die Überreste des Ungetüms gelegen hatten, begann Carolyn, den inzwischen rot getränkten Fetzen ihres Ärmels langsam von der Wunde auf ihrem Handrücken zu entfernen. Die Schmerzen, welche sie dabei verspürte, waren fast unerträglich, und sie verzog wieder das Gesicht. Die Blutung hatte zwar etwas nachgelassen, was sie sichtlich beruhigte, aber es fühlte sich so an, als wäre der Stofffetzen förmlich mit ihrer Haut verwachsen, als sie diesen nun vollends abgewickelt hatte und ihn wie eine dunkelrote Kruste abzog. Die Schmerzen zuckten wie Blitze durch ihre Hand und den Arm hinauf. Mit deutlich sichtbaren Schweißperlen auf der Stirn sagte sie: „Hören Sie, Mister! Haben Sie einen *Erste-Hilfe-Kasten* im Haus? Ich muss dringend die Wunde desinfizieren und brauche einen neuen Verband!"

Mr Grant setzte sich rasch auf und erwiderte: „Aber sicher. Kommen Sie mit ins Badezimmer!" Er ging voran und Carolyn folgte ihm. Auch Bobby erhob sich und tat das Gleiche.

Im Badezimmer angekommen, beugte sich Carolyn über das Waschbecken und entfernte mit zusammengebissenen Zähnen den Stofffetzen vollständig, während Mr Grant aus einem kleinen Schränkchen neben dem Becken eine weiße Box herausnahm, diese auf dem Rand der Badewanne abstellte und sie anschließend öffnete. Darin befanden sich Pflaster, Verbände, Desinfektionsmittel und eine Wundsalbe. Bei diesem Anblick entwich ein erleichterter Seufzer Carolyns Kehle.

„Hier haben wir alles, was Sie brauchen, Ma'am", sagte Mr Grant, während Carolyn den Wasserhahn aufdrehte und die verletzte Hand darunter hielt. Als das kalte Wasser über die Wunde lief und diese reinwusch, durchfuhr sie ein erneuter Schwall Schmerzen und Carolyn konnte einen unterdrückten Stöhnlaut nicht zurückhalten. Es brannte fürchterlich und sie hatte das Gefühl, als wäre es kein Wasser, sondern Essig.

Bobby schloss die Tür hinter sich, ging zum Rand der Badewanne hinüber und setzte sich darauf. Er legte eine Hand auf den *Erste-Hilfe-Kasten*, damit dieser nicht herunterfiel. Mit erschöpftem Blick beäugte er Mr Grant, wie dieser zuerst das Desinfektionsspray und danach einen der Verbände herausnahm.

Keiner der drei bemerkte das Geräusch, welches aus dem Schuppen drang.

39

Nachdem Carolyns Wunde gereinigt, desinfiziert und verbunden war, verließen sie das Badezimmer wieder. Bobby, der die letzten Minuten geschwiegen hatte, fragte nun in sanftem Tonfall: „Wie wollen wir jetzt weiter vorgehen? Ich meine ... was ist, wenn die Nachbarn etwas von dem Lärm mitbekommen haben? Wie sollen wir es ihnen erklären?" Während er das sagte, deutete er auf das Blut, welches Carolyn bei dem Kampf mit dem Ungetüm auf dem Fußboden des Flurs hinterlassen hatte.

„Ja, wir können schlecht sagen: Ach wissen Sie ... ein blutrünstiges, koboldartiges Geschöpf aus der Unterwelt kam zu Besuch vorbei, um mich zu töten! Wir haben aber geschafft, es zu erledigen ... also kein Grund zur Sorge!", warf Mr Grant ein.

Weder Bobby noch Carolyn konnten in diesem Moment über den sarkastischen Humor des alten Mannes lachen. Der Junge begann zögerlich: „Außerdem liegt da draußen noch Sta... Stan..." Seine Stimme brach und er konnte den Satz nicht zu Ende sprechen. Vor seinem geistigen Auge sah er wieder das Bild seines toten Hundes aufleuchten, wie dieser mit aufgerissenem Leib im rot getränkten Rasen des Gartens lag. Er brach in Tränen aus und schlug die Hände vors Gesicht.

Carolyn trat sofort an seine Seite und legte ihren unverletzten Arm um die Schultern des Jungen. Er tat ihr sichtlich leid, wie er dastand und schluchzte. Der Gedanke daran, was er mit seinen gerade mal dreizehn Jahren durchmachen musste, tat ihr im Herzen weh. „Ruhig, Bobby. Ganz ruhig", sprach sie mit besänftigender Stimme. „Bleib stark! Ich weiß, du schaffst das."

Auch Mr Grant trat nun näher heran und strich dem Jungen, der wie ein Häufchen Elend zwischen ihnen stand, sanft über den Arm. „Sie hat recht, Bobby. Wir stehen dir bei, hörst du!"

Es dauerte einige Minuten, bis Bobby sich wieder beruhigt hatte. Er wischte sich die Tränen von den Wangen und sagte dann: „Ich … ich glaube, es geht schon wieder. Danke … danke euch beiden!" Ihm war klar, dass er sich mit der Situation einfach abfinden musste. So traurig es auch war … sein Hund war tot, und dies ließ sich nun mal nicht mehr ändern. Er musste es einfach akzeptieren – so schwer ihm das auch fallen mochte. Er atmete noch einmal tief durch, fuhr sich mit der Hand durch die Haare und fragte danach mit leiser Stimme: „Also, was wollen wir jetzt tun?"

Carolyn nahm ihren Arm von Bobbys Schulter, nachdem sie sich sicher war, dass dieser sich wieder beruhigt hatte, und erwiderte anschließend, nach kurzem Grübeln: „Nun ja … da wir nicht wissen, wie richtig du mit deiner Vermutung in Bezug darauf, dass die Nachbarn den Lärm gehört haben könnten, liegst, schlage ich vor, dass wir schleunigst das ganze Blut aufwischen. Zur Sicherheit!"

Sowohl Mr Grant als auch Bobby nickten zustimmend, wobei ihre Blicke über den mit Blut bedeckten und mit Keramikscherben übersäten Fußboden wanderten. Bobby wollte es so schnell wie möglich über die Bühne bringen, da ihm bei diesem Anblick ziemlich unwohl zumute war. Er hatte noch klar und deutlich das Bild der Bestie vor Augen, welche hier nur wenige Minuten zuvor noch gewütet hatte.

„Also, dann los!", sagte er entschlossen.

„Ich werde schnell ein paar Lumpen und etwas Spülwasser holen", meinte Mr Grant, während er sich umdrehte und im Begriff war, in den Flur hinauszutreten. Bobby, welcher bereits begonnen hatte, die größeren Scherben vom Boden aufzusammeln, fragte: „Könnten Sie noch einen Besen und eine Kehrschaufel mitnehmen?"

„Klar, mach ich", erwiderte Mr Grant. Er ging zu der Treppe hinüber und begann, diese hochzusteigen, doch als er die Hälfte der Stufen hinter sich gelassen hatte, blieb er abrupt stehen, als Carolyn ihm eine Frage stellte, bei welcher auch Bobby in seiner Bewegung innehielt: „Wo ist denn eigentlich die Flinte, Mr Grant?" Sie schritt zum Treppenabsatz hinüber und blickte ihn mit fragendem Gesichtsausdruck an.

„Ich habe sie dort drü..." Mr Grant brachte den Satz nicht zu Ende, denn als er seinen Blick auf jene Stelle richtete, an welcher er zuvor die Waffe abgelegt hatte, stellte er völlig perplex und erschrocken fest, dass diese sich nicht mehr dort befand. Einen Moment lang bekam er keinen einzigen Ton heraus. Er legte nervös eine Hand auf das Treppengeländer, während seine Augen hektisch den Flur absuchten. „Ich ... ich habe sie doch dort drüben hingelegt", stammelte er. „Ich bin mir *hundertprozentig sicher!*" Langsam kam er die Stufen wieder herunter, während sein Blick weiterhin über den Flur wanderte.

Bobby sagte kein einziges Wort. Winzige Schweißperlen hatten sich wieder auf seiner Stirn gebildet, und als er Carolyn ansah, wurde er noch nervöser. In ihren Augen konnte er sehen, dass etwas nicht stimmte.

Etwas stimmte *ganz* und *gar* nicht!

Er musterte den Flur und blickte dabei in jede Ecke, welche in seinem Sichtfeld lag, darauf hoffend, dass er die Flinte irgendwo entdeckte – doch Fehlanzeige. Sie war nirgends zu sehen.

„Hören Sie! Sind Sie sich wirklich *ganz* sicher, dass Sie sie dort drüben abgestellt haben?", zischte Carolyn mit nachdrücklicher Stimme und einem so ernsthaften Blick, dass einem dabei unheimlich werden konnte. Sie biss sich auf die Unterlippe und zupfte nervös an der Vorderseite ihres Pullovers herum.

„I...Ich ... natürlich bin ich ganz sicher", entgegnete Mr Grant in einem Tonfall, welcher besagte: *Hören Sie, Lady! Ich bin doch nicht verrückt! Ich werde doch wohl noch wissen, wo ich diese gottverdammte Flinte abgelegt habe!*

Inzwischen hatte Bobby sich aufgerichtet und ging nun zu Carolyn hinüber. Mit einem unverkennbaren Anflug von Angst in der Stimme fragte er zögerlich: „Carolyn, das hat doch nichts zu bedeuten, oder? Ich meine ... die Flinte wird bestimmt gleich wieder auftauchen. Es hat rein gar nichts zu bedeuten, oder?"

Carolyn sah seinen ängstlich und hilflos wirkenden Kinderblick und konnte deutlich eine flehentliche Bitte aus Bobbys Stimme heraushören: *Sagen Sie mir, dass alles in Ordnung ist! Bitte sagen Sie mir einfach, dass es rein gar nichts zu bedeuten hat und alles in bester Ordnung ist, gottverdammt!!* Doch dies konnte Carolyn nicht. Sie spürte, dass hier etwas ganz und gar nicht in Ordnung war, und ihr Gespür hatte sie noch nie getäuscht.

Nachdem Mr Grant gerade ein weiteres Mal kundgetan hatte, wie sicher er sich war, die Flinte genau an der Stelle, an welcher er gerade stand, abgelegt zu haben, ertönte plötzlich wie aus dem Nichts eine Stimme, welche ihn vor Schreck herumfahren und rückwärts gegen die Wand taumeln ließ: „Meinen Sie etwa *die hier*, Mister?!"

40

Beim Klang dieser kratzigen Stimme fuhr Bobby ein immenser Schreck durch die Glieder, denn er erkannte sie sofort. Mit seiner linken Hand krallte er sich verzweifelt an Carolyns Pullover fest, welche nun ebenfalls mit erstarrtem Blick dastand. Außerstande, irgendetwas zu sagen, wichen die beiden langsam zurück und auch Mr Grant tat es ihnen gleich. Er torkelte rückwärts auf sie zu, dabei den Blick starr vor sich gerichtet. „Was zum …"

Keine Sekunde später spähte der Lauf der Flinte, welche von den Armen eines alten Mannes gehalten wurde, hinter der Ecke des Flurs hervor, der am Schlafzimmer vorbeiführte. Auch wenn Bobby insgeheim schon wusste, in wessen Gesicht er gleich blicken würde, so fuhr er doch ein weiteres Mal zusammen und taumelte ängstlich einige Schritte rückwärts, kurz bevor Gary hinter der Ecke hervorkam und das Gewehr auf sie gerichtet hielt. Sein Körper zeichnete sich als grauer Umriss in dem dunklen Flur ab. Ein kurzer, halb unterdrückter Schrei entrang sich Bobbys Kehle. In Garys stechendem Blick spiegelte sich der pure Wahnsinn wider. Seine Augen waren halb geschlossen und blutunterlaufen. Seine Stirn war in Falten gelegt und sein Gesicht zu einer boshaften Grimasse verzogen. Zwischen den dünnen Lippen des alten Mannes blitzten dessen Zähne hervor. Er hielt die Flinte so fest umklammert, dass man das Weiße in seinen knorrigen, alten Fingerknochen sehen konnte. Bobbys Herz begann zu rasen. Der Alte hatte kaum mehr Ähnlichkeit mit jenem Mann, welcher ihm vor nicht allzu langer Zeit das Buch gegeben hatte. Von dem alten, Ruhe ausstrahlenden Kauz hatte er sich in einen vom Bösen besessenen und vom Wahnsinn getriebenen Irren verwandelt.

Nein, das war nicht ganz richtig. Vom Bösen besessen und vom Wahnsinn getrieben war er schon vorher, nur hatte er da noch nicht den Anschein gemacht, als wäre er es – zumindest nicht für Bobby.

Dieser Blick! Dieser vom Bösen besessene Blick!

An jenem Tag, als Bobby Garys Bücherladen betreten hatte, war es ihm schon so vorgekommen, als läge in diesem Blick etwas Trügerisches, und trotzdem hatte er etwas eigenartig Beruhigendes an sich gehabt. Nun aber jagte er dem Jungen eine Heidenangst ein.

Diese steinerne Miene ... dieser abgrundtief finstere Gesichtsausdruck!

Gary starrte zuerst den Jungen an, danach Mr Grant. Als er seinen Blick auf Carolyn richtete, verfinsterte sich seine Mimik noch mehr. „Na ... du Schlampe! Du alte jämmerliche Hure! So sieht man sich also wieder!" Auf seinem Antlitz tanzte ein diabolisches Grinsen, welches dem des Munks ziemlich ähnlich war.

„Du Scheusal! Du abtrünnige, widerliche Person!", brachen die Worte aus Carolyn heraus.

Das groteske Lachen, welches noch fast im selben Augenblick Garys Kehle entwich, war an Boshaftigkeit und Wahnsinn kaum zu überbieten. Bobby drängte sich noch dichter an Carolyn und auch Mr Grant begann allmählich, vor Angst zu zittern. Er hatte sofort begriffen, dass es sich bei dem wahnsinnigen Fremden, welcher nun vor ihnen stand und die Flinte auf sie gerichtet hielt, um jenen Mann handelte, über den ihm zuvor oben in der Küche berichtet wurde. Um jenen Mann, welcher der Kern der ganzen Ereignisse war. Welcher dem Wahnsinn verfallen war und einen Pakt mit dem Leibhaftigen – dem Fürsten der Finsternis – geschlossen hatte! Er blickte direkt in das Gesicht des Mannes, welcher die Bestie, die versucht hatte, ihn zu töten, *erschaffen* hatte! *Zum Leben erweckt hatte!*

„Sie ... Sie ... sind ...", begann er stotternd.

„Ganz recht. Ich bin es! Euer Albtraum!" Seine Stimme schwoll an. „Ich bin derjenige, dem die Macht geschenkt wurde, *Unglaubliches* zu vollbringen!" Ein kurzer Blick auf Bobby ... dann starrte er wieder Carolyn an. „Ich bedeute euer Unheil! Euer Verderben!!" Es folgte eine kurze Pause, in welcher er tief durchatmete, wobei er Carolyn weiterhin mit seinem diabolischen Blick durchbohrte. Dann fuhr er fort, und seine Stimme wurde noch lauter – noch angsteinflößender: „Und *du*! Du widerliche Hure wagst es, meine dunklen Pläne zu durchkreuzen!? Du wagst es, zu versuchen, das Kind, welches mir als Werkzeug dient, aus meinem Bann zu ziehen!? Du wagst es, das nächstbestimmte Opfer zu beschützen!?" Als er die letzten Worte aussprach, schielte er kurz zu Mr Grant herüber, welcher mit ins Gesicht geschriebener Todesangst dicht an Bobby und Carolyn gedrängt dastand und keinen einzigen Ton über die Lippen brachte.

„Und dann *wagt* ihr es, meinen treuen, kleinen Helfer ... meinen Diener zu ... zu *töten!*" Seine Augen weiteten sich dabei auf groteske Weise. „Dieses wunderbare Geschöpf einfach kaltherzig zu *ermorden!*"

Er ist völlig wahnsinnig! Und gefährlich!, schoss es Bobby, welcher nun immer verzweifelter wurde, durch den Kopf. Ihm war klar, dass der alte Mann mit dem Wahnsinn ausstrahlenden Blick nicht mehr berechenbar war. Aber was konnten sie schon tun?

Was!! Schließlich hielt dieser Irre eine Waffe in der Hand und Bobby hatte nicht den geringsten Zweifel daran, dass er diese auch benutzen würde.

Carolyns Stimme riss ihn aus den Gedanken. „Du *Scheusal!* Du widerlicher *Unmensch!* Du elender …!" Sie presste die Lippen aufeinander und Bobby bemerkte, dass sich ihr Gesicht langsam rot färbte. Es war jenes Rot, welches einem bei Wut in die Wangen steigt. Zugleich sprach aus ihrer Mimik aber auch Verzweiflung. „Du elende Missgeburt! Wie kannst du nur in den Spiegel schauen!?", fuhr sie ihn an, wobei ihre Stimme stetig anschwoll.

Gary beäugte sie einen Moment lang mit stechendem Blick, bevor ein leises Lachen, welches nicht viel lauter als ein Murmeln war, seiner Kehle entwich. Er stand da und blickte Carolyn belustigt an, so als würde er in einer Theatervorstellung sitzen und sich prächtig amüsieren. Nun … das Letztere tat er mit ziemlicher Sicherheit, darüber war sich nicht nur Bobby im Klaren.

„Du bist die widerlichste Missgeburt, der ich in meinem Leben je begegnet bin!", fuhr Carolyn fort, und Garys Grinsen wurde noch breiter. „Ich empfinde nur Abneigung für dich! Du Abschaum der Gesellschaft!"

Weder Bobby noch Mr Grant waren imstande, irgendetwas zu sagen. Sie standen halb versteckt hinter Carolyn in dem dunklen Flur und hatten dabei die vor Angst geweiteten Blicke starr auf Gary gerichtet. Bobbys Glieder fühlten sich an wie gelähmt und er war sich sicher, dass es Mr Grant ebenso erging. Einzig und allein in Carolyns Stimme war keinerlei Furcht herauszuhören. Sie sprach gefestigt und laut. Sprach zu dem Mann, dessen Psyche in den Bann des Bösen geraten war. Dem Mann, welcher es nur noch als seine Aufgabe sah, Unheil anzurichten. Dem Mann, welchen *sie* am besten kannte. „Ich kann nicht glauben, dass es je eine Zeit gegeben hat, in der ich deine Geliebte war!" Während sie die Worte aussprach, verzog sie angewidert die Mundwinkel, so als ob sie irgendeinen ekelhaften Geschmack auf der Zunge hätte. „Der glücklichste Moment in meinem Leben war, als ich vor dir flüchten konnte! Als ich dir widerlichem, stinkendem Abschaum entkommen konnte!" Nachdem sie den letzten Satz zu Ende gesprochen hatte, grinste Gary nicht mehr nur – das Lachen brach nun förmlich aus ihm heraus. Es war grotesk, dieses krächzende, boshafte Gelächter, bei dessen Klang sich Bobbys Nackenhaare aufstellten. Aber am schlimmsten war sein Blick, welcher den Eindruck machte, als hätte er sich in seinem ganzen Leben noch niemals derart amüsiert. Die Flinte hielt er dabei weiterhin auf die drei gerichtet.

„Nun", entgegnete er wieder in boshaftem Tonfall. „Man sieht sich immer zweimal im Leben, nicht wahr? Hast wohl gedacht, du wärst mich los, hmm? Hast gedacht, du wärst mich los und das Unheil wäre vorbei!" Eine erneute, diesmal noch heftigere Lachsalve folgte, bei der Gary ein kleiner Speichelfaden über das Kinn lief. Als er ihn mit seiner knochigen, alten Hand abwischte, verzog Bobby für einen kurzen Moment angewidert das Gesicht.

„Hören Sie, ... b... bitte ...", begann Mr Grant stotternd und mit leiser, vor Angst bebender Stimme, wurde aber prompt von Gary unterbrochen, welcher noch fast im selben Augenblick einen guten Meter auf ihn zugesprungen kam und ihm die Flinte direkt ins Gesicht hielt – keine drei Zentimeter von seiner Nasenspitze entfernt.

„Halt deine *Fresssse* oder ich puste dir noch in dieser Sekunde ein dickes Loch in deinen *verfickten Schädel!!!*", schrie er ihn an, dabei die Augen weit aufgerissen. An seiner rechten Halsseite trat, deutlich zu sehen, eine dicke Ader hervor.

Mr Grant schwieg augenblicklich. Sein Herzschlag raste, seine Hände begannen zu zittern und sein ängstlicher Blick wanderte abwechselnd von der Mündung des Gewehrlaufs in das Gesicht des Wahnsinnigen. Innerlich winselte er um Gnade.

Bitte! Bitte ... tun Sie uns nichts! Haben Sie Erbarmen und lassen Sie uns am Leben! Bitte ... ich flehe Sie an!

Als ob er Mr Grants Gedanken gelesen hätte, sagte Gary: „Ihr glaubt wohl, ihr kommt hier wieder heil raus, hmm?" Seine

Stimme legte sich langsam wieder und in seinem Gesicht machte sich abermals dieses bösartige, absurde Lächeln breit, bei welchem es einem eiskalt den Rücken hinunterlief. „Glaubt wohl, ich verschone euch, hmm? Hätte dem alten Hurensohn gerade eben den Schädel wegballern können, wenn ich wollte … aber wäre das nicht viel zu *einfach*, liebe Freunde? Wo bliebe denn da die Spannung?" Er legte den Kopf in den Nacken, schloss halb die Augen und ließ erneut sein widerwärtiges, krächzendes Gelächter ertönen.

Nur einen Sekundenbruchteil später (es passierte so schnell, dass sowohl Bobby als auch Mr Grant einen Moment lang völlig perplex waren) verließ eine Scherbe – ein Bruchstück der Löwenskulptur – Carolyns unversehrte rechte Hand, sauste durch die Luft und prallte gegen Garys Stirn, wo sie eine kleine, blutende Wunde hinterließ. Dieser war so überrascht von dem Angriff, dass er kurz aufschrie und dann rücklings zu Boden ging. Obwohl ihm dabei die Flinte beinahe aus den Händen geglitten war, schaffte er es trotzdem, sie nicht loszulassen. Ein schmerzerfülltes, wütendes Gurgeln entrang sich seiner Kehle, als er auf dem Rücken landete und sein Hinterkopf am Fußboden aufschlug.

Bobby hatte nicht den blassesten Schimmer, wie Carolyn es geschafft hatte, unbemerkt eine dieser Scherben aufzuheben … geschweige denn, den richtigen Moment abzupassen, um sie diesem Scheusal dann direkt ins Gesicht zu schleudern.

„Los, weg! Bringt euch in Sicherheit!!", schrie sie, und ohne auch nur eine Sekunde zu zögern, packte Mr Grant den Jungen am Arm und zerrte ihn hinter sich her, die Stufen der Treppe hoch. Ihm war bewusst, dass dies momentan ihre einzige Chance war. Hätten sie versucht, über den Flur an Gary vorbeizuflüchten, wären sie Gefahr gelaufen, sich eine Kugel einzufangen, denn schließlich hielt dieser nach wie vor die Flinte in seinen Händen. Außerdem hatte ihm Carolyns Attacke nicht so sehr zugesetzt, wie sie es sich wünschte. Und so kam es, dass sich Mr Grant und Bobby wieder keuchend die Stufen bis in den ersten Stock hinaufschleppten. Sie waren sich beide sicher, dass ihnen Carolyn augenblicklich folgen würde … aber dem war nicht so. Kurz bevor die beiden oben ankamen, konnte Bobby aus dem Augenwinkel heraus erkennen, wie sie auf Gary zustürmte, welcher gerade im Begriff war, sich wieder aufzurichten. Ohne Rücksicht auf die Waffe in dessen Händen stürzte sie sich auf ihn und riss ihn dabei erneut zu Boden, wobei ihm diesmal die Flinte aus der Hand fiel und gut einen Meter hinter ihnen polternd liegen blieb.

Carolyns kämpferische Natur, vor allem aber ihr Mut übten stets eine unbeschreibliche Faszination auf Bobby aus. Er zerrte keuchend an Mr Grants Ärmel, als er am oberen Treppenabsatz stand und zu ihr hinunterblickte. „Wir müssen ihr helfen! Verdammt noch mal, wir müssen ihr doch irgendwie *helfen!*", schrie er panisch, hatte jedoch nicht den blassesten Schimmer, was sie hätten tun können. Er blickte auf Carolyn hinab, welche verzweifelt versuchte, sich aus dem Griff Garys zu befreien, der sie inzwischen mit einer Hand würgte und nun begann, ihr mit der anderen heftige Faustschläge zu verpassen – mitten ins Gesicht … immer und immer wieder. Ihre Wangen und ihr Mund waren mittlerweile von Blut bedeckt.

„Du wagst es, dich mir entgegenzustellen?! Du widerliche Hure *wagst* es?!", brüllte Gary vor Tobsucht, während er mit einer hässlich verzerrten Fratze wieder und wieder seine Faust auf ihr Gesicht herabdonnern ließ. „Leide! *Leide* … du Missgeburt!"

Bobby glaubte, das Brechen von Carolyns Nase zu hören, als diese einen weiteren Hieb abbekam und ihr kurz darauf das Blut in Strömen über ihren Mund den Hals hinunterlief und im Kragen ihres Pullovers versickerte. Das gequälte, schmerzerfüllte Gurgeln, welches dabei ihrer Kehle entwich, war markerschütternd.

Bobby konnte nicht mehr länger mit ansehen, wie sie sich verzweifelt in Garys Griff wand, und war gerade im Begriff, die Stufen wieder herunterzuhasten, als er prompt zurückgehalten wurde. Mr Grant hatte soeben bemerkt, dass der Geisteskranke, welcher dabei war, Carolyns Gesicht zu malträtieren, wieder nach der Flinte gegriffen hatte. Er war sich bewusst darüber, dass dieser den Jungen innerhalb von Sekunden erschießen würde … und auch um Carolyn war es wahrscheinlich geschehen … also packte er Bobby am Arm und riss ihn zurück, wobei dieser auf die Stufen knallte und einen kurzen Aufschrei von sich gab. Er wollte sich sofort wieder aufrichten, doch Mr Grant hielt ihn davon ab und zerrte ihn stattdessen an beiden Armen bis in den ersten Stock hoch.

„Junge … sei *vernünftig!* Du kannst ihr nicht mehr … helfen!", keuchte er, während er mit Bobby in seinem Griff, welcher mittlerweile nur noch Schluchzlaute von sich gab, in Richtung der Küchentür robbte. „Sei jetzt stark! Das ist unsere letzte Chance, hörst du!" Nachdem sie sich aufgerichtet hatten, schubste er Bobby, welcher gerade ein weiteres Mal protestieren wollte, durch die offene Küchentür, als just im selben Moment ein Schuss ertönte. Mr Grant konnte gerade noch aus dem Augenwinkel heraus erkennen, wie Carolyn in sich zusammensackte und ihr Körper ein letztes Mal grotesk zuckte, bevor sie schließlich reglos vor Gary liegen blieb, welcher die Flinte auf sie gerichtet hielt. Danach stolperte er in den Raum, donnerte die Tür hinter sich ins Schloss und warf sich mit dem Rücken dagegen. Mit rasendem Herzschlag ließ er sich zu Boden sinken.

„Bo…Bobby!", keuchte er, doch der Junge saß nur in gekrümmter Haltung vor dem Buch, welches nach wie vor an jener Stelle lag, an der es Mr Grant fallen ließ, nachdem er den Text darin gelesen hatte, und vergrub dabei schluchzend die Hände im Gesicht. Er wirkte momentan nicht ansprechbar.

Von unten waren sowohl die vom Wahnsinn geprägten Schreie Garys zu hören als auch sein diabolisches, irres Gelächter. Mr Grants Panik wuchs drastisch, denn er war sich darüber bewusst, dass sie abermals in der Klemme saßen. Es würde nicht lange dauern, bis der Wahnsinnige die Treppe hochkam, dessen war er sich sicher. Auf seiner Stirn standen Schweißperlen. Sein Blick wanderte zuerst zu Bobby, welcher wie ein Häufchen Elend weinend auf dem kalten Küchenboden kauerte, dann zu dem Stuhl. „Bobby! Bring mir … *Bobby!*" Der Junge nahm nun langsam die zitternden Hände vom Gesicht und sah ihn mit einem Ausdruck an, aus dem Verzweiflung und Angst ... *pure* Angst ... sprach.

„Bobby, du musst mir zuhören! Bring mir den Stuhl! Wir müssen ...", begann Mr Grant, doch als er sah, dass der Junge nur reglos dasaß und ihn anstarrte (er war völlig verstört, darüber war er sich im Klaren), richtete er sich auf und hastete selbst zu dem Stuhl hinüber, obwohl er sich nur äußerst ungern von der Tür entfernte, welche momentan ihren einzigen Schutz darstellte, auch wenn es nur für wenige Sekunden war. Er sprang an Bobby vorbei, griff beherzt nach der Lehne des Stuhls und hastete damit zurück zur Küchentür. In Windeseile klemmte er ihn so unter die Klinke, dass sie sich nicht mehr öffnen ließ. Ohne lange zu überlegen, eilte er zu dem Tisch hinüber, um diesen ebenfalls vor der Tür zu platzieren (er wollte alle Möglichkeiten, die ihnen noch blieben, ausschöpfen – so gut es eben ging). „Bobby, hör mir zu!", wiederholte er.

Der Junge sah mit einem derart hilflosen und verängstigten Blick zu ihm auf, wie Mr Grant ihn noch nie zuvor in seinem Leben gesehen hatte.

„Es wird nicht lange dauern, bis er hier oben ist." Er dämpfte seine Stimme etwas. „Du musst von der Tür weg, Bobby", sagte er, griff dem Jungen unter die Arme und zog ihn auf die Beine. Danach versetzte er ihm einen leichten Schubs in Richtung der Tür des Lesezimmers. „Los, rein da!"

„A...Aber was ... was wollen Sie tun?" Das waren die ersten Worte, die Bobby seit Minuten gesprochen hatte, und sie klangen sehr gequält.

„Er wird es schaffen, die Tür zu durchbrechen. Ich muss ihm irgendwie ..." Er sprach den Satz nicht zu Ende, denn noch im selben Augenblick verstummte das bizarre Lachen Garys und die beiden konnten mit angehaltenem Atem hören, wie dieser einen Fuß auf die Treppe setzte, welche leise zu knarren begann.

„*Er kommt hoch. Bobby, geh in das Zimmer!*", flüsterte Mr Grant mit energischem Blick.

„*Aber ...*"

„In das Zimmer, schnell!"

Der Junge hastete panisch und mit pochendem Herzschlag über die Schwelle des Raumes, ohne dabei den Blick von seinem Religionslehrer abzuwenden, welcher hastig zur Herdplatte hinüberschritt. Er griff sich zwei Teller von dem Stapel dreckigen Geschirrs, eilte mit diesen zurück zur Küchentür und lehnte sich anschließend an die Wand daneben. Sein Blick war angespannt und nervös. Die Lippen hatte er fest aufeinandergepresst. Auch er verspürte Todesangst, genau wie Bobby, denn ihm war nun voll und ganz bewusst, wozu dieser vom Bösen Besessene fähig war ... mal abgesehen von der Tatsache, diese kleine blutrünstige Kreatur namens *Munk* erschaffen zu haben.

Es verstrichen einige Sekunden, die sowohl Mr Grant als auch Bobby wie eine halbe Ewigkeit vorkamen. Es waren lediglich ihre ängstlichen, abgehackten Atemzüge und Garys Schritte auf der Treppe zu hören, welche immer näher kamen.

„Ihr könnt mir nicht entkommen ... nein, das könnt ihr nicht!", trällerte dieser in einer derart fröhlichen Melodie vor sich hin, die so grotesk wirkte, dass es einem eiskalt den Rücken hinunterlief.

Bobby presse die Hände vor den Mund, um nicht laut loszuschreien (auch wenn ihm dies verdammt schwerfiel). Mr Grants eiserner Blick wanderte nervös zu dem Jungen und dann wieder zu der Tür zurück. Die Schritte verstummten, was darauf schließen ließ, dass Gary oben angekommen war. Mit angehaltenem Atem hob Mr Grant einen der Teller in die Höhe und verharrte.

Jetzt oder nie!

Er musste das Richtige tun! Es war wahrscheinlich ihre letzte Chance und er konnte nicht zulassen, dass der Wahnsinnige sie beide tötete, nachdem er die Küchentür durchbrochen hatte!

Mr Grant stand mit ausgestrecktem Arm da – bereit, den Teller zu schleudern. Er lenkte seine komplette Konzentration auf die Tür. Er fixierte sie mit stechendem Blick und sein Herzschlag stieg bis ins Unermessliche an.

Bobby hatte derweil, ohne es zu merken, die Fäuste so fest geballt, dass seine Fingerknöchel ganz weiß wurden. Er stierte mit vor Angst starrem Blick auf die Türklinke, welche sich langsam nach unten bewegte, bis sie schließlich auf die Stuhllehne stieß, worauf ein kurzes, wütendes Schnauben ertönte, welches sich aber schnell wieder in groteskes Gelächter verwandelte.

„*Ihr denkt wohl, ihr seid sicher? Ihr glaubt, ihr könnt entkommen?*", setzte wieder Garys abstruser Gesang ein, worauf Bobby zitternd einen Schritt zurückwich. Keine zwei Sekunden später dröhnte ein lautes Poltern durch den kühlen Raum, als die Tür sich einen Augenblick lang nach innen spreizte und durch den Spalt Garys Schuh zu erkennen war. Bobby zuckte zusammen und konnte nicht verhindern, dass ein Aufschrei seiner Kehle entwich, während er noch einen weiteren Schritt rückwärts machte. Er musste aufpassen, sich nirgends anzustoßen, denn mittlerweile war es bereits finster geworden und durch das kleine Fenster des Lesezimmers fiel nur ein schwacher Schein der Straßenlaternen herein.

Ein weiteres Poltern ließ ihn zusammenfahren und das diabolische Gelächter wurde noch lauter. Mit jedem Tritt, den Gary der Tür verpasste, spreizte diese sich ein Stückchen weiter nach innen, und es würde nicht mehr lange dauern, bis sie ganz nachgab und er hereingestürmt kam, dessen war sich Bobby sicher. Vor seinem geistigen Auge sah er schon das Bild aufleuchten, wie Gary zuerst Mr Grant und dann ihn selbst erschießen würde. Sie würden beide sterben. Sie würden beide an diesem dunklen Oktobertag *sterben*, schoss es Bobby, der nun leise zu winseln begann, immer und immer wieder durch den Kopf.

Doch just in dem Moment, als der Stuhl und der Tisch der Wucht von Garys Tritten nicht mehr standhielten und brechend zu beiden Seiten hinwegflogen, worauf der Wahnsinnige mit Geschrei die Tür, deren Holz an den Angeln bereits gesplittert war, auftrat und hereingestürmt kam, schnellte Mr Grants Arm blitzschnell nach vorne (was für den alten Mann wirklich erstaunlich war!) und der Teller sauste in rasanter Geschwindigkeit durch die Luft. Er traf Gary genau an der blutverklebten Stelle, an der Carolyn ihn zuvor schon mit der Keramikscherbe niedergestreckt hatte. Dieser brüllte vor Schmerzen auf und segelte rücklings zu Boden. Keine zwei Sekunden später sah man, wie ihm das Blut übers Gesicht lief – diesmal viel heftiger als nach dem ersten Angriff. Bei seinem Fall rutschte ihm die Flinte aus den Händen und es löste sich ein Schuss. Die Kugel schlug in der gegenüberliegenden Wand ein, worauf der Putz auf den Küchenboden rieselte.

Mr Grant taumelte zurück, worauf er sich die Hüfte an der Herdplatte anstieß. Zu seiner eigenen Verwunderung konnte er selbst in dieser Extremsituation noch rational denken und so richtete er sich, ohne auf seine schmerzende Hüfte zu achten, wieder auf und schleuderte sofort einen weiteren Teller in Richtung des am Boden Liegenden mit dem blutverschmierten Gesicht.

Gary konnte gerade noch ausweichen, worauf der Teller am Türrahmen zerbarst. Er robbte auf den Flur hinaus, während er einen unterdrückten Keuchlaut von sich gab, kroch auf die Treppe zu und hatte dabei den Blick auf die Flinte gerichtet, welche ihm beim Angriff Mr Grants aus der Hand gefallen und auf dem Küchenboden gelandet war. Ihm war bewusst, dass er keine Chance mehr hatte, sie in seine Finger zu bekommen, bevor dies der Alte tat, und so richtete er sich mit schmerzverzerrtem Gesicht auf und kämpfte sich wieder mühevoll die Treppe hinunter – Stufe für Stufe. Er legte dabei vorsichtig eine Hand an die Stirn, zuckte bei der Berührung aber sofort zurück, denn der Schmerz schoss wie ein brennender Pfeil durch seinen Körper.

Bobbys Herz pochte in einem derart rasanten Tempo, dass es ihm so vorkam, als könnte es jederzeit aus seiner Brust herausspringen. Er stand noch immer völlig verkrampft in dem kleinen dunklen Raum, während er erkannte, dass Mr Grant es geschafft hatte, zu der Flinte zu gelangen und sie sich zu greifen. Ein minimaler Anflug von Erleichterung übermannte seinen Körper und er war gerade im Begriff, wieder in die Küche zu treten, als just im selben Augenblick die Glocke der Haustür schrillte, worauf der Schreck ihm wie ein Blitz durch die Glieder fuhr und er erneut wie angewurzelt stehen blieb. Auch

Mr Grant verharrte einen Moment lang. Sie waren beide völlig perplex und es verstrichen etliche Sekunden, in denen Totenstille in dem kühlen Zimmer herrschte, bevor er schließlich die Flinte mit starrem Blick und eisernem Griff vor sich richtete und rückwärts langsam auf den Jungen zuschritt, welcher ihn völlig verängstigt anstarrte und einige unverständliche Laute vor sich hinstotterte. Der Schreck der soeben erdröhnten Türglocke saß ihm noch immer schwer in den Gliedern, als er etwa einen halben Meter vor Bobby stehen blieb. Er war fest entschlossen, sofort abzudrücken, sollte der Wahnsinnige erneut durch die Tür hereingestürmt kommen. Er würde ihm gleich mehrere Kugeln durch den Körper jagen, sollte er es wagen, sie noch einmal anzugreifen – doch dem war nicht so.

Gary kam nicht hereingestürmt. Vom Flur vernahmen sie dessen leise, schmerzerfüllte Fluchlaute sowie ein Schlurfen, welches sich anhörte, als ob er etwas über den Fußboden schleifte, und Bobby ahnte schon, was das war.

„C… Carol…", begann er stotternd, doch er wurde prompt von Mr Grant unterbrochen.

„Psst", zischte dieser und Bobby verstummte augenblicklich, während der Alte langsam wieder auf die offene Tür zuging, um in den Flur blicken zu können. Mit angehaltenem Atem schritt er über die Schwelle und spähte die Treppe hinunter. Er konnte Gary jedoch nirgendwo sehen. Nur die Blutspur am Fußboden, welche von der Stelle, an der Carolyns toter Körper zuvor noch gelegen hatte, nach links in Richtung Schuppen führte, war in der Dunkelheit vage zu erkennen. Er schloss kurz die Augen (in seinem Geist sah er das bizarre Bild aufblitzen, wie Gary den toten Körper der Frau, welche mutig und beherzt genug war, heute Abend hierherzukommen, um ihn vor dem größten Unheil seines Lebens zu bewahren, über den Fußboden schleifte), und als er sie wieder öffnete, konnte er erkennen, dass Bobby am Küchenfenster stand und hinausblickte.

„Mr Grant, kommen Sie! W…Wer ist das?", stammelte der Junge aufgebracht und deutete mit dem Finger hinaus. Er eilte zu ihm hinüber und blickte ebenfalls aus dem Fenster. In der Dunkelheit konnte er erkennen, dass Ms Harver – eine gut aussehende Frau Mitte dreißig, welche auf der gegenüberliegenden Straßenseite wohnte – in seinem Garten stand und auf das Haus blickte, während der Wind das Laub um sie herum aufwirbelte und ihr das lange, blonde Haar ins Gesicht wehte.

Sie hat etwas von dem Lärm mitbekommen!, schoss es ihm durch den Kopf.

„Das ... das ist Leonore Harver von gegenüber", erwiderte er in gedämpftem Tonfall. „Sie muss wohl etwas gehört haben."

Zum Glück ist sie allein.

Sein Blick fiel auf den toten Hundekörper, welcher in der Dunkelheit aber kaum zu erkennen war.

Auch Ms Harver schien ihn nicht zu bemerken. Sie spähte noch einen Augenblick lang über die Fassade, bevor sie sich schließlich erneut in Richtung der Haustür bewegte, ohne dass ihr etwas von den beiden aufgefallen war, die sie durch die Glasscheibe des kleinen Fensters im ersten Stock hindurch beobachteten.

„*Wir müssen sie warnen!*", raunte Bobby, während er nervös an Mr Grants Ärmel zupfte.

Aber das war leichter gesagt als getan! Wie sollten sie es bloß anstellen?! Sollten sie einfach hinausspazieren und ihr erzählen, dass eine blutrünstige Kreatur aus der Hölle hinter ihnen her war und sich dann vor ihren Augen in Luft aufgelöst hat, nachdem sie es geschafft hatten, sie zu töten?! Und dass der vom Bösen Besessene, welcher die Macht besaß, diese abscheuliche Kreatur erschaffen zu können, ganz in der Nähe war und höchstwahrscheinlich gerade damit beschäftigt war, den leblosen Körper einer Frau hinter sich herzuschleifen, die er nur wenige Minuten zuvor noch selbst getötet hatte?! Nein ... so einfach war das nicht! Aber sie *mussten* etwas tun, dessen war sich nicht nur Bobby, sondern auch Mr Grant bewusst! Sie konnten nicht einfach hier warten – von ihrer eigenen Furcht beherrscht –, während seine Nachbarin da draußen möglicherweise, ohne es zu wissen, Gefahr lief, getötet zu werden.

„Aber wie sollen wir das ... nur ...?", begann der Alte zögerlich, doch er schwieg abrupt, als sein Blick nach rechts fiel, dorthin, wo im hinteren Teil des Gartens Garys dunkler Schatten vage zu sehen war, welcher sich über den Rasen bewegte. Bobby bemerkte ihn ebenfalls. Auch die Silhouette von Carolyns totem Körper, den Gary hinter sich herschleifte, konnten sie in der Dunkelheit erkennen. Er blieb vor der Hecke stehen und blickte in die Richtung, in der Ms Harver soeben hinter der Hauswand verschwunden war. Die Hecke war zwar groß und beeindruckend, hatte aber einige lichte Stellen.

Mr Grant machte sich nicht sonderlich viel aus der Pflege seines Gartens.

Bobby und er starrten schweigend durch das Küchenfenster und konnten erkennen, wie Gary den toten Leib durch eine dieser lichten Stellen hievte und sich danach selbst hindurchzwängte, um anschließend in der Dunkelheit zu verschwinden.

Bobby flüsterte ängstlich und mit brüchiger Stimme: *„Meinen Sie ... er ... er verschwin..."*, doch er wurde von dem erneuten Ertönen der Türglocke unterbrochen, worauf er abermals zusammenfuhr.

Mr Grant sagte in bestimmtem Tonfall: „Hör zu, ich muss zur Tür! Ich muss Ms Harver erklären, dass hier alles in Ordnung ist. Ich ..."

„Aber was ist, wenn er *zurückkommt?*", protestierte Bobby, während er zum wiederholten Male mit zitternden Händen am Ärmel des Alten zupfte.

„Das wird er nicht, hörst du! Er ist verletzt! Außerdem hat er *die hier* nicht mehr", versuchte er, den Jungen zu beruhigen, und hielt dabei die Flinte hoch. „Ich muss jetzt zur Tür, Bobby! Wenn sie die Polizei ruft ... sitzen wir in einer Zwickmühle – oder besser gesagt: *ich!*" Er machte eine kurze Pause und meinte dann: „Was werden die wohl denken, wenn sie einen Dreizehnjährigen im Haus eines Tattergreises wie mir vorfinden, in dem der Boden mit Blut beschmiert ist und in dessen Garten ein aufgerissener Hundekörper liegt?! Sie würden mich für einen perversen Kriminellen halten und mich auf der Stelle verhaften ... das kannst du mir glauben!"

Bobby schloss die Augen, trat etwas zurück und atmete tief durch. Er sah ein, dass Mr Grants Vorschlag wohl das Beste war. Als dieser gerade im Begriff war, ihm einen Arm auf die Schulter zu legen, ertönte die Glocke ein weiteres Mal.

„Warte hier, hörst du! Es wird alles gut, mein Junge ... es wird alles gut."

Bobby richtete seinen Kopf zu ihm auf und nickte kurz. Er stand stillschweigend da und sah Mr Grant hinterher, wie dieser die Küche verließ, bevor er sich selbst wieder dem Fenster zuwandte. Sein Blick wanderte über die dunklen Umrisse des Gartens – von dem toten Körper seines Hundes bis zur Hecke hinüber, durch die Gary verschwunden war. Er fürchtete, dass dieser zurückkommen könnte, und starrte angsterfüllt nach draußen.

Die Minuten verstrichen ... und sie erschienen ihm *endlos*.

Anfangs waren wieder nur das stetige Ticken der Uhr und seine eigenen Atemzüge zu hören, doch nach und nach setzte langsam der Regen ein, dessen Tropfen zuerst nur schwach gegen die Scheibe prasselten und dann allmählich stärker wurden.

Gary kam nicht zurück.

Er blieb in der Dunkelheit verschwunden.

Das Blut, das er im Garten hinterlassen hatte, würde bald vollständig in dem vom Regen aufgeweichten Rasen versickert sein.

In den Augen des Jungen schlug der Ausdruck von Angst allmählich in Traurigkeit um. Traurigkeit und Leere.

Trostlos stand er in dem kühlen Zimmer und wartete.

41

Mr Grant sagte laut: „Ich komme schon!", bevor er die Flinte leise neben der Tür abstellte und streng darauf achtete, dass sie auf gar keinen Fall zu sehen war. Er blickte an sich herunter, und nachdem er sichergestellt hatte, dass sich an seiner Kleidung nirgendwo ein Blutfleck befand, den Ms Harver entdecken könnte, atmete er ein letztes Mal tief durch und öffnete dann langsam die Tür.

Seine Nachbarin stand in der Kälte und musterte ihn argwöhnisch. Der Kragen ihres olivgrünen Regenmantels war hochgestellt und sie hatte die Hände tief in den Taschen vergraben.

„Mr Grant, entschuldigen Sie die Störung, aber ... ist alles in Ordnung bei Ihnen?", fragte sie in etwas gedämpftem Tonfall, wobei sie den Alten von oben bis unten beäugte.

„Aber natürlich, Ms Harver ... wie kommen Sie darauf, dass etwas nicht in Ordnung sei?", entgegnete er und versuchte dabei, möglichst ruhig zu klingen. Er ließ seinen Blick über den Garten schweifen (auch er hatte Befürchtungen, dass Gary zurückkommen könnte, auch wenn er das den Jungen zuvor nicht hatte wissen lassen wollen).

„Nun ja, ich habe Lärm gehört und wollte nach dem Rechten sehen." Es folgte eine kurze Pause, dann sagte sie: „Es hat sich angehört wie ... *Schüsse*." Das letzte Wort kam als leises Flüstern über ihre Lippen.

Ich muss überzeugend wirken!, schoss es Mr Grant immer wieder durch den Kopf, während er in ihr Gesicht blickte, aus dem sie eine Strähne des hübschen, vom aufkommenden Regen allmählich nass werdenden blonden Haars strich, und erwiderte mit einer so natürlich klingenden Stimme, wie es ihm nur irgend möglich war: „Ach *das* meinen Sie! Nun ja, wissen Sie ... mir ist zuvor eine meiner großen Keramikfiguren heruntergefallen und kaputtgegangen. Hab das verdammte Ding dann wutentbrannt gegen die Wand gepfeffert. Ein entsetzlicher Knall, kann ich Ihnen sagen!" Er fand, dass er sich ziemlich authentisch anhörte, auch wenn er nichts gegen die Schweißperlen auf seiner Stirn tun konnte. Er sah Ms Harver an und wartete auf eine Reaktion, wobei er versuchte, so ruhig wie möglich zu atmen. Sie beäugte ihn stirnrunzelnd und die Skepsis in ihrem Blick legte sich nur langsam. Es verstrichen einige Sekunden, in denen keiner der beiden etwas sagte, bevor Mr Grant hinzufügte: „Hab wohl heute Abend ein wenig zu tief ins Glas geguckt. Mein guter, alter Freund ... Mr Jack Daniels, wissen Sie?" Er lachte und schaffte es auch diesmal wieder, es ziemlich natürlich klingen zu lassen – zumindest meinte Ms Harver nach einem weiteren kurzen, schweigsamen Augenblick, in dem sie sich wieder ihr nasses Haar aus der Stirn gestrichen hatte: „Na ja, wie Sie meinen. Dann ist also wirklich alles in Ordnung, Mr ..."

„Ja, alles bestens! Kein Grund zur Sorge", fiel er ihr ins Wort. Er wollte sie so schnell wie möglich abwimmeln.

Wollte sie abwimmeln, wieder nach oben zu dem Jungen gehen ... und darauf hoffen, dass dieser Albtraum endlich ein Ende nahm.

„Okay, aber ... Sie sollten vielleicht einen Gang herunterschalten, wissen Sie? Zu viel Alkohol ist nicht gut ... *besonders nicht in Ihrem Alter.*"

„Ja, Sie haben recht, das sollte ich vielleicht", erwiderte er rasch. Unter anderen Umständen hätte er bestimmt gefragt, was das heißen soll, und verkündet, dass er selbst in *seinem* Alter sich noch fit wie ein Esel fühlte (was natürlich nicht stimmte!), aber nicht heute. Nein ... *heute* beließ er es dabei. „Wollen Sie nicht wieder zurück ins Haus gehen? Der Regen geht nicht gerade nett mit Ihren hübschen Haaren um, meine Teuerste."

Anfangs beäugte sie ihn nur mit verstohlenem Blick und er befürchtete schon, sie würde gleich so etwas sagen wie: „*Mr Grant, ist auch* wirklich *alles in Ordnung bei Ihnen? Ich sehe doch, dass Sie mir etwas verheimlichen!*", doch dann bemerkte er, wie sich ihre Mundwinkel langsam entspannten.

„Nun ja, dann werd ich das mal tun", sagte sie, und nachdem sie mit einer beiläufigen Handbewegung ein nasses Laubblatt entfernt hatte, welches an ihrem rechten Hosenbein klebte, schritt sie langsam wieder in Richtung des Gartentors.

Mr Grant spürte förmlich, wie die Last der Unbehaglichkeit allmählich von ihm abfiel und sich nach und nach ein Anflug von Erleichterung – wenn auch nur ein flüchtiger – auf seine Glieder legte. „Und grüßen Sie Ihren Mann Warren von mir, hören Sie!"

Sie blickte über ihre Schulter, strich ein weiteres Mal ihre Haare zur Seite und entgegnete lächelnd: „Das mache ich, versprochen. Bin erleichtert, dass bei Ihnen alles in Ordnung ist. Hab mir anfangs schon Sorgen gemacht!"

„Das brauchen Sie nicht, meine Teuerste!"

Mit einem leichten Lächeln auf den Lippen wünschte sie ihm noch eine gute Nacht und ging.

Mr Grant erwiderte es dankend und blickte ihr, auf der Türschwelle stehend, hinterher.

Sie hatte weder etwas bemerkt noch die Polizei gerufen! Er hatte es wirklich geschafft, dass sie seinen Worten Glauben schenkte!

Auch Gary war nicht zurückgekommen. Von ihm war weder etwas zu sehen noch zu hören.

Nachdem seine Nachbarin wieder auf der anderen Straßenseite angekommen war und nun in ihrem Haus verschwand, blickte er sich noch ein letztes Mal um und lauschte einen Moment lang, bevor er schließlich wieder in den dunklen Flur schritt und die Tür ins Schloss fallen ließ. Er nahm den Schlüsselbund von der kleinen Ablage an der Wand zu seiner Rechten, verriegelte sie und griff dann wieder nach der Flinte (*nur zur Sicherheit!*, sagte er sich, doch er hoffte natürlich, dass er sie nun nicht mehr brauchen würde). Als sein Blick auf die gesplitterte Tür des Schuppens fiel, ging er schnurstracks darauf zu und schob mit seinem Fuß die Holzsplitter und die am Boden liegenden Gerätschaften beiseite, bevor er den kleinen, modrigen Raum betrat. Er fingerte an dem Schlüsselbund herum, welchen er noch immer in der Hand hielt, und sperrte anschließend die äußere Tür zum Garten ab. Das hatte er zuvor noch nie getan, doch nun konnte er es kaum erwarten, das Klacken des Schlosses zu hören und damit das Böse draußen zu lassen.

Er legte noch einmal seine Hand auf die rostige Klinke, um sicherzustellen, dass sie auch *wirklich* verschlossen war, und nachdem er dies getan hatte, verließ er den Schuppen wieder und eilte die Treppe hinauf zu dem Jungen.

42

Gary hatte Carolyns Leiche bis in das Waldstück geschleppt, welches sich nicht weit hinter Mr Grants Haus befand. Den ganzen Weg über hatte er sich nervös umgeblickt. Er war sich ziemlich sicher, dass die Frau, die zuvor an der Tür klingelte, etwas von dem Lärm mitbekommen hatte.

Die Wut kochte in ihm. Liebend gern wäre er zurückgerannt und hätte sie alle – einen nach dem anderen – zur Strecke gebracht! Er hätte sie qualvoll krepieren und ihre Leiber ausbluten lassen, und es hätte ihn mit Wollust erfüllt! Doch er war sich bewusst darüber, dass er dies nicht tun konnte. Schließlich hatte es der alte Hurensohn fertiggebracht, die Flinte in seine Hände zu bekommen, und er hätte auch keine Sekunde lang gezögert, um Gary abzuknallen, darüber war sich dieser im Klaren. Er *konnte* einfach nicht zurück! Vielleicht hatte die blonde Schlampe von vorhin oder sonst wer bereits die Polizei gerufen. Natürlich würde niemand einer derart haarsträubenden Geschichte von einem Munk oder dergleichen Glauben schenken, aber sollte er es trotzdem riskieren, entdeckt zu werden?! Sollte er wirklich riskieren, dass die ganzen Todesfälle, die in den letzten Jahren nie aufgeklärt werden konnten und für die nur *er* verantwortlich war, ihm letztendlich doch noch, auf welche Weise auch immer, zum Verhängnis wurden?! *Wohl kaum!*

Und so stand er nun da, im Dunkel des Waldes, und sah auf die Leiche herab, welche vor seinen Füßen in der von dem inzwischen immer heftiger werdenden Regen durchnässten Erde lag.

Er musste sie *wegschaffen* … musste sie unbedingt *verschwinden* lassen!

Über den toten Hundekörper machte er sich keine Gedanken (nur ein Köter … niemand interessiert sich für einen hässlichen, stinkenden Köter!), und das Blut auf dem Rasen und dem Gehweg, über dessen Asphalt er das tote Weibsstück geschleift hatte, würde vom Regen schon weggespült werden.

In seinen Augen funkelte unbeschreiblicher Zorn, während er vorsichtig seine linke Hand auf die Stirn legte, sie aber mit einem Schmerzenslaut sofort wieder zurückzog. Die Wunde, die ihm Mr Grant mit dem Teller zugefügt hatte, ging tief in das Fleisch hinein. Der Schmerz war brennend. Sie wäre vielleicht nicht ganz so schlimm gewesen, wenn diese Hure, welche nun leblos zu seinen Füßen im Dreck lag, ihn zuvor nicht mit der verfluchten Scherbe an genau derselben Stelle getroffen hätte. Er bezweifelte, dass es dann überhaupt so weit gekommen wäre. Nun würde er ein hässliches Mal an seiner Stirn davontragen, dessen war sich Gary sicher.

Sein Gesicht war blutverschmiert und sein Kopf dröhnte. Er schloss die Augen und ließ sich auf die Knie fallen, wobei der aufgeweichte Waldboden ein widerliches, schmatzendes Geräusch von sich gab. Als er sie nach etwa einer halben Minute wieder öffnete, begann er langsam, die Erde um sich herum wegzuscharren, um die Tote zu vergraben. Während er dies tat, blickte er in ihr aschfahles Gesicht, aus dem jeglicher Ausdruck von Leben gewichen war, und wenigstens *das* gab ihm ein Gefühl der Genugtuung. Er war *dieses Mal* vielleicht unterlegen gewesen, das mochte schon sein (zumal sie es geschafft hatten, den Munk zu töten, welcher ihm stets als sein kleiner, treuer Helfer aus der Unterwelt zur Seite stand), aber wenigstens hatte er das Leben dieser elenden Hure auslöschen können! Nun würde sie ihm nie wieder in die Quere kommen und Gary genoss diese befriedigende Vorstellung!

Er konnte seinen treuen, kleinen Gefährten erneut erschaffen, das *wusste* er – wenn auch nicht hier und nicht heute –, denn er hatte noch immer seine Macht. Das spürte Gary ganz deutlich … und seine Macht konnte ihm niemand nehmen – niemals! Die Macht, *Zeilen des Todes* zu verfassen! Seine Zeit war noch lange nicht zu Ende! Für den Moment jedoch musste er sich geschlagen geben. Er würde irgendwo untertauchen – weit weg von hier – und die Zeit etwas ruhen lassen. Die Zeit ruhen lassen und für eine Weile von der Bildfläche verschwinden. Die Welt ist groß … *verdammt* groß, und Kinder gab es im Überschuss. Junge … unschuldige … beeinflussbare Kinder, die ihm als Werkzeuge für seine dunklen Pläne dienen konnten!

Seine Hände wühlten die nasse Erde auf, welche unter seinen Fingernägeln haften blieb. Er grub und grub, ohne dabei auch nur ein einziges Mal langsamer zu werden. Sein Blick war stechend scharf und er vergaß seine völlig durchnässte Kleidung, die Kälte und auch die Schmerzen. Nach etwa einer Dreiviertelstunde hatte er ihren Körper fast vollständig vergraben – nur ein Teil des Gesichts war noch zu sehen. Die Augen starrten ihn an und es sprach nur Leere aus ihnen. Leblose Augäpfel, an denen winzige Klumpen der nassen Erde hingen. Gary blickte noch einige Minuten lang auf den Leichnam und schwelgte in der Genugtuung, das Leben dieser Frau, welche ihm schon seit so langer Zeit ein Dorn im Auge war, endgültig ausgelöscht zu haben, bevor er sie schließlich ganz begrub. Nun war auch von ihrem Gesicht nichts mehr zu sehen und bei der Vorstellung, dass ihr Körper bald von Maden zerfressen sein würde, legte sich ein Lächeln auf Garys Mundwinkel, welches schnell breiter wurde.

Mit einem tiefen Atemzug sog er die kalte Oktoberluft ein, stand auf, warf den Kopf in den Nacken und stieß einen Schrei aus.

Einen Schrei, welcher von purem Wahnsinn geprägt war.

43

Vom Fenster aus konnte Bobby sehen, wie Ms Harver in dem Haus auf der gegenüberliegenden Straßenseite verschwand. Der Junge blickte stillschweigend hinaus und die Minuten verstrichen, während er von unten leise Geräusche vernahm, welche sich wie das Klimpern von Schlüsseln anhörten.

Er sperrt die Türen ab, dachte sich Bobby und schloss die Augen, während er langsam auf den kalten Küchenboden sank. Ein kaum merklicher Seufzer entwich seiner Kehle.

Gary war nicht zurückgekommen. Er war nicht zurückgekommen und hatte weder Ms Harver noch Mr Grant etwas angetan. Das Böse in Person blieb weiterhin in der Dunkelheit verschwunden.

Doch *was* blieb, waren die Erinnerungen: traurige Erinnerungen, welche das Herz des Jungen mit schmerzender Kälte erfüllten. Er musste an seinen Hund denken, seinen geliebten Hund, welcher ihm stets ein treuer Begleiter gewesen war. Nun lag dessen geschändeter, lebloser Körper draußen in der Kälte, während der Regen das Blut um ihn herum im Erdboden versickern ließ. Er musste an Carolyn denken – die Frau, welche ihm bis vor kurzer Zeit noch völlig unbekannt war und vor der er sich anfangs etwas gefürchtet hatte. Die Frau, die bereit gewesen war, alles dafür zu tun, sowohl *sein* als auch *Mr Grants* Leben zu retten, und es schließlich mit dem eigenen bezahlte. Die Frau, deren Herz so unbeschreiblich groß war und die letzten Endes ein tragisches Opfer des Bösen wurde.

Eine Träne verließ Bobbys Augenwinkel und rann an seiner Wange herunter. Er wischte sie beiläufig mit dem Handrücken weg, kauerte sich dann auf dem kalten Boden zusammen und starrte das Buch an, welches vor ihm lag. Obwohl der Blick des Munks auf dem Umschlag noch genauso stechend war wie am ersten Tag, so hatte Bobby trotzdem irgendwie das Gefühl, als ob er etwas von seiner Boshaftigkeit verloren hätte. Es kam ihm so vor, als ob die kleine Kreatur ihn fast flehentlich anstarrte. Bobby musste weder den Blick abwenden noch spürte er einen kalten Schauder auf dem Rücken oder Ähnliches.

„Du bist tot. Du existierst lediglich noch auf diesem Umschlag!", flüsterte er. Bei dem Gedanken daran, dass dieses abscheuliche Wesen nicht mehr war und somit keinerlei Einfluss mehr auf ihn hatte, legte sich der Anflug von einem Lächeln auf Bobbys Mundwinkel. Danach schloss er die Augen und atmete in tiefen, langen Zügen die kühle Raumluft ein, während draußen der Wind pfiff und der Regen gegen die Fensterscheibe prasselte. Er saß da … und lauschte dem Ticken der Uhr.

Bobby öffnete die Augen erst wieder, als er das Knarren der Treppe hörte und kurz darauf Mr Grant das Zimmer betrat. Dieser schloss leise die Tür hinter sich, stellte die Flinte daneben ab und betätigte den kleinen Schalter zu seiner Linken, worauf die Küche in helles Licht getaucht wurde. Danach richtete er den Stuhl wieder auf und stellte ihn vor Bobby. Er nickte diesem zu, doch als er sah, dass der Junge ruhig den Kopf schüttelte und keinerlei Anstalten machte, sich daraufzusetzen, nahm er selbst Platz. Die Arme ließ er zu beiden Seiten schlaff herunterhängen und aus seinem Blick sprach Besonnenheit. Schweigend betrachtete er den Jungen. Dieser tat ihm sichtlich leid, wie er so dasaß – in sich zusammengekauert und völlig traumatisiert. Der Alte hoffte, dass Bobby die Ereignisse gut verarbeiten würde. Zumindest ging nun keine Gefahr mehr für ihn aus, dessen war sich Mr Grant sicher. Schließlich war die teuflische Kreatur nicht mehr am Leben (wenn das denn überhaupt der richtige Ausdruck dafür war) und der vom Bösen besessene Irre, welcher sie erschaffen hatte, war verschwunden. Er würde auch nicht wiederkommen, auch dessen war er sich sicher.

Die Zeit verstrich … bis er schließlich leise sprach: „Es ist vorbei."

Bobby blickte zu ihm auf, ohne etwas zu sagen.

„Es ist vorbei, hörst du! Ohne seinen Munk ist er *nichts*. Er hat keine Macht mehr, verstehst du?" Hätte er *selbst* bis vor Kurzem noch jemanden so reden hören, so hätte Mr Grant diesen zweifelsfrei als geisteskrank eingestuft, aber mittlerweile wusste er es besser. Es folgte eine kurze Pause, dann sagte er erneut: „Es ist *vorbei*." Sein Blick wanderte zu der Flinte und er nahm sich fest vor, sollte er diesem Dreckskerl jemals wieder begegnen (was er nicht glaubte), so würde er ihm, ohne zu zögern, eine Kugel in den Kopf jagen. Er würde ihn zugrunde richten, ohne dabei auch nur ein einziges Mal mit der Wimper zu zucken.

„Es ist vorbei", wiederholte der Junge flüsternd die Worte des Alten, nahm anschließend das Buch in die Hand und steckte es wieder in die Innentasche seiner Jacke.

Mr Grant erhob sich, ging zu der Spüle hinüber und schenkte ein Glas Wasser ein, welches er Bobby hinhielt. Dieser nahm es leise dankend entgegen und trank es in einem Zug leer. Mr Grant goss sich selbst eines ein und blickte anschließend durch das Fenster in die Dunkelheit hinaus. In die unveränderte Dunkelheit, welche … kalt und rau war. In seinem tiefsten Inneren hingegen fühlte er jedoch eine wohlige Wärme aufsteigen bei dem Gedanken daran, dass der Schrecken ein gutes Ende genommen hatte – zumindest für *ihn* und den *Jungen*. Das, was mit der Frau geschah, die hierhergekommen war, um sein Leben zu schützen, war natürlich an Tragik nicht zu überbieten. Ihr unbeschreiblicher Mut und ihr überaus großes Herz waren ihr letztendlich zum Verhängnis geworden.

Der Alte stand mit resigniertem Blick vor dem Küchenfenster, während Bobby schweigend zu seinen Füßen saß.

44

Es war bereits nach halb elf, als Joe und Tabitha Garner am Küchentisch saßen und auf ihren Sohn warteten. Während Joe ziemlich gelassen wirkte und sein kühles Bier genoss, welches vor ihm auf der Tischplatte stand, ging Tabitha nervös auf und ab.

„Wo *ist* er denn bloß? Wo zum Teufel kann er nur stecken?!", fragte sie, während sie sich mit der rechten Hand durch die Haare fuhr. Ihr nervöser Blick wanderte immer wieder zu der Uhr an der Wand. Sie hatte an diesem Abend schon eine ganze Palette von Bobbys Schulfreunden durchtelefoniert ... doch keiner deren Eltern konnte ihr weiterhelfen.

„Um Himmels willen, könntest du dich vielleicht mal hinsetzen?!", sagte Joe.

Doch Bobbys Mutter machte keineswegs Anstalten, sich zu setzen, sondern trat stattdessen weiterhin aufgebracht von einer Stelle zur anderen und kaute dabei an ihren Fingernägeln. „Wie kannst du nur so seelenruhig dasitzen?!", fuhr sie ihren Mann an. Wieder stierte sie zu der Uhr. „Was ist, wenn ihm etwas ... *passiert* ist?!"

Natürlich war die ganze Sache etwas besorgniserregend, denn schließlich war Bobby erst dreizehn. Außerdem war es keineswegs seine Art, so spät noch immer nicht zu Hause zu sein, ohne vorher seinen Eltern Bescheid gesagt zu haben. Die Ruhe und Gelassenheit, welche Joe Garner ausstrahlte, rührten zweifelsfrei von dem Bier, das er trank. Es war bereits sein viertes an diesem Abend.

„Bitte, setz dich! Der Junge wird schon kommen! Er ist dreizehn ... und in diesem Alter handelt man nun mal nicht immer besonders vernünftig", meinte er und führte die Flasche ein weiteres Mal zum Mund.

„Es ist nicht seine Art, so lange wegzubleiben, und das weißt du *genau!*"

„*Pssst!* Du musst ja nicht gleich Meg aufwecken!"

Tabitha trank einen Schluck von dem Orangensaft, welchen sie sich zuvor eingeschenkt hatte, und meinte anschließend: „Wenn er in spätestens *fünfzehn* Minuten nicht hier ist, dann rufe ich die Polizei, hörst du!"

Ihr Mann blickte sie nur an und sagte nichts, während draußen der pfeifende Wind den Regen gegen die Fensterscheibe preschte.

Es verstrichen weitere Minuten, in denen Tabitha Garner unzählige Male nervös von einem Fleck zum anderen schritt, sich mit der Hand durch die Haare fuhr und wieder an ihren Fingernägeln kaute, bis sie schließlich mit lauter Stimme verkündete: „Jetzt *reicht* es mir! Ich rufe die Polizei!" Sie ging in raschem Tempo in den Flur hinaus, in Richtung des Telefons, welches sich nicht weit von der Küche entfernt auf einer Ablage befand. Joe stand auf und folgte ihr schweigend, während er sich das Hemd in den Hosenbund steckte.

„*Hoffentlich ist ihm nichts passiert*", hörte er seine Frau murmeln.

„Ganz ruhig, Schatz! Ganz ruhig, es wird sich alles …"

Just in dem Moment, als Tabitha den Hörer abnahm und im Begriff war, die Nummer des Polizeinotrufs zu wählen, schellte die Türglocke. Joe erschrak kurz und auch seine Frau fuhr für einen Moment zusammen, bevor sie den Hörer auf die Gabel knallte und zur Haustür eilte. Das weiße Nachthemd, welches sie trug, flatterte ihr dabei wie ein Cape um die Beine. Sie legte die Hand auf die Klinke der Tür und riss diese auf. Als sie kurz darauf in das Gesicht ihres Sohnes blickte, welcher völlig durchnässt in der Kälte stand und sie schweigend ansah, fiel ihr ein Stein vom Herzen. Sie schlang die Arme um seinen Hals und fuhr ihn aufgebracht an: „Wo zum Teufel *warst* du bloß so lange?! Weißt du eigentlich, was für Sorgen wir uns gemacht haben, Bobby?!"

Joe, der nun ebenfalls hinter seine Frau getreten war und auf seinen Sohn herabschaute, bemerkte, dass mit ihm etwas nicht stimmte. Der Junge hatte nicht diesen lebendigen, aufgeweckten

Ausdruck wie üblich in den Augen. Er sah seine Eltern apathisch an und aus seinem Blick sprach Teilnahmslosigkeit und Leere.

„Was ist denn los, Bobby? Stimmt etwas nicht?", fragte Joe seinen Sohn in besorgtem Tonfall, während Tabitha diesem beide Hände auf die Wangen legte. Nachdem Bobby das Haus betreten hatte, schloss sie die Tür hinter ihm und ließ sich auf die Knie sinken. Sie blickte dem Jungen tief in die Augen.

„*Was ist los? Ist etwas passiert, Liebling?*", flüsterte sie und nach kurzem Zögern begann er mit brüchiger Stimme: „St...Stanley ... er ist ... *weg*."

Seine Mutter legte die Stirn in Falten. An den Hund hatte sie gar nicht gedacht. Es war ihr überhaupt nicht aufgefallen, dass ihr Sohn alleine vor der Tür stand ... so sehr war sie in Sorge um ihn gewesen.

„Wie ... wie meinst du das, Bobby? Was soll das heißen ... er ist *weg*?", fragte Joe seinen Sohn, während Tabitha diesem aus der triefnassen Jacke half und sie anschließend auf einen Kleiderbügel hängte.

Nachdem sie wieder die Küche betreten hatten, setzte sich Bobby an den Tisch und begann mit leiser Stimme, langsam zu erzählen, wobei er fast die ganze Zeit über den Fußboden anstarrte. Es fiel ihm sichtlich schwer, seine Eltern anzulügen und ihnen die Geschichte aufzutischen, Stanley hätte ein Reh entdeckt und sei diesem hinterhergejagt. Er fühlte sich schlecht dabei, ihnen zu erzählen, der Hund wäre dem Reh in den Wald gefolgt und er hätte ihn aus den Augen verloren. Er fühlte sich noch schlechter dabei, ihnen zu erzählen, er sei ihm nachgerannt und hätte seinen Namen gerufen ... immer und immer wieder – doch ohne Erfolg. Er hatte ein verdammt schlechtes Gewissen, doch was blieb dem Jungen schon anderes übrig?! Er hatte es mit Mr Grant zuvor genau besprochen. Er *konnte* ihnen die Wahrheit einfach nicht sagen ... er *konnte* nicht!

Mr Grant hatte ihm angeboten, den Hund in seinem Garten zu begraben, und Bobby hatte unter Tränen zugestimmt und gesagt, er wolle unbedingt dabei sein. Der Alte hatte den Körper des toten Tieres behutsam in einen Plastiksack gehüllt und ihn in den Schuppen gebracht. Sie waren dabei verblieben, dass Bobby in den nächsten Tagen – wenn er sich dazu bereit fühlte – vorbeikam und seinem Hund somit die letzte Ehre erweisen konnte.

Wie dem auch sei … Joe und Tabitha glaubten ihrem Sohn natürlich. Sie waren einfach nur erleichtert, dass er unversehrt nach Hause gekommen war, und versprachen ihm, einen neuen Hund zu kaufen, was der Junge aber sofort ablehnte.

Es ist immer das Gleiche: Wir kaufen dir einfach einen neuen und alles ist vergessen! Doch Bobby *wollte* keinen neuen Hund. Stanley konnte man nicht ersetzen.

Sie saßen noch eine Weile am Küchentisch, während Tabitha noch einige Male verkündete, wie froh sie darüber war, dass ihrem Sohn nichts passiert sei, und Joe versuchte, diesen mit besänftigender Stimme über den Verlust des Hundes hinwegzutrösten. Als es bereits Viertel nach elf war, wünschten sie ihm eine gute Nacht und verließen den Raum.

„Und sieh zu, dass du schleunigst ins Bett kommst! Schließlich musst du morgen in die Schule." Während Tabitha ihrem Sohn diese Aufforderung gab, versuchte sie, ihre Stimme dabei so sanft wie nur möglich zu halten.

„Ja, mach ich, Mom", entgegnete Bobby in leisem Tonfall.

Tabitha warf ihrem Sohn noch einen Handkuss zu, bevor sie Joe nach oben folgte.

Bobby spähte seinen Eltern nach und wartete, bis sie in ihrem Schlafzimmer verschwunden waren, bevor er schließlich hinaus in den Flur ging, um das Buch aus der Innentasche der Jacke herauszunehmen. Danach huschte er in den Garten und blieb vor der Mülltonne stehen, wo er einen letzten angewiderten Blick auf das Abbild des Munks warf, bevor er schließlich den Deckel öffnete und es, ohne lange zu zögern, hineinschleuderte.

„Du wirst nie wieder zurückkommen! Nie … *wieder!*", zischte er und sein Gesichtsausdruck wirkte dabei unglaublich gefestigt und selbstsicher. Er blieb noch einen Moment lang vor der Tonne stehen und sah auf das Buch herab, welches nun mit der Vorderseite nach unten zwischen stinkenden Müllbeuteln im Dreck lag. Mit einem leichten Lächeln in den Mundwinkeln ging er zurück ins Haus und hoffte, dass er recht behalten sollte. Er schritt die Treppen zu seinem Zimmer hoch, betrat dieses und schloss danach leise die Tür hinter sich.

Nachdem er etwa eine Minute lang mit dem Rücken an der Wand gelehnt und mit geschlossenen Augen tief ein- und ausgeatmet hatte, entkleidete er sich schließlich und zog seinen Pyjama an. Er ließ sich ins Bett fallen, knipste die Nachttischlampe aus und ließ die Schrecken der vergangenen Zeit noch einmal Revue passieren. Es dauerte mindestens anderthalb Stunden, bis er endlich einschlief. Es war ein unruhiger Schlaf und er hatte Träume. Unheimliche, schemenhafte Träume, in denen er zuerst Carolyns Gesicht sah, welches von hoch oben auf ihn herabblickte, dann den Munk, wie dieser sich vor seinen Augen in Luft auflöste, und schließlich Garys wütende Fratze. Er sah seinen toten Hund auf dem Rasen liegen und er sah den blutbefleckten Flur in Mr Grants Haus – sowohl Carolyns Blut als auch das tiefschwarze des Munks.

Die Bilder kamen … und verschwanden wieder.

Kamen … und verschwanden.

45

In der darauffolgenden Zeit suchten ihn diese Träume fast jede Nacht heim, doch irgendwann wurden sie seltener, bis sie letztendlich gänzlich verblassten. Was *nicht* verblasste, waren die Erinnerungen. Er würde die Ereignisse niemals vergessen können. Bobby hatte sich seit der kalten, stürmischen Nacht, in welcher dieser Schrecken ein jähes Ende genommen hatte, ziemlich gewandelt. Er wurde ruhiger und nachdenklicher. Ihm wurde mit der Zeit bewusst, wie glücklich er sich schätzen konnte, in einer intakten Familie zu leben, die ihn auffing, wenn er sich einmal einsam fühlte. Auch seine Geschwisterliebe zu Megan – mit der er sich vor den albtraumhaften Ereignissen ständig gezankt hatte – wuchs stetig. Er gab sich größte Mühe, das Mädchen, so gut er konnte, darüber hinwegzutrösten, dass Stanley nun nicht mehr bei ihnen war.

Zwei Tage, nachdem der Hund sein Leben verloren hatte, war Bobby zu Mr Grant gegangen. Es war in den Abendstunden gewesen, als es bereits dämmerte, und sie begruben ihn in dessen Garten, so wie es der Alte versprochen hatte. Auch wenn er Stanley damit die letzte Ehre erweisen konnte, so machte es Bobby doch sehr traurig, nicht zu wissen, was Gary mit Carolyns geschändetem Leichnam getan hatte.

Hatte er ihn verschwinden lassen? Hatte er ihn im Wald vergraben? Hatte er sich vorher womöglich an ihm vergangen? War Carolyns Körper mittlerweile von Maden oder irgendwelchen Waldtieren zerfressen?

Bobby wollte nicht weiter darüber nachdenken.

Dass der Junge keine psychischen Folgen davontrug und die Ereignisse für einen Dreizehnjährigen überraschend gut verarbeitete, lag wahrscheinlich an Mr Grant. Bobby verbrachte viel Zeit bei dem Alten. Sie trafen sich – meistens nachmittags –, saßen in dessen Wohnzimmer, tranken Tee oder heißen Kakao und redeten über die Geschehnisse. Mr Grant hatte eine schon fast magische Art, dem Jungen die Angst zu nehmen, und versprach diesem, er könne jederzeit zu ihm kommen, wenn er jemanden zum Reden bräuchte, worüber Bobby überaus froh war, denn er brauchte des Öfteren jemanden zum Reden. Außerdem war Mr Grant die einzige Person, mit der er überhaupt über die Geschehnisse sprechen konnte, und dies war enorm wichtig für das Seelenheil des Jungen.

Dem Alten ging es seinerseits nicht anders. Er quittierte seinen Dienst als Lehrer und setzte sich zur Ruhe. Die Abende verbrachte er meist vor dem Fernseher oder genoss einfach nur die Stille und starrte an die Zimmerdecke – stundenlang –, während er über das nachdachte, was er erlebt hatte.

Den Halloweenabend verbrachte Bobby in seinem Zimmer und las ein Abenteuerbuch für Jugendliche. Er saß nicht wie üblich mit seinem Vater auf der Wohnzimmercouch, während irgendein Horrorstreifen über den Bildschirm des Fernsehers flimmerte. Seine Vorliebe für Schauergeschichten verlor sich zwar nicht gänzlich, doch spielte in seinem Leben nur noch eine untergeordnete Rolle, was seinen Vater stutzig machte, seine Mutter jedoch erfreute.

Die Wochen verstrichen, der Dezember rückte näher und der erste Schnee fiel.

Bobby verbrachte viel Zeit vor seinen Schulbüchern. Er war so oder so schon ein recht guter Schüler gewesen, doch er lernte noch mehr, und bis zum Halbjahr hin hatten sich seine Zensuren in nahezu jedem Fach um eine Note verbessert. Auch hierbei half ihm Mr Grant enorm. Auch wenn sich dieser dazu entschlossen hatte, nie wieder zu unterrichten (er fühlte sich zu alt – zu alt und zu müde!), so erfüllte es ihn trotzdem mit großer Freude, den Jungen beim Lernen zu unterstützen.

An einem kalten Nachmittag Ende Januar marschierten sie, nach langem Überlegen, zusammen zu dem Waldstück am Haddonfield River, um nach der Lichtung zu sehen. Dabei schossen ihnen immer wieder Carolyns Worte durch die Gedanken, als diese ihre Geschichte erzählt hatte.

„*... einfach weg! ... verstehen Sie?! Er war einfach verschwunden!*"

Mit pochenden Herzen und unruhigen Blicken traten sie auf die Waldlichtung hinaus, wobei Bobby sich nervös am Ärmel Mr Grants festklammerte, und fanden diese ... leer vor. Der Laden – Old Gary's – war verschwunden. An seiner Stelle blieben nur der Waldboden und vereinzelte kleine Sträucher zurück, so als hätte er niemals existiert, was den beiden dabei half, die Geschehnisse noch besser zu verarbeiten.

Mit der Zeit verband sie eine innige Freundschaft ... und ein Geheimnis, welches nur *sie* kannten! Und Gary natürlich, doch sie waren sich sicher, dass dieser mittlerweile ein gebrochener Mann war und keinerlei Macht mehr hatte, wo immer er sich auch aufhalten mochte.

Sie hatten ihn in jener kalten, stürmischen Oktobernacht in die Flucht geschlagen. Sie hatten ihn trotz allen Unheils, welches er herbeibrachte, in die Flucht geschlagen und gesiegt!

Es war vorbei.

Vorbei.

46

Der Frühling hatte begonnen. Es war ein milder, angenehmer Tag.

Weit entfernt von Haddonfield – in einer Kleinstadt namens Eureka, Kalifornien – spazierte ein Mädchen namens Amy Prinkett, welches ungefähr in Bobbys Alter war, den Gehweg eines ziemlich abgelegenen Stadtviertels entlang. *Spazieren* war vielleicht nicht das richtige Wort, denn sie hatte es ziemlich eilig, und bei jedem Schritt baumelten ihre blonden Zöpfe hin und her. In ihrem Blick stand Faszination, die von dem Buch herrührte, welches sie in ihrer linken Hand hielt. Während sie sich in Richtung ihres Zuhauses bewegte, das sich am anderen Ende der Stadt befand, fiel ihr Blick immer wieder auf den kleinen Kobold, der sie von dem roten Umschlag des Buches aus anstarrte. Amy konnte es kaum erwarten, in ihrem Zimmer zu sitzen und die erste Seite von *Der Munk* zu lesen. Das Buch hatte schon beim ersten Blick, den sie darauf warf, etwas Magisches an sich gehabt und eine unbeschreibliche Faszination auf sie ausgeübt. Und noch dazu war es umsonst ... sie hatte es völlig *umsonst* bekommen, was für einen Gruselfan wie Amy ein wahrer Glücksfall war!

Der alte Mann mit der hässlichen Narbe auf der Stirn, der ihr das Buch gegeben hatte, stand am Ende des Gehwegs auf der Türschwelle seines kleinen, schrulligen Ladens, welchen er erst vor Kurzem eröffnet hatte, und blickte ihr mit einem trügerischen Ausdruck in den Augen hinterher. Während er dem pechschwarzen, schnurrenden Kater auf seinem Arm das im Sonnenschein glänzende Fell kraulte, breitete sich auf seinem Gesicht langsam ein boshaftes Lächeln aus.

10.11.2006–29.03.2010

novum VERLAG FÜR NEUAUTOREN

Bewerten Sie dieses Buch auf unserer Homepage!

www.novumverlag.com

Der Autor

Daniel Weber, geboren 1986, lebt in Bayern. Konfliktbeladene Ereignisse nach der Scheidung seiner Eltern prägten seine Kindheit und Jugend und hatten Auswirkungen auf seine schulische Laufbahn sowie auf sein späteres persönliches Umfeld. Der Autor schaffte es schließlich, seine Vergangenheit hinter sich zu lassen. Er widmet sich nun seiner kreativen Seite, der Schriftstellerei, welche er mit Leidenschaft betreibt.

novum ▲ VERLAG FÜR NEUAUTOREN

Der Verlag

„Semper Reformandum", der unaufhörliche Zwang sich zu erneuern begleitet die novum publishing gmbh seit Gründung im Jahr 1997. Der Name steht für etwas Einzigartiges, bisher noch nie da Gewesenes.
Im abwechslungsreichen Verlagsprogramm finden sich Bücher, die alle Mitarbeiter des Verlages sowie den Verleger persönlich begeistern, ein breites Spektrum der aktuellen Literaturszene abbilden und in den Ländern Deutschland, Österreich und der Schweiz publiziert werden.
Dabei konzentriert sich der mehrfach prämierte Verlag speziell auf die Gruppe der Erstautoren und gilt als Entdecker und Förderer literarischer Neulinge.

Neue Manuskripte sind jederzeit herzlich willkommen!

novum publishing gmbh
Rathausgasse 73 · A-7311 Neckenmarkt
Tel: +43 2610 431 11 · Fax: +43 2610 431 11 28
Internet: office@novumverlag.com · www.novumverlag.com

AUSTRIA · GERMANY · HUNGARY · SPAIN · SWITZERLAND